南有弦歌

晚清南洋文社与华文文学的发生

谢仁敏 刘慧 著

教育部哲学社会科学研究后期资助项目
（项目编号：20JHQ046）

广西艺术学院学术著作出版资助项目
（项目编号：XSZZZD202201）

目　　录

自序　/ I
绪论　/ 1
　　一、研究缘起与命题提出　/ 1
　　二、研究范畴与相关概念界定　/ 5
　　三、前人研究成果述评　/ 22
第一章　晚清南洋文人结社的背景与缘起　/ 33
　　第一节　文人结社的背景：逐渐改善的文化生态　/ 33
　　　　一、文化社群的形成　/ 35
　　　　二、士人阶层的兴起　/ 38
　　　　三、传播机制的更新　/ 42
　　第二节　文人结社的缘起：时势发展的多方需求　/ 44
　　　　一、凝结华侨向心力、重建文化认同的政治需要　/ 45
　　　　二、聚拢海外俊彦、辅助人才培养的社会诉求　/ 48
　　　　三、文士以文会友、共建本土文坛的文化需求　/ 50
第二章　左秉隆与南洋文社的初创　/ 54
　　第一节　首开风气的会贤社　/ 55
　　　　一、领事创立文社，官方色彩浓厚　/ 56
　　　　二、月课研习举业，儒学教化为本　/ 58
　　　　三、首设月课奖赏，激励文士创作　/ 63

第二节 文人雅集的会吟社 / 66
　一、得到驻地领事支持的民间文社 / 67
　二、以诗联创作为主的社课取向 / 69

第三章 黄遵宪与南洋文社的开拓 / 75
第一节 图南社的承继与新变 / 77
　一、创社宗旨的承继与新变 / 78
　二、课艺方向的新变 / 80
　三、文社制度的完善 / 87
　四、社群扩大与声名日隆 / 91
第二节 消闲类诗社的兴起 / 93
　一、随风而兴，遍设南洋 / 95
　二、渐趋成熟，声气相通 / 99

第四章 邱菽园与南洋文社的转型 / 107
第一节 文坛领袖更迭，文社向本土民间社团转型 / 108
　一、领事退离文坛，各埠文人自建诗社 / 109
　二、邱菽园继领文坛，本土文人主持文社 / 112
第二节 丽泽社发展渐趋多元化，向文学流派转型 / 116
　一、初期：单一性诗社 / 117
　二、后期：多元化转型 / 124
　三、总趋势：向准文学流派演化 / 130

第五章 文社促兴南洋华文文学的多重机制 / 139
第一节 文社特性与南洋文人群体的建构 / 140
　一、组织性：雅集在地文人 / 141
　二、开放性：广泛开展交流 / 143
　三、互动性：共同提升水平 / 144

第二节　社长导引与文学发展方向的确立　/ 148
　　一、改革社课，推动文学摆脱作为科举的附庸　/ 149
　　二、校评课艺，促进文学创作观念的形成　/ 156
第三节　制度建立与文学发生条件的成熟　/ 162
　　一、写作制度构建激发创作的长效机制　/ 162
　　二、奖励制度推动文学生产方式的变革　/ 164
　　三、传播机制营造文学交流的外部环境　/ 167

第六章　南洋华文文学的发生与独立品格的萌显　/ 169
第一节　关于南洋华文文学发生问题的探讨　/ 170
　　一、南洋华文文学发生时间的论争　/ 170
　　二、判定海外华文文学发生的标准　/ 173
　　三、晚清南洋华文文学发生的表征　/ 174
第二节　南洋华文文学本土化因子的萌蘖　/ 177
　　一、抒写对象的本土化转向　/ 177
　　二、创作风格趋向现实主义　/ 182
　　三、语言表达的通俗化倾向　/ 185
第三节　南洋华文文学由自发趋向自觉　/ 187
　　一、创作意识的觉醒　/ 187
　　二、文学体式的革新　/ 189
　　三、审美观念的确立　/ 189

余论　/ 192

参考文献　/ 195

附录　/ 199
　　附录一　会贤社课榜名录表　/ 199
　　附录二　图南社课榜名录表　/ 205

附录三　会吟社联题与联榜　/212

附录四　晚清南洋文社与文学活动编年　/219

后记　/280

自　　序

　　接触晚清南洋华文文学这一领域，其实是无心插柳的机缘巧合。

　　当年博士学位论文专攻近代小说，其中的海外小说板块涉及南洋区域，但当时仅将之视为"旁枝末节"。毕业后首次申请国家社科基金项目，原本酝酿了好几个与近代小说相关的选题，因在小说领域原始积累相对多些，做起来会得心应手。但阴差阳错，晚清南洋华文文学这个半知未知的领域更能引发我的兴趣，于是遵从"兴趣就是最好的老师"的世训，不管深浅一头扎了进去。课题立项书就是一份契约，一旦立项就得在自选地里"打长工"。结果，倏忽间十余年过去了，依然在晚清南洋华文文学这个细分领域里"沉潜"。偶尔几次，夜阑人静时竟不免自嘲地感叹，近代小说研究似乎才应该是我的主业，"不务主业"好多年了。

　　或许是出于研究惯性使然，我常常对小说予以特别的留意。遗憾的是，晚清南洋华文文学里，小说只能忝陪末座，量少质低。此现象其实也曾一度让我困惑，从小说发生学的传统理论看，商业文明发展通常会伴生通俗小说的兴盛，"半儒半贾""年愈繁庶"的晚清南洋华人社区已然初步具备这样的条件；而且，作为英属"海峡殖民地"，南洋华社对接触西方文明应该有"近水楼台"之便，故在现代小说技术的引进及触发传统小说变革方面也理应先国人一步。结果呢？令人惊奇的是并没有出现按理推测的结果。

这使我开始认真关注海外华人这个特殊群体。华人最初垦殖南洋时不过寥寥几十人，到晚清之际则迅速增长到了几十万人（各家统计数字有出入），俨然已是海外最大的华人聚集区，"下南洋"甚至成为当时沿海一带"脱贫致富"的重要选项之一。按既往的历史发展规律，族群圈层的形成会导向共同体文化的兴起。于是，南洋华人群体在完成原始财富积累之后，兴办教育、传扬中华文化成为群体共识。再然后，更为高级的文化形态——文学艺术由是生焉。一切看起来都符合文化发生发展的普遍逻辑。但其中的曲折和细节，却又有很多微妙而有趣的独特性。

宗亲与同乡是构成中国乡民情感的重要纽带，也是维系乡村管理的重要基础，具有组织上的自治性和封闭性。为了在险恶未知的异域环境中"抱团取暖"求取生存，宗亲与同乡关系在海外华民群体中得以进一步强化，所以随处可见的宗亲会馆或同乡会馆成为海外华民社会的一道特有的人文景象。兴办教育、传扬中华文化这类重大任务，便主要由宗亲会和同乡会承担；但就发达文学而言，它们则力有不逮。这点在国内同样如此——文学史上的确出现了"三曹""三苏""两晏"等耀眼的家族文学群体，但若将之全归功于宗族的着力培养也恐非事实。个中原因复杂，但与文学地位相对卑下的观念不无关系：就宗族而言，认为建功仕进方是正途，文学不过是意外之喜的"副产品"。简言之，以血缘关系为基础的宗族尚且如此，更遑论基于现实利益结盟的同乡会，因此寄望于宗族会或同乡会组织来发达文学无异于缘木求鱼。

那么，早期的海外华文文学到底是如何发生与发展的？"文运虽由天开，文衡实赖人掌"，就南洋而言，绕不开三位关键人物：左秉隆、黄遵宪、邱菽园。左是清廷派驻新加坡的首任领事，黄是继任者（擢升为新加坡总领事，统领"海峡殖民地"），邱是南洋的侨生二代、富贾文人。他们对文学充满热情并积极实践，是当时名副其实的文坛领袖，为了当地文学事业的发展而殚精竭虑。左秉隆首开风气，黄遵宪推动文学发生，邱菽园推进本土化发展，前后仅仅二十年时间，南洋走完了从"草昧未开"之地到文学的发生再到初现规模的关键性进程，初步实现了从文学创作的自发到自觉的关键性转变。晚清南洋华文文学，也因此一跃成为文学史上海外华文文学实现系统性发展的最早区域。

那么，晚清南洋华文文学何以实现如此超常规的高效率进化？此处择要略提一二。

首先，文社无疑是晚清南洋华文文学发生发展的重要推手。左秉隆到任后，着手创办了会贤社。文社之成立，在国内并非新鲜事物，早在东晋时期就开始出现了文人结社，随后代有传承，成为中国文学史的一大景观，但文社在中国文学发展进程中发挥的作用相对有限，远不如在晚清南洋那样处于中枢地位。晚清之际的南洋文社，发挥了聚拢贤达、培养人才、宣扬文学主张、切磋琢磨作品、提升文士审美能力等重要功能。其较为成熟的社课征文、评改、打榜、奖励、雅集、赞助以及借势报纸新媒体等制度化建设与创新实践，充分整合利用了各方资源，吸引了南洋的大量文士参与其中，巅峰时期每次活动甚至逾千人，非常高效地推动了文学活动的开展。可以说，文社在晚清南洋华文文学发生发展过程中发挥了关键性作用，完成了宗亲会和同乡会难以达成的任务。晚清南洋文社上述这些迥异的独特性，无疑是考察早期华文文学发生、发展的一个极好的瞭望口。

其次,移植文学速成的便利性。中国文学作为原生文学,需要经过漫长的酝酿、发展才能终至成熟。而早期的海外华文文学,则是移植中国文学并落地生根,源源不断接受文学母体的营养,具备明显的后发优势。因此,中华文化圈层一旦形成,文艺发生的基本条件具备,那么海外华文文学由发生到自觉、由萌芽到繁盛都呈现出较为迅速的成长态势。当然,其中需要印证的细节还有很多,准确勾勒其行进路线的研究也尚付阙如。

从上述海外华文文学的发生史可以看出,早期的海外华人群体文化与中华文化实质上是一种"子母"关系,接受着来自母体的文化供养。这一方面,通过文化的移植延展,当然会有利于社群文化共同体意识的速成,实现母国文化在异域他乡的无缝链接;但另一方面,社群文化的自足性,也往往带来文化上的封闭性、保守性以及排他性。这也是早期的南洋华文小说何以没能就近吸收西方小说现代经验,率先实现革新的重要原因。从作品实际看,南洋华文小说的现代改良,显然主要还是来自母国的影响。无论是晚清的"小说界革命"还是"五四"新文学运动,都外溢带动南洋华文文学的革新发展。那么,海外华文文学又是如何在中国现代文学改革大潮影响下,解决自身矛盾,"破圈"求得新生?同样需要去"沉潜"研究。

与之相关的另一个问题是,晚清南洋华文文学有没有出现"反哺",对母国文学发展也产生一些积极作用呢?也是有的。典型如黄遵宪,担任新加坡总领事是其驻外生涯中的最后一站,归国不久即与梁启超等人在国内发起了著名的"诗界革命",并以旗手身份积极推动中国诗文革新和近代化进程。一定意义而言,南洋可视为黄公践行诗歌革新的一个试验场,为其后推动"诗界革命"积累了重要的文学经验,当中就包括一些关键性的理论指引、实践验证与实施策略。当然，晚清"诗界革命"能顺势发生与顺利推进，为其提供理论与行动指引的资源定然是多元的，但黄遵宪这一段特殊的南洋文学经历，无疑是不可忽略的重要一环。而这似乎又触碰到了晚清诗文革新理论之来源这一有待学术界深入研究的重要课题……

由是观之，上述诸多有趣而充满诱惑的话题，依然值得继续去"沉潜"，何况正手持第二份关涉南洋华文文学的国家社科基金"契约"。看来，这个之前被视为"旁枝末节"的领域，已然成为我的学术主业，还要继续爬梳耕耘好多年。

绪　　论

一、研究缘起与命题提出

　　南洋华文文学自学界切分新旧以来，旧文学研究常被弃置于主流之外。以至于文学缘起言必谈"五四"，而"五四"风潮影响之前的旧文学阶段则以华文文学的酝酿或滥觞统而概之。的确，比之新文学，南洋华文旧文学带有浓郁的"中国色彩"，有别于文学母体的地域个性（"本土化"）尚未最终形成，因此华文文学本体是否具有独立性需待探讨。而大多学者将之冠以"椎鲁无文"或"流寓文学"等简单标签，认为南洋华文旧文学无条件接受中国文学的扶植及哺育，加上晚清南洋本土作家群体尚弱，从而否定其文学史的价值。然而，这无疑会遮蔽南洋华文学萌蘖期的复杂状况，以至于文学缘何发生、如何发生等重要命题悬而未决。况且南洋早期的华文文学活动多依托于报刊或文化会社，史料搜罗不易，研究者多望而却步，相关文学史著述也大多略而不谈。旧文学未入史，这是南洋华文文学研究的一大憾事。特别是其作为海外华文学之滥觞，其后更发展为海外华文文学中尤为重要的一脉，厘清其衍生与发展的历程无疑是研究之要。

　　初步研究发现，早期南洋华文文学表现出相当的复杂性和特殊性。

　　第一，其作为汉文化播迁的产物最初是移植中国文学而来，其发生及发展过程不可忽视外缘影响,甚或学界一直认为外部因素反起决定作用。南洋华文文学发展道路上的各个拐点也似乎印证了这一说法,比如晚清革命派南来兴学办报欲造舆论之高地,"五四"新文学思潮的"反传统""反文言"文化运动都带来文学弃旧图新的变革。但文学最初的发生与发展却不能单以外力所致一统而论,其一定有内部因素相推动,不然将无法解释南洋华文文学酝酿之初所萌显的地域个性。

第二,相当一段时间内文学作品的出现并不等同于文学实体的形成,换言之,迁移而来的文学需要在南洋落地生根后开始向本土文学转化,才是真正意义上的文学发生。因此,判定其发生的标准要更为复杂,除却考虑作家及地缘身份外,文学自身的独立品格是否显现也是确立本土文学身份的重要参照。

第三,作为移植而来并落地生根的文学,南洋华文文学的发生其实与原生文学迥然有异,其发生及革新都更为急剧。如中国文学属于原生文学,由酝酿到发生,由稚嫩到成熟经历了数千年的历程;而属于移植文学的南洋华文文学,却能在相对较短的时间内完成由发生到自觉、由萌芽到繁盛的演变。

第四,在移植文学发生过程中,我们往往会过多强调本土作家的培养以及本土读者群的建构是主要推动力,但却由此而忽略了流寓文人的倡导与实践,在推进文学本土化进程中的关键性作用——恰是精翰墨、通文理的流寓文人参与本土文坛的构建,才使南洋华文文学在发生之初即呈现出较为成熟的文学形态。

至此,我们可以发现早期南洋华文文学的演进历程如此特殊,各种因素充满了未知,断不可固守某种既成结论反向推导,更不能妄加臆测,而应立足于史料呈现的事实,对文学及其周边爬罗剔抉,再抽丝剥茧理清各条线索。因此,我们从最基本的文献编年入手,归纳现象并发现问题，再寻求解决之道，以期尽可能地接近文学史现场。同时，梳理文学史脉络时，我们也采取"入乎其内，出乎其外"的原则方法，毕竟文学自身的发展离不开周边因素的推波助澜，在对其内部进行细节研究的同时也需关注文本系统之外的诸多要素。因此，我们立足于文学本体，并将考察范围延伸至士人群体、私塾教育、文学传播媒介、文人活动等外围因素。

而从既有史料中发现，在19世纪末，南洋已经产生了颇具规模的华文文学作品，且文学内部蕴含的本土化因子甚至比新文学来得更早。那么，南洋华文文学缘何发生？或者说推动文学发生的作用力为何？虽然学界公认华文教育、华文报刊与文人社团是促兴华文文学的三大作用力，饶芃子也指出"华文学校、华文文艺社团和华文报纸文艺副刊，是支撑东南亚华文文学生存与发展的三大支柱"[①]。但显然的是，在晚清南洋华文文学衍生及发展之初，教育及传媒未能贡献足够的力量。这一时期南洋地区的华文教育尚未形成规模，以新加坡为例，最初仅有崇文阁、萃英书院等几家依托于宗乡会馆的私塾，其后随领事赴任倡兴文教而陆续有毓兰书室、养正书屋等书塾相继设立，但多是初级阶段的启蒙教育，以教习幼童为主，无法在短期内培养出文坛力将。彼时华文报业刚刚起步，仅有新加坡的《叻报》（1881年创刊）、《星报》（1890年创刊）、《天南新报》（1898年创刊），马来西亚的《槟城新报》（1895年创刊）等数家媒体，且报刊并未设立文艺副刊，文人唱和诗墨、政论游记等文学作品多散见于新闻版面之一隅，在推动文学发展上发挥的作用还相对有限。

相反，此时文社却煊赫一时，担负起了推动文学发生的关键使命。自光绪七年（1881）始，清廷始派领事驻扎南洋，文人陆续附航南来，

---

① 饶芃子、杨匡汉主编：《海外华文文学教程》（第二版），暨南大学出版社，2014年，第58页。

领事们不期而同地选择以文人结社的方式振兴文教，构筑文坛。自新加坡领事左秉隆初创会贤社以来，其后十余年，南洋地区先后有会吟社、图南社、崇文社、丽泽社等数十家文社相继设立，皆以制题课艺为主要文学活动，雅集文人相互切磋。文社作为文人交游创作的平台，不仅使士子在切磋课艺中提升诗文水平，为构筑文坛提供人才基础；也在客观上产生了浩繁的诗文作品，为文学发生准备了必要条件。可以说，南洋华文文学是在文社推动下酝酿而生的。

正缘于此，文学发生的现象才独具特色。其一，围绕文社的各个要素之间的碰撞斗争，使文学萌蘖而生的过程充满了迂回曲折。比如具有官办色彩的文社，其政治性与文人结社的消闲性两相纠葛，文社创建的机制与活动主体之间也存在一定程度的博弈，使文学在脱离科举附庸向纯文学方向发展过程中有多次倒戈反复。其二，文社的不稳定性加剧了文学演进的复杂性。文社多由领事或知名文人创建，他们常因官职调动、家逢变故等原因终止文社活动，后来者虽有继立，但创社宗旨却有不同，所导引的文学发展方向自是有别；文社对参与者多不设限制，有卷必收，这种开放性既促成了文学活动者的多元化，同时也增加了文社的运行成本，以至于文社创办此起彼伏，难以长期开展社务。其三，多重不稳定的因素致使文学脉络并非单线传承，而是多线并进，如流寓文学的本土化转向与本土文学的培植是并行不悖的，文学关注现实与关怀本土的双重发展方向也时而分离，时而融合。是故南洋华文文学的诞生之路远比想象中复杂，并不能以某个单一事件的发生为标志。确立文学发生的标准，解答文社如何促生文学的命题便显得尤为重要。

另外，也正是文社社长的导引之功，才使得文学本土化因子的萌蘖较早。文坛初立之时所产生的文学作品必然披带浓郁的中国色彩，这是远身海外的华侨选择以母国语言进行创作的内在之义，也是彼时以流寓文人为主导的文学创作的必然,这一阶段的文学只能称之为流寓文学。而文学在南洋落地生根之后,文学地域品格渐趋显现,这得益于文社活动的推进。在社长引导之下,文学所确立的关注现实的发展方向逐渐明晰,同时培养起本土文人在地关怀的主人翁心态,促使流寓文学逐渐彰显出地域个性,开始向本土文学方向转化。而此时所确立的文学发展方向正与南洋华文文学之后沿照的道路相合,无论是现实主义传统的建立还是南洋色彩的提倡,都一直延伸至过渡期的旧文学乃至新文学。以此看来,南洋华文文学的发展脉络是延续的,新旧文学也存在前后一贯性,文学的革新并非全然由外力左右,其中还有文学自身的调适与选择。

基于此,本书以文社推动南洋华文文学发展这一论题为要,通过叙述晚清南洋文社的沿革迭变以及触兴文学的多重机制,试图解答文社缘何而兴,又是如何促引文学萌蘖而生,确立何种发展方向,呈现何种独立品格,以及如何由自发走向自觉等一系列重要命题。当然,我们自知眼界与学识有限,难免挂一漏万,失当之处还请方家斧正。

二、研究范畴与相关概念界定

在行文论述中,我们会经常使用到一些基本概念,而这些概念或是此前学界对其含义、范畴并无明晰界定,或是可能会与学界之前的认知有所不同,故有必要预先做出阐明界定,以利行文之便。

(一)"南洋"内涵的历史演变

有意思的是,国人对"南洋"的认知,并非固守于一个单纯的地理学概念,而是代有演变。大致经历了一个从"地理南洋"到"政治南洋",再到"文化南洋"的过程,其内涵不断丰富、延展。

学者李金生曾对"南洋"概念的历史演变进行梳理,他发现"南洋"一词最早出于宋代赵抃《清献集》所收的一首七律《次韵孔宗翰水磨园亭》,意为南边小溪。到了元代,姚燧在《牧庵集》中使用"南洋"一词来泛指中国南边的海洋。直到明代,"南洋"才作为较为具体的地理名词出现:首先,南洋一词出现于明代陆楫编的《古今说海》中,指的是南洋群岛一带的海域;其次,作为一个对应的概念,与中国航海史上著名的"郑和七下西洋"中的"西洋"相对应,如巩珍在《西洋蕃国志》中,记录了与郑和下西洋过程中路经南洋群岛时体认到的诸国风土人情等。李金生指出,到了清代,国人对"南洋"概念的认识又有进一步延展,其义有二:一是陈伦炯在《海国闻见录》里对南洋的定义,"南洋诸国,以中国偏东形势,用针取向,俱在丁未之间,合天地包含大西洋";二是被用来指称中国疆域内行政区域或泛指沿海之外洋,比如当时的南洋水师、南洋通商大臣等。①

总体而言,宋至明清,国人对"南洋"的认知虽然不断延展、深入,但其边界究竟在何处,并无清晰表述。直到民国时期,随着现实需要和现代学术发展,国人对"南洋"的内涵才一步一步明晰起来。

1915年,夏思痌在《南洋》一书中对"南洋"做出了这样的解释:

> 亚细亚之南端蝉联大陆,而星罗棋布于渺茫浩瀚之大洋中者,非所谓南洋群岛者乎。然南洋之区域广袤无际,有以我所割让于倭之台湾起,绵亘以至于濠洲,包容全球四分之一,统属南洋;亦有

---

① 李金生:《一个南洋,各自界说:"南洋"概念的历史演变》,《亚洲文化》,2006年第6期。

以我割让于英、法之缅甸、安南及暹罗、马来各王国,合以美领之菲律宾、葡领之特摩路、英荷德分领共领之各岛屿乃为南洋。此其范围虽缩,且有截然可指之界限,而要非我所论之南洋。夫缅甸、安南、暹罗向本我之外藩,固无庸赘,而美领、德领、葡领各地,初实与我渺不相涉,亦无论列之必要。惟举我所放弃者,实我卧榻侧之余地焉,无论地理之连属,应归我统治之下,即历史之关系,亦属我领辖之中,且人民懋迁之久,居留之众,尤在我势力范围以内。①

夏思痌这段文字,一方面对"南洋"区域做了大致界定,但其主要目的是引发国人思考:昔日国力强盛之时,南洋"广袤无际""称霸称王",却"何以倏然澌灭"？而"今日南洋之英领荷领,何以勃然振兴"？②可见,夏思痌这里的"南洋"观念,其实是一个政治概念,具有历史变迁性,而非一个纯地理概念。

1918年,赵正平在《中国与南洋》杂志创刊号上发表了《南洋之定义》一文,"综核各家之说,以广义狭义分之,可得四义焉",从地理学角度对"南洋"的涵盖区域做了阐释:第一,狭义之"南洋",概指亚洲大陆之东南、澳大利亚之西北的岛屿,包括新加坡、菲律宾群岛、马来半岛以及马来群岛;第二,较广义之"南洋",概指位于澳大利亚之北与东,散布于太平洋,但东不属于美洲、西不属于亚洲的岛屿,包括巴布亚新几内亚;第三,更广义之"南洋",概指散布在太平洋上,东不属美洲、西不属亚洲的岛屿,包括马来群岛及其东面的大小群岛、南面的澳

---

① 夏思痌著:《南洋》,泰东图书局,1915年,第1页。
② 《南洋》,第4页。

大利亚与新西兰；第四，最广义之"南洋"，概为印度支那半岛、马来半岛、马来群岛、大洋洲各部的总称。① 赵正平对"南洋"地理学上的界定，其核心内涵影响深远，其后对"南洋"的认知大都不出其范畴。

1927年，黄栩园在编著的《南洋》一书中，梳理了前人对"南洋"的各方观点，在此基础上，进一步明确提出了自己的看法：

> 世之言南洋者，各异其说：有谓自东经一百六十度至七十度，北纬二十度至南纬十度诸地，皆位于东南太平洋及印度洋之间，故统称南洋；有谓北自台湾，南至澳洲以南诸岛，亦应包括南洋范围之内，其面积殆有全地球四分之一；又有谓南洋之名，仅限于英领海峡殖民地与荷领东印度诸岛，不独安南、暹罗、缅甸及美领之菲律宾、葡荷分领之摩耳、英荷分领之新几内亚，皆不在内，即马来半岛之马来联邦与马来属邦，亦皆摒弃不谈。由前之说，则失之太广；由后之说，似又过于狭隘。兹依习惯上之便利，以东经一百五十度至西经九十五度，北纬二十度至南纬十度间之大小岛屿，定为南洋群岛之总称。其与大陆相连者，仅一马来半岛。凡安南、暹罗、缅甸等处，各自有其独立之历史、文化，且其风俗，亦与南洋群岛不同，故不并入。若澳大利亚，在地理上已割为五大洲之一，则尤当别论者也。②

黄栩园的"南洋"定义，取的是折中说，以马来半岛为主体，包括东经150°至西经95°、北纬20°至南纬10°之间的南洋群岛。此后，"南

---

① 赵正平：《南洋之定义》，《中国与南洋》，1918年第1期。
② 黄栩园编著：《南洋》，中华书局，1927年，第1—2页。

洋"分广义和狭义两说,基本为学界所接受,例如李长傅编著的《南洋史纲要》开篇即指出:

> 南洋之定义,我国正史只有"海南诸国"及"南蛮"之名。明代海外交通,始有"东洋""西洋"之称,清初转而为"东洋""南洋""东南洋"等。近二十年来,"南洋"名词乃通行于全国。所谓"南洋"者,以其在我国之南方,而远隔重洋也。其地位殊难确指,说者谓有广义、狭义二说。广义之说,自后印度半岛、马来半岛、马来群岛,以迄澳大利亚、纽丝伦,东括太平洋群岛,西包印度,皆谓之"南洋"。狭义之说,则仅指马来半岛及马来群岛为南洋也。①

显然,这里所谓广义的南洋,基本上指的是以中国为中心,地处南方的海洋。而狭义的南洋,具体指的是马来半岛和马来群岛核心区。这一概念的地理学内涵,被其后的大多数学者所接受。

值得注意的是,"南洋"除了上述广义、狭义之分外,还有另外一种衍生的"南洋"观念。试看陈枚安对"南洋"的一段体认:

> 南洋为吾国习惯上沿用之名词,非地理上原有之区域。考其由来,当在清季海禁初开时,管理洋务以方向为标准:在本国之东者,称东洋;在本国之西者,称西洋,南洋一名亦依此习惯而产出。后之作者就中国移民最密之地点,规定其范围。②

---

① 李长傅编著:《南洋史纲要》,商务印书馆,1947年,第1页。
② 陈枚安编著:《南洋生活》,世界书局,1930年,第1页。

陈枚安认为，南洋非地理名词，而是一个社会人类学意义上的族群概念，以中国移民的聚集地为界定标准。这种体认有别于上述地理学范畴和政治学范畴的概念，就此意义而言，不妨称之为"文化南洋"。这种"文化南洋"的观念，也被新加坡、马来西亚的学界所认同，例如许云樵在其《南洋史》中写道：

> 对于上述暧昧的南洋定义，终于有了明确的结论：南洋者，中国南方之海洋也。在地理学上，本为一暧昧名词，范围无严格之规定，现以华侨集中之东南亚各地为南洋。[①]

这里所谓的"华侨集中之东南亚各地"，秉持的即是华侨聚集地标准，从而回避了地域边界多年来难以厘定的难题。

综合上述可见，对于"南洋"一词，自宋元以降，缘于角度、标准不同，各家对其具体内涵的认知或多或少存在差异。但作为特定的学术研究，则必须对之有一个清晰的界定。因此，基于尊重历史沿革和针对研究对象实际两个方面的考量，我们所指的"南洋"，有以下几个基本内涵。

第一，"地理南洋"。从历史地理学角度看，"南洋"涵盖的区域，有广义、狭义之分。其中，广义上的南洋，其地理边界众说纷纭，始终无法确定。而狭义上的南洋，主要指的是马来半岛和马来群岛核心区，这一点已经形成学界共识。因此，从尊重历史沿革和便于学界对话的角度看，应取其狭义。然而，从研究对象实际看，晚清的南洋华文文学有其延展性，其影响力覆盖到周边的缅甸、暹罗（今泰国）诸国。综合上述，我们选择一个折中义，即"南洋"的地理范畴，以马来半岛和马来群岛为核心区

---

① 〔新〕许云樵著：《南洋史》（上卷），吉隆坡：星洲世界书局，1961年，第3页。

（包括今新加坡、马来西亚），旁及缅甸、暹罗、印度尼西亚等周边诸国。

第二，"政治南洋"。中国文学发展的历史经验无数次证明，文学与政治有着无法割离的关系。早期的南洋华文文学发展，依然遵从这一基本规律。晚清正是中国风云激荡之际，中国每次政坛动荡，几乎都会投射到南洋华文文学中，并带来一些新的变革。就一定意义而言，政治既是南洋华文文学的一道重要底色，也是南洋华文文学发展的一大动力。因此，"政治南洋"除了是一个重要的政治历史概念之外，其实还是方法论，是观察早期南洋文化文学发生、发展的一个重要窗口。

第三，"文化南洋"。文学作为文化的高级形态，其发生、流播、发展需要一些特定条件。就南洋华文文学而言，首先必须形成一个相对稳固的华文文化圈，而文化圈的形成，则必须先形成一个具有一定规模的华人集聚区。而南洋正是当时全球最大的华人集聚区，多方合力之下，华文文学在此地取得了快速发展，其文学的独立性（本土性）因子也在此地最早萌发。早期华人在南洋的文化生活，与祖籍国的文化联结等，都可以从中管窥解析。可见，其研究虽然缘起于文学，但价值实际已超越文学本身，对当下中华文化的对外传播同样具有启发意义。就此而言，"文化南洋"也可作为方法论，其研究无疑兼具文学意义、文化意义、历史意义和现实意义。

此外，还需辨析清楚的是，"东南亚"与"南洋"的区别。首先，从地理学上，通常东南亚涵盖的区域大于且包括南洋。其次，从定位视角上，东南亚的命名是以亚洲为中心，体现的是亚洲视角，而南洋是以中国为中心（或曰本位）的一个概念。为了避免所谓的"中国中心主义"，当代对外交往中，会尽量避免采用"南洋"（广义）来替代"东南亚"这个概念，久而久之，这个词渐渐淡出了人们的视野。就此意义而言，"南洋"其实是一个具有一定政治意味的历史名词，而我们之所以坚持采用

"南洋"这个名词，其由有三：一是尊重历史，因为晚清之际"南洋"是通行概念；二是辨识、体认其中蕴含的政治意味及其文学作品与祖籍国文化千丝万缕的关系，正是我们研究的一个重要着力点；三是"南洋华文文学"，其实代表的是一种过渡转折期的文学样式，以区别于"五四"之后勃兴的东南亚新式华文文学。

（二）"海外华文文学"内涵的界定

中国学者对海外华文文学的关注与研究，始于20世纪80年代，至今将近40年，已取得了一批丰硕的成果。但对一个学科而言，相关研究其实还远未成熟，甚至一些基本问题依然需要取得共识，有待学界进一步深入探索和建构。

其中的一个重要问题是，何为"海外华文文学"？"海外华文文学"作为一个组合词，不妨从语词结构上进行分析。

首先了解何为"海外"？中国传统观念认为，中国处于四海包围之中，故以"四海之内"指称中国国界之内，而与之相对应的区域便是"四海之外"，简称"海外"。就此意义而言，"海外"本义上应与"国外"同义。换言之，一定意义上，"海外华文文学"也可称为"国外华文文学"。当然，"海外"还可以从地域上进一步细分，例如东亚、东南亚、北美、南美，或是欧洲、澳洲、非洲等。甚至，根据需要还可以再进一步细分，于是便有了我们的研究对象——东南亚华文文学之下的"南洋华文文学"。

其次是何为"华文文学"？1985年，秦牧在《华文文学》试刊号上发表了《祝贺〈华文文学〉杂志创刊——代发刊词》，对"华文文学"提出了自己的看法。他认为："'华文文学'，是一个比'中国文学'内涵要丰富得多的概念。正像'英语文学'比'英国文学'的内涵更丰富,'西班牙语文学'比'西班牙文学'的内涵要丰富的道理一样。"他认为,华文文学包括两大部分:一是"由于近代世界历史波澜壮阔、经纬万端的发展,有一批华裔成了各个国家的公民。这里面有新加坡人、泰国人、日本人、英国人、美国人、加拿大人,等等。……能够熟练掌握中国语文的也大有人在,有些还是在大学里面专门讲授中国文史的专家。他们的作品,就成为流行于国际的'华文文学'";二是"近年来,欧美以至其他大洲的国家,又有一些外国血统的外国人,认真地学习和研究了中文,能够相当熟练地运用中文写作,他们的这类作品,也都可以归纳到'华文文学'的范畴之中"。他还特别指出:"中国大陆的社会主义文学,加上台湾、香港的文学构成了中国文学。中国文学固然是华文文学,其他各种国籍的人们使用华文写的文学,又何尝不是华文文学。"[①]

秦牧对"华文文学"的看法,得到了陈贤茂的认同,后者还对这一概念做了进一步提炼和阐发:

> 华文文学,顾名思义,凡是用华文(即汉语,海外华人多称华文)作为表达工具而创作的作品,都可称为华文文学。华文文学也像英语文学、法语文学、西班牙语文学一样,是世界性的,因此,华文文学和中国文学是两个不同的概念。中国文学包括中国大陆的文学,以及同属中国文学,但由于社会形态不同,因而具有不同特色的台湾文学、香港文学和澳门文学。华文文学的范围则要广泛得多,除了中国文学之外,还包括海外各国,例如新加坡、马来西亚、泰国、菲律宾、印度尼西亚、越南、柬埔寨、日本、朝鲜、毛里求

---

① 秦牧:《祝贺〈华文文学〉杂志创刊——代发刊词》,《华文文学》,1985年试刊号。

斯、澳大利亚、英国、法国、美国、加拿大等国家出版的华文文学作品。华文文学和华人文学也是两个不同的概念。海外华人用华文以外的文字（例如英文、法文、西班牙文、马来文、泰文等）创作的作品，称为华人文学，而不能称为华文文学。相反，非华裔外国人用华文写的作品，却可以称为华文文学。[①]

在此基础上，陈贤茂提出了"海外华文文学"的定义："在中国以外的国家或地区，凡是用华文作为表达工具而创作的文学作品，都称为海外华文文学。"[②]

这个定义大体上得到国内众多学者的认同。例如王晋民就认为：

> 海外华文文学，是指中国本土之外，即中国大陆、香港、台湾、澳门之外，散布在世界各地的华人与非华人的作家，用中文反映华人与非华人心态和生活的文学作品，它包括亚洲华文文学、美洲华文文学、欧洲华文文学、澳洲华文文学、非洲华文文学等中国本土以外的华文文学。[③]

饶芃子对海外华文文学的定义也基本相同：

> 海外华文文学，是指中国以外其他国家、地区用汉语写作的文学，是中华文化外传以后，与世界各种民族文化相遇、交汇开出的

[①] 陈贤茂主编：《海外华文文学史》（第一卷），鹭江出版社，1999年，第6—7页。
[②] 《海外华文文学史》（第一卷），第7页。
[③] 转引自饶芃子、费勇：《论海外华文文学的命名意义》，《文学评论》，1996年第1期。

文学奇葩。①

显然，上述对海外华文文学的界定，选取的是语言（汉语）和地域（海外）两个标准。这两个标准被国内学界广泛接受，随后"海外华文文学"也被当作一个既定且合理的学术术语频繁使用，将之区别于"中国文学"。然而，这个看似简洁明了的术语，其背后蕴含的复杂意味，却被人们有意无意地忽略了，从而一定程度阻碍了人们对之做进一步的深入探索，"以区域与语言为标帜的'海外华文文学'在大陆文化界高频率的运用中，日益成为套语式的词汇，而很少有人去寻究这一命名本身的复杂含义及其引起的一系列学术难题"②。由此，很有必要对以下两个基本问题做进一步辨析：

第一，关于"海华"与"世华"的命名之争。

有意思的是，首先质疑、抵触"海外华文文学"这个概念的，却是海外华文作家。他们认为，同是运用汉语写作的文学，仅仅因为地域不同就被打入另册，使之有别于"中国文学"，成为"异数"，但从文化上说，两者没有天然的割裂，都应该属于中国文学大家庭，而不应该强调两者的对立，这可能带来的后果是海外华文文学的边缘化。马来西亚华人作家黄锦树认为"中国大陆、台湾、香港是理所当然的华文文学中心，而'海外'则永远无法改变边陲的命运"③，直接表达了这种担忧。为了避免这种状况，他们甚至提出了"多元中心论"，并建议将"海外华文文学"更名为"世界华文文学"，以取得平等地位。然而，这个新命名也同样存在问题，"到了'世华'这个概念以后，自然我们可以感受到这样的

---

① 《海外华文文学教程》（第二版），导言，第 1 页。
② 《论海外华文文学的命名意义》，《文学评论》，1996 年第 1 期。
③ 〔马〕黄锦树：《在世界之内的华文与世界之外的华人》，《文讯》，1993 年第 1 期。

称谓里面，表面的中国中心意识被部分弱化或者隐藏了。但是，在我看来，这个独特的命名其实也有它自身的尴尬，其中有名的吊诡之一就是，'世华'居然往往不包括中国大陆文学！"① 因此，这一新命名被国内学界所反对也属情理之中。

争议双方皆各有理由，若是任由分歧扩大，显然不利于整个华文文学界的发展，在这一基本问题上达成某种共识势在必行。于是，世界华文文学学会的首任会长饶芃子教授就相关问题，谈了自己的看法：其一，世界华文文学应包括中国文学和海外华文文学两个部分；其二，海外华文文学必须区别于中国文学，特指中国域外国家的华文文学，必须承认其边缘性地位，"海外华文文学作家是在本土以外用民族语言书写情志，以文学的形式生长在异国他乡，这无论是从居住国或祖居国的角度，都是处在边缘的地位"；其三，"海外华文文学"这一名称，虽然在学科上有其局限性，未能充分展现这个新兴文学领域的内涵和精神特质，"但在更富有历史感和学术深度的命名没有出现之前，现阶段这样认定有助于进入具体操作层面"；其四，关于"世界华文文学"命名，它是一种"新的学术理念，是所有华文文学研究者都应有的一种世界性华文文学整体观"。②

饶芃子教授的这些重要论断，进一步明晰和确认了"海外华文文学"的基本内核，同时肯定了"世界华文文学"命名的创新意义和学科发展价值，其建议具有较大的参考意义，值得学界重视和进一步探索完善。当然，这些论争对我们的研究也具有重要的启发意义。一是确认了"南洋华文文学研究"的价值和必要性。二是提醒我们在研究定位、方向及方法上，既要有意识地将其放置在整个中国文学发展的大背景之下，考

---

① 朱崇科著：《考古文学"南洋"：新马华文文学与本土性》，上海三联书店，2008年，第3—4页。
② 饶芃子：《海外华文文学在中国学界的兴起及其意义》，《华文文学》，2008年第3期。

察两者的内在联结和文化渊源；同时也要以中国文学作为重要参照物，注重考辨其独立性，毕竟其萌发、发展的条件和土壤与祖籍国都有很大不同，包括对其传播、媒介、影响、融合、变化等相关方面的追问都应是题中之意。

第二，关于短暂旅居海外的作家的作品归属问题。

如上所述，划分海外华文文学与中国文学的核心依据是语言（汉语）和地域（海外）两大标准。这两个标准简单明了，从理论上也容易理解，就当代的海外华文文学而言，这两个标准的操作性也很强，因此被广泛接受。但是，对近现代的一些作家，操作起来却存在不少困惑。比如鲁迅、郭沫若早年在日本留学时期的作品、郁达夫早年在日本留学和抗战时期在印尼的作品，包括胡适、老舍、徐志摩等一大批有海外经历的作家，其旅居海外期间的作品，是否应该划入"海外华文文学"之中呢？

若按严格的标准，这些作家旅居海外期间的作品，当然算是海外华文文学作品。那么，为了与"中国文学"有所区别，这些作品当然就不能划入中国现代文学之中。那么，带来的直接问题是，像郭沫若的《女神》、郁达夫的《沉沦》等一批重要作品将不能出现在中国现代文学史中，这显然会人为地割裂整个现代文学史的完整性，也不符合文学史的发展实际和传统学术习惯。对于这个问题，饶芃子、费勇教授的意见是："一位作家的'海外生活'固然会影响到他创作的选材、视角，然而，只是因为他在海外用汉语写作过，即以'海外华文文学'的命名来规范他，恐怕值得商榷。"因此，他们建议："涉及这个文学群体时，我们认为'海外华文文学'的命名有它的限度，不应肆无忌惮地滥用。"[①]

饶芃子、费勇教授的意见颇具代表性，也不无道理。但在文学史撰

---

① 《论海外华文文学的命名意义》，《文学评论》，1996年第1期。

述的实际操作中，这个问题的分歧其实并未消除。例如，潘亚暾、汪义生所著《海外华文文学名家》中，就将郁达夫收入其中。[①]而新加坡、马来西亚等华文文学史的论述中，大都会给郁达夫等南来作家留有重要位置。

就研究而言，理论终究要落实到具体研究对象上，为研究对象服务。我们的研究对象是晚清时期南洋的华文文学作品。那么，什么样的作品可以归入这一研究范畴呢？在参考"海外华文文学"标准之外，我们还有针对这一特定研究对象实际的一些考量：

一是注重文学作品载体的本土性。晚清时期，南洋当地创办了众多华文报刊，这种新式传播媒介的兴起，为华文文学的萌发、传播提供了便利。从文学创作和文学接受两个角度看，这些报刊上所刊载的华文文学作品，显然代表了南洋本土的审美趣味，具有"本土性因子"。正是这些特性的存在，让我们有足够理由将之划入"南洋华文文学"中，与祖籍国文学成为一组参照系。

二是重视作家在南洋华文文学萌发期的贡献。在南洋华文文学萌发早期，从华文作家的身份看，都是中国籍作家。他们只是暂居南洋创作，但其中一些重要作家在推动南洋华文文学、文化发展中发挥了重要作用，甚至作为文坛领袖引领当地文风，且自身也有作品在当地创作和发表，因此我们将这些作家及其作品都划入"南洋华文文学"中。典型如左秉隆、黄遵宪等清朝派驻南洋出任使臣的著名文人官员，其文学活动和作品，在南洋领风气之先，在推动当地华文文学、中国文化的传播和繁荣发展方面居功甚伟。因此，这些作家在旅居南洋期间创作的作品，也理应划入彼时的南洋华文文学中。而且，其更大的贡献是，由于南洋华文

---

① 潘亚暾、汪义生著：《海外华文文学名家》，暨南大学出版社，1994年，第210页。

文学是最早成型的海外华文文学,由此也成为海外华文文学之滥觞。

总之,晚清之际南洋华文文学尚属萌发期,也是海外华文文学的肇始期,具有复杂性和混沌性。因此对彼时作家、作品的研究和定位也应该采取变通的办法,既参考、借鉴"海外华文文学"研究中一些较为成熟的理论和方法;同时也不能完全拘泥于其固有范畴,对特殊研究对象应做特殊处理,方能较为准确地把握和勾勒彼时南洋华文文学的历史进程和发展轨迹。

(三)"流寓文人""本土文人"与"在地文人"辨析

行文论述中还会出现一些高频词汇,其中诸如流寓文人与本土文人、流寓文学与本土文学等关联词,因此前学界缺乏界分标准而常被混用,但由于本书研究对象的特殊性,在此有必要对之做出辨析。

其一,流寓文人与本土文人并非对立关系。

两者看似是非此即彼的对立概念,但在晚清南洋华文文学的复杂情形中,二者实则常以并列标签的形式附着于同一人。如"南洋第一报人"叶季允,既称其为流寓文士,又为本土文人。那么两个概念之间到底是何种关系呢?不妨先从"流寓"一词解释,其最早见于《后汉书·廉范传》"范父遭丧乱,客死于蜀汉,范遂流寓西州",泛指流落寄居他乡。当代学者张学松则强调"流寓"还应内含离开故土的"不得已"。[1] 中国文学史中文人流寓现象颇为常见,文人因贬谪、流放、政权更替等动辄迁居他乡。晚清以来,文人流寓南洋者也逐渐增多,因此在19世纪末,

---

[1] 张学松:《"流寓"略论》,张学松主编:《流寓文化研究》(第一辑),中国社会科学出版社,2015年,第3页。

南洋出现了一个流寓文人群体。此处所谓流寓文人实际是指出生在中国，并在国内接受教育，而后因避乱、谋生、投靠亲友等种种原因流落南洋的文士。可见，此"流寓"是更为宽泛的概念，主要以移民者的身份考察其文学创作，至于他们远离故国是出于被迫还是主动为之，对其作为他者所必然经历的异质文化的交融碰撞没有太大的影响，故本书不另作细分。

真正影响流寓文人心态变化的并非是流寓缘由的主观或被动，而是流寓时间的长短。仅在移居地作短期停留的文人，始终抱有客居的心态，是以旁观者的姿态开展文学活动。因此，可将流寓南洋的文士中停留数月或数年又折返回国，在国内的创作生涯远远大于南洋者，与出访、游历等作短暂停留的文人过客一同称为过境文人。其中既有左秉隆、黄遵宪等驻新领事，也有李季琛、黎香孙等落魄文人，他们虽也参与南洋文坛的构建，其中佼佼者甚至曾一度执掌文坛，但并没有改变这些流寓文人的客居心态。而随着文人居停日久，甚或在此成家立业，终老一生，对生存空间的不断妥协必然会带来创作心态的变化，其于文学创作中也会渐渐赋予关怀本土，体认在地文化的主人翁情感，这部分流寓文人便成为本土作家。因此，流寓文人中长期创作生涯及作品流播地主要在南洋，且作品中已然含带本土色彩的作家可称之为本土文人。典型如叶季允、邱菽园、王会仪[①]、徐季钧、萧雅堂、王攀桂等，他们或委身报馆，或置身杏林，或授业私塾，流寓南洋后便长居此地。文社平台的创建使他们彼此联系，声气相求，在参与文社活动或平日交游中创作繁殖，逐渐成为南洋文坛的执牛耳者及中坚力量。

---

① 按：《第一楼雅集诗》中王会仪之作署名为"社小弟王道宗会仪甫就正草"（《星报》，1896年12月16日）。王会仪即为王道宗，其在参与会贤社活动时多用"王道宗"一名，而其主持文社之后，逐渐采用"王会仪"一名，故本书皆用王会仪代之。

本土文人中也有部分为土生华裔,指祖籍在中国,出生并成长于南洋的作家,多属第二代或第三代侨生。其中有重华文、精翰墨者,如陈省堂"生长叻中,幼诵儒书,酷耽翰墨"[1],李清辉"生长甲地,旅处新洲,虽在外洋,而有志于中原之学"[2],他们参与本土创作,是典型的本土文人。受限于晚清南洋华社的文化氛围及偏重英文的教习导向,此类文人兴起较晚,前期规模不大。但在文社诗文月课的训练中及社长循循善诱的指导下,一些粗通文墨者渐谙文理,时常挥洒文墨,渐具规模的华裔文人群体成为晚清南洋文坛的重要参与者。

其二,流寓文学与本土文学有多重界分标准。

学界普遍以作家身份界定文学性质,即流寓文人创作的文学即为流寓文学;反之,本土文学则由籍贯所在地的本土文人创作。这种界分标准自然有其道理,但因南洋华文文学创作者身份的多元及其演进脉络的多线并置,使二者的界分不能以单一元素而论。

流寓文学的构成较为简单,指流寓在南洋的文人在当地创作的带有迁移文学特质的作品。其实际存在时间跨度较长,在旧文学的萌蘖期即已存在,绵延至新文学时期甚至当下。

本土文学的生成则较为复杂,其中一部分是由流寓文学转化而来。由中国迁移而来的文学在当地落地生根并与在地文化相融,其从创作内容到作品风格都开始具备了一些异于母国文学的特征,这种独立品格的形塑是判定本土文学是否形成的一项重要标准。另外,本土文学还应以本土为描写对象,服务于本土人民。由此而知,流寓文人参与本土文学活动,创作传播于南洋、彰显本土个性的文学作品是为本土文学。而本土文学还有一部分是由华裔文人创作的作品构成。

---

[1] 陈省堂:《越南游记》,《叻报》,1888年5月8日。
[2] 李清辉:《东游纪略》,《叻报》,1889年2月12日。

既然是华语创作，便不可避免地深受中国文学的影响，这是华文文学无论如何发展都必然携带的特质。无论是土生华裔还是流寓文人创作的作品，都或多或少地带有移植文学的色彩。换言之，文学本土化是一个永无止境的动态过程。因此划定本土文学的生成时间不是以本土化的完成为标志，而应以本土化的开始为起点。由此来看，南洋华文文学实际在旧文学阶段已经发生。

其三，权宜之称"在地文人"。

令人尴尬的是，过境文人与本土文人在实际划分中总是难免出现一些难以判定的现象：一方面史料难考，一些文人流落南洋及回国时间难有确证；另一方面文人心态随处境时有变化，使二者之间的界限具有一定的模糊性。但文学研究难免有模糊边界，为便于行文，在无法明确概念外延的情况下，我们仍然给出定义。因此，在本书中，若无特别说明，所称"流寓文人"是泛指出生于中国随后流寓南洋的文人，包括过境文人和后期转化为本土文人的群体；"本土文人"则是包括转化后的流寓文人和土生华裔的群体。两者有交叉，为方便论述，若无必要区分，将彼时身处南洋、参与本土文学活动的所有文人统称为"在地文人"。

三、前人研究成果述评

率先将南洋华文文学纳入研究视野的是马来西亚、新加坡等地学者。以系统性的文学史研究而论，方修无疑是拓荒马华文学研究的第一人，其 1960 年发表于《南洋学报》的《马华新文学的发展与分期》一文，拉开了马华文学研究的序幕。国内南洋华文文学的研究开始于 20 世纪 70 年代末，随着华文文学研讨会相继举办、研究中心陆续设立，国内学者的研究热情也日渐高涨，研究成果赫然可观。但国内外学者大多舍旧而从新，故南洋华文文学的研究多囿于新文学，很少谈及旧文学。而其研究之初，关于旧文学的论述实际比新文学出现得更早。19世纪末，力钧《槟榔屿志略》、邱菽园"诗话三部曲"中有关流寓文人诗歌的评点实为旧文学研究之滥觞。自后一百年来，旧文学研究也取得了阶段性的进展，以下仅撷取与本论题相关的研究成果，简单述评如下。

（一）南洋华文旧文学研究的三个阶段

光绪十七年（1891），力钧著《槟榔屿志略》，其中有对南洋在地文人的诗文评点，如评价童念祖的《槟城杂咏》一卷："其言虽俚，亦采风问俗者所不废也。"（《槟榔屿志略·艺文志》）其艺文志又收录数十本流寓文人书写南洋的诗文卷。随后，邱菽园的《五百石洞天挥麈》《挥麈拾遗》《菽园赘谈》以笔记文的形式点评南洋文人的诗歌，提炼其诗风。这种对时人诗文的汇辑与点评，首开南洋华文旧文学研究之先河。自此，旧文学研究首先在新马本土兴起，之后国内学者开始加入研究行列，取得初步成果。一百年来，有关南洋华文旧文学的研究可分为三个阶段：

第一阶段，19世纪末至1976年为旧文学研究之发轫期。这一时期新马本土学者是研究主力，研究成果集中于南洋学会主办的《南洋学报》。以郑子瑜、陈育崧、高维廉等学者的考释类文章为主，考述左秉隆、黄遵宪以及早期南来文人的履新事迹，其中有对其文学活动的稽考。文章掘引报刊资料，偏重历史史实的再现与历史线索的梳理，呈现出早期华文旧文学研究依托于史的鲜明特点。

第二阶段，1977年至2007年为旧文学研究之拓展期。国内学者逐渐参与，与新马本土学者共同推动旧文学研究的拓展。国内的研究成果主要集中于邱菽园个案，而境外学者网罗海量报刊史料，研究范围更为宽泛。世纪之交，李庆年《马来亚华人旧体诗演进史（1881—1941）》、叶钟铃《黄遵宪与南洋文学》等系统著述相继问世，带动学术界对旧文学进行重新审视，旧文学研究开始趋向文学史的宏观梳理。

第三阶段，2008年至今，旧文学研究渐入繁荣期。国内学者开始成为研究主流，旧文学研究呈现异彩纷呈的繁荣局面。随着近年报刊史料的公开，研究成果日渐丰富，研究范围更为全面。文学与地理、文学与传媒等交叉视角的引入，使旧文学研究不再拘泥于文学本体。而文学周边生态环境的呈现，也有利于接近文学发展的历史真实。

总体而言，尽管南洋华文旧文学研究成果蔚为可观，但系统性略有不足。专著及学位论文等自成体系的研究较少，单篇论文以及散见于著述之一隅的成果，难以系统性还原较为本初的文学史现场，理论研究也暂付阙如。基于此，进一步梳理国内外既有的研究成果，勾勒南洋华文旧文学研究的演进历程，总结出研究的薄弱之处便显得尤为重要，可为其后的深入研究奠定基础。

（二）三位南洋文坛领袖的研究

左秉隆、黄遵宪、邱菽园三位早期南洋文坛领袖，在南洋华文文学的发生、发展方面居功甚伟，学界对其进行的研究也取得了不少重要成果。

1. 关于左秉隆南洋文学活动的研究

左秉隆是清廷派出的首任新加坡领事，对推动南洋文风初开与文坛初建有重要贡献，但对其在任期间的文学活动，学界则尚未予以充分关注。

目前，仅见赵颖《新加坡首任领事左秉隆旧体诗略考》、陈曦《左秉隆在新加坡推广中华文化研究》等文章、论文中零星章节有所涉及。[①]它们或是梳理左秉隆《勤勉堂诗钞》中的南洋诗作，对其分类叙述；或是考察其在南洋主持文社、倡设义塾、开办文会等活动事迹。但它们仅立足于领事个人的文学活动，较少述及对南洋华文文学的影响。较重要的研究成果是中国台湾学者高嘉谦《帝国、斯文、风土：论驻新使节左秉隆、黄遵宪与马华文学》一文，阐明了驻新加坡领事借推行教化与汉诗写作对早期南洋文学气象的形塑。[②]

2. 关于黄遵宪南洋文学活动的研究

黄遵宪是近代重要的文学家、社会活动家，因此对其文学活动的研究成果相当丰富。但是，关于黄公南洋文学活动的研究则相对较少。

首先，关于黄遵宪驻南洋期间的事迹考述，缘起于新加坡学者的南洋历史研究。20世纪五六十年代《南洋学报》先后刊载了郑子瑜《诗人黄公度羁马事迹考》（第10卷第2辑）、高维廉《黄公度先生就任新加坡总领事考》（第11卷第2辑）、陈育崧《记林文庆以狗肉起黄遵宪沉疴事》（第17卷第1辑）等数篇考释类文章，援引报刊资料，详陈黄遵宪领事的委任过程及侨务政绩。文章均有较高的史料价值，但个别史实叙述也时有舛误。如陈育崧的文章中，黄遵宪任职新加坡总领事的下车时间以及百日守制的回籍、南归等史实均有讹误处，而后来国内学者编订

---

① 主要论著有赵颖：《新加坡首任领事左秉隆旧体诗略考》，《理论界》，2012年第2期。陈曦：《左秉隆在新加坡推广中华文化研究》，广西大学2016年硕士学位论文。〔新〕柯木林：《左秉隆领事与新华社会》，《星洲日报》，1973年7月31日。〔新〕柯木林：《〈勤勉堂诗钞〉中富有本地色彩的诗篇》，《星洲日报》，1976年10月20日。

② 高嘉谦：《帝国、斯文、风土：论驻新使节左秉隆、黄遵宪与马华文学》，《台大中文学报》，第32期。

黄遵宪年谱时又多以陈论为准，以致史实讹误遗留至今。

其次，学界关于黄遵宪南洋文学活动的研究也有所拓展。新加坡学者郑子瑜首倡"黄学"，1959年主编《人境庐丛考》，收录有关《人境庐诗草》的数篇考述性论文，其中郑子瑜《谈黄公度的南游诗》一文绘制了黄在南洋诗歌创作的时空图谱。① 其又于1961年主编《黄遵宪研究专号》（《南洋学报》第17卷第2辑），收录有手迹9种、书函1种及相关论著8种，多为史料的辑佚与编校。随着国内黄学研究的活跃，黄遵宪的南洋诗作成为学界研究热点，相关论文层出叠见，或是对诗歌进行分类叙述，概述其艺术特色及内蕴的思想情感，如柯木林《黄遵宪总领事笔下的新加坡》；或是描述黄诗开拓的异域诗境以及对其诗学思想的践履，如王力坚《驰域外之观　写心上之语——论黄遵宪的南洋诗》。② 相对而言，黄在南洋创办文社、评点联课等文学活动，学界初鲜少论及，或是语焉不详，直至叶钟铃《黄遵宪与南洋文学》一书，才还原了文社活动的轨迹。③ 叶著大量汇辑报刊史料，为后续研究提供不少便利，对进一步深化黄遵宪的海外活动研究具有重要意义。

3. 关于邱菽园南洋文学活动的研究

在对晚清南洋本土文人的研究中，对邱菽园的研究最具代表性，相关成果颇为丰富。

邱菽园于1897年刻印《菽园赘谈》，1899年刻印《五百石洞天挥麈》，书前附有王会仪、潘飞声、丘逢甲等人的序文；1910年康有为点定《菽

---

① 郑子瑜主编：《人境庐丛考》，新加坡：商务印书馆，1959年，第87页。
② 相关论文主要有〔新〕柯木林：《黄遵宪总领事笔下的新加坡》，《亚洲文化》，第7期。王力坚：《驰域外之观　写心上之语——论黄遵宪的南洋诗》，《广东社会科学》，1997年第4期。赵颖：《吟到中华以外天——黄遵宪南洋主题旧体诗研究》，《宁夏大学学报》，2012年第1期。
③ 〔新〕叶钟铃著：《黄遵宪与南洋文学》，新加坡：亚洲研究学会，2002年。

园诗稿》，并在1922年出资刻印《啸虹生诗钞》，两部诗集前皆有康氏作的序。以上序文中对邱菽园生平、诗文的点评文字，可视为邱菽园研究的滥觞。1969年，杨承祖《丘菽园研究》一文可以视作邱菽园系统性研究的肇始。[1]该文介绍了邱氏在星洲开展的文教事业，评论其诗学倾向及诗作风格。杨氏评述言简意赅，观点独到，持论公允，是邱菽园研究的阶段性重要成果。

邱菽园素以诗名，因此关于邱氏诗歌创作及诗学成就的研究成绩斐然。其一，以其咏史诗为研究对象，或作基础性的编年校勘，或分析咏史诗的主题及艺术风格，或评介其成就与地位，成果丰富多样。王志伟《丘菽园咏史诗研究》一书为其中的代表作，辑出邱氏诗歌中的125首咏史诗，对诗作的创作背景、主体呈现、艺术形式、接受评价皆有论及，研究体例较为完整，同时期的论文皆不脱此研究范畴。[2]其二，以邱菽园流寓者的身份考究切入，论述其兼照故土与新土的诗情。高嘉谦的两篇论文《流寓者与诗的风土：论丘菽园的南洋诗》《邱菽园与新马文学史现场》，从流寓者与离散诗学的视角切入，试图借邱菽园的南洋诗作来还原新马文学史现场。[3]蒙星宇《南洋奇葩——东南亚华文古体文学个案研究之邱菽园》一文，则解析了邱菽园文学个案的显性特点与隐性蕴含。[4]其

---

[1] 杨承祖：《丘菽园研究》，《南洋大学学报》，1969年第3期。
[2] 王志伟著：《丘菽园咏史诗研究》，新加坡：新社，2000年。其他相关论著论文主要有：王志伟：《丘菽园咏史诗的主题呈现》，陈荣照主编：《新马华族文史论丛》，新加坡：新社，1999年，第129—172页。王志伟著：《丘菽园咏史诗编年注释》，新加坡：新社，2000年。宋红霞：《丘菽园咏史诗评价》，《殷都学刊》，1999年第3期。
[3] 高嘉谦：《邱菽园与新马文学史现场》，张锦忠：《重写马华文学史论文集》，台湾：暨南国际大学东南亚研究中心，2004年，第37—54页。
[4] 蒙星宇：《南洋奇葩——东南亚华文古体文学个案研究之邱菽园》，暨南大学2005年硕士学位论文。

另外两篇文章也同样探讨了邱菽园流寓异乡的寓公心态,以及笔写南洋与推进本土文教活动等"华化南国"的实绩。① 此外,一些论文还从爱国情怀与南洋色彩两个维度观照邱菽园的南洋诗作。② 其三,邱菽园的诗学思想研究。黄义真《丘菽园诗学研究》一文归纳邱的诗学观念,探讨其诗歌渊源与创作特点。③ 其后谭勇辉《南洋华人诗坛发展史的重要基石:邱菽园和他的"诗话三部曲"》一文详细论述了邱的"诗话三部曲"对传统诗学理论的承继、诗话辑评范围的构思,以及其之于早期南洋文坛建构的特殊意义。④

总体而言,学界对左秉隆、黄遵宪、邱菽园三位文坛领袖的个案研究取得了不少成果,但立足于宏观文学史脉络把握个体的文学活动及其成就的研究,则较为缺乏。至于对南洋其他文士的研究则更少,以我们目力所及,仅可见叶季允、陈省堂等人的零星研究成果。如陈育崧《南洋第一报人》辑有叶季允刊于日报的诗歌,汇成《永翁诗存》,为此后研究做了基础性的文献整理工作。⑤ 叶钟铃《陈省堂文集》汇辑其刊于《叻报》《星报》等报刊中的33篇文章,同样是做基础的文献整理工作。⑥ 而基于文献之上的系统性研究,还有待进一步深化开掘。

---

① 王列耀、蒙星宇:《能将文化开南国 剩有诗情托国风——论新加坡华侨诗人邱菽园诗歌中的"古典中国"》,《汕头大学学报》,2004年第5期。王列耀、蒙星宇:《流寓异乡 兼照两地——新加坡华侨邱菽园与新加坡早期的"流寓文学"》,《东南亚研究》,2004年第4期。
② 相关论文有朱杰勤:《星洲诗人邱菽园》,《亚洲文化》,1986年第7期。丘铸昌:《试论丘菽园诗作中的爱国精神》,《华中师范大学学报》,2001年第5期。金进:《新加坡侨寓文人邱菽园南洋汉诗主题研究》,《东南亚研究》,2016年第5期。
③ 黄义真:《丘菽园诗学研究》,南京大学2005年硕士学位论文。
④ 〔马〕谭勇辉:《南洋华人诗坛发展史的重要基石:邱菽园和他的"诗话三部曲"》,《古典文献研究》,2014年第2期。
⑤ 〔新〕陈育崧:《南洋第一报人》,新加坡:星洲世界书局,1958年。
⑥ 〔新〕叶钟铃编著:《陈省堂文集》,新加坡:亚洲研究学会,1994年。

（三）晚清南洋华文分体文学研究

学界对晚清南洋华文诗歌、戏曲、小说等文体的发展作纵向梳理的分体文学研究，也初有成果。

对于南洋华文旧文学而言，诗歌是主流文体，因此学界对晚清南洋华文分体文学的研究主要集中在诗歌方面。李庆年《马来亚华人旧体诗演进史》一书实为奠基之作，立足于报刊史料，对创作事实进行爬罗剔抉，以时间分期作为衔接章节的逻辑基础，分析旧体诗的演进情形，梳理出马华旧体诗的断代诗史。[1] 该著述大量掘引报刊资料，搜罗匪易，对繁复冗杂的资料能有条不紊地展开论述，卓见功力。但书中也有部分史实的错漏，如言及乐群文社是由丽泽社改名而来，而实际两社相辅并行，诸如此类。其后李庆年又编成《南洋竹枝词汇编》一书，对彼时的竹枝词作品进行汇辑校订。[2] 赵颖《新加坡华文旧体诗研究》在李著基础上有所拓展，以创作者身份对旧体诗进行分类研究，并分析其文学史定位与价值。[3] 谭勇辉《早期南洋华人诗歌的传承与开拓》以1911年之前南洋华人诗歌为研究对象，论述主要为三个方面：早期文脉南传与过境文人的诗歌创作，邱菽园、丽泽社与南洋诗坛的建构，早期南洋华文报纸的诗文风雅。[4]

关于南洋戏曲文学方面的研究成果较少。旧文学时期，流传于南洋的戏曲主要是粤剧、潮剧、琼剧等地方戏。对早期地方戏曲的研究也有

---

[1] 〔新〕李庆年著：《马来亚华人旧体诗演进史》，上海古籍出版社，1998年，第130页。
[2] 〔新〕李庆年编：《南洋竹枝词汇编》，新加坡：今古书画店，2012年。
[3] 赵颖：《新加坡华文旧体诗研究》，陕西师范大学2012年博士学位论文。
[4] 〔马〕谭勇辉：《早期南洋华人诗歌的传承与开拓》，南京大学2014年博士学位论文。

部分成果，如毕观华的《新加坡地方戏发展史略》①、胡桂馨的《粤剧在新加坡的发展》②等。但就研究内容而言，学者多是立足于戏曲表演、戏院戏台、剧团发展等角度，少有对戏曲文学作品的评述。2012 年，李庆年编有《马来亚粤讴大全》，对粤讴这一戏曲文学作品进行辑录与整理，初步涉及晚清南洋戏曲文学研究。③

关于清末南洋华文小说的研究则较为滞后。辜美高、严晓薇《清末新加坡〈叻报〉附张的小说》一文，对《叻报》刊载的部分小说进行简要介绍。④ 其后拙作《晚清小说低潮研究：以宣统朝小说界为中心》中的"海外华文小说"部分对晚清南洋小说进行了研究，论及南洋华文小说产生的背景、小说观念与创作的革新，以及小说落根南洋之后独立品格的萌蘖。⑤《晚清南洋革命派的小说观念及小说品格——以新加坡〈中兴日报〉为样本》一文则专章论述了革命派南下以小说启牖民智，以此带来小说观念品格的革新与本土化倾向。⑥ 李奎《新加坡〈叻报〉小说初探（1887—1919）》一文选取《叻报》所载小说为研究对象，对其中的笔记小说与通俗小说分类解析，并重点讨论其对中国小说的借鉴。⑦ 还有几篇论文对报刊所载的《红楼梦》《聊斋志异》相关资料作初步分析，以期促

---

① 毕观华：《新加坡地方戏发展史略》，《亚洲文化》，1988 年第 11 期。
② 胡桂馨：《粤剧在新加坡的发展》，刘靖之、冼玉仪：《粤剧研讨会论文集》，香港：香港大学亚洲研究中心、三联书店（香港）有限公司，1995 年，第 486—496 页。
③ 〔新〕李庆年编：《马来亚粤讴大全》，新加坡：今古书画店，2012 年。
④ 辜美高、严晓薇：《清末新加坡〈叻报〉附张的小说》，《上海师范大学学报》，2005 年第 1 期。
⑤ 谢仁敏著：《晚清小说低潮研究：以宣统朝小说界为中心》，中国社会科学出版社，2014 年。
⑥ 谢仁敏：《晚清南洋革命派的小说观念及小说品格——以新加坡〈中兴日报〉为样本》，《东南亚研究》，2009 年第 6 期。
⑦ 李奎：《新加坡〈叻报〉小说初探（1887—1919）》，上海师范大学 2010 年硕士学位论文。

进两部小说在东南亚的传播研究。①小说研究多集中于《叻报》，对《振南日报》《总汇新报》等报刊所载小说的挖掘分析还有待进一步加强。

（四）晚清南洋文社活动研究

晚清南洋文社研究也取得了一些初步成果，其中的代表性成果择要胪列如下：

李庆年《马来亚华人旧体诗演进史》一书，在梳理旧体诗演进历程时，也简要考述了部分文社的创立及其月课活动。其后叶钟铃的论著《黄遵宪与南洋文学》、论文《左秉隆与会吟社》，简要论述了会贤、图南二社的缘起与演进，基本呈现了左秉隆、黄遵宪在南洋主持文社的概貌。②梁元生在其著作《新加坡华人社会史论》中对会贤社的月课活动作了大致梳理。③文章资料翔实，新见迭出，士人阶层的提出使学界更为准确地认识了晚清南洋华社的文化生态。谭勇辉《早期南洋华人诗歌的传承与开拓》一文也勾勒出早期南洋华人诗坛的发展状况。李奎《早期新加坡文社与儒学传播探析——以新加坡汉文报刊为中心》一文，从儒学传承的角度，总结论述驻新领事左秉隆、黄遵宪以及本土文人邱菽园借文社开展的儒学传播活动。④

会贤社、图南社、丽泽社等文社因社长闻名遐迩，受到学界较多关

---

① 相关论文有李奎：《新加坡〈振南日报〉载〈聊斋志异〉相关资料述评》，《蒲松龄研究》，2012年第3期。李奎：《新加坡〈星报〉〈天南新报〉所载"红学"资料述略》，《红楼梦学刊》，2014年第2期。李奎：《新加坡〈振南日报〉所载"红学"资料述略》，《红楼梦学刊》，2015年第5期。
② 〔新〕叶钟铃：《左秉隆与会吟社》，《中教学报》（新加坡），2001年第27期。
③ 梁元生著：《新加坡华人社会史论》，新加坡：新加坡国立大学中文系、八方文化创作室，2005年。
④ 李奎：《早期新加坡文社与儒学传播探析——以新加坡汉文报刊为中心》，《东南亚研究》，2014年第3期。

注，但文社内部的社务运作及月课活动等风貌并未完全还原。况且晚清南洋诸多文社尚有部分未入学界视野，诸如印尼巨港崇文社、缅甸仰光闲来阁、马来西亚槟城南社等，这些社团既是文人活动的重要平台，也是文社演进迭变的复杂历程中的重要参照案例。因此，文社研究尚有较大的发掘空间。

  总体而言，文社与华文文学的研究虽取得阶段性成果，但并未形成体系。文社研究在整体性南洋华文旧文学研究之中尚属薄弱环节。基于此，我们以文社与华文文学的发生、发展为立意展开论题，首先进一步挖掘汇辑报刊史料等基础文献，以期补学界史料整理之缺失；其次以史实为据，考述文社的发展历程，剖析文人社团触兴文学的多重机制，厘清晚清南洋华文文学演进的脉络，并试图探索和解答华文文学发生的判定标准、独立品格的表征等一些学界悬而未决的关键性命题。

第一章　晚清南洋文人结社的背景与缘起

古代中国文人的结社之风盛行，文人借此聊以诗酒自娱，又交流文墨，互通声气。严格意义上的文社是指文人群体以共同目的发起，在明确规约下按照某种形式开展文学活动的组织。中国古代文社历经长期的铺垫与酝酿，至唐代真正成型，乃是文学发展至成熟阶段自然孕育之产物。① 与之不同的是晚清南洋文社，在当地文风未振、文学未兴之际却能横空出世，并在短时间内以繁荣态势遍布南洋各埠。缘何如此？不妨先从晚清南洋的文化环境切入这个话题。

第一节　文人结社的背景：逐渐改善的文化生态

文学社团作为高级形态的文学组织，其缔结与开展需依托于良好的文化生态。晚清南洋文社虽是对中国文人结社传统的移植，无须长期的酝酿过程，但也同样是社会环境、文化氛围、人才储备、传播媒介等周边因素都发展成熟基础上的必然产物。而催生这个必然产物的生态环境，实则经历了一段漫长的演变过程。

---

① 参见张涛、叶君远：《文学史视野下的中国古代文人社团》，《河北学刊》，2006 年第 1 期。文中称："先秦时期，并没有结社活动，但却孕育了后世社团的生成因子"，"东晋时期的白莲社在中国古代是第一个以'社'命名的社团组织，文人结社的直接源头可以追溯于此"，"真正具有文学性质的结社始于唐代，即中唐时期幕府诗人所结之'诗社'"。

早期中国与南洋的交往，可远溯自周秦。到了两汉、三国时期，已遣使者相互往来，"吴孙权时遣宣化从事朱应、中郎康泰通海南诸国"[1]。至唐代，始有华侨移居南洋，唐末黄巢起义时，番禺一带有不少人为避乱迁居至苏门答腊岛的巨港。阿拉伯史学家麻素提在《黄金牧地》一书中称其在公元943年（后蜀广政六年）途经苏门答腊时，"有多数中国人耕植于此岛，而尤以巴邻邦（室利佛逝）为多，盖避中国黄巢之乱而至者"[2]。宋元时期，华侨出洋经商已成普遍现象，尤其是元代，海道交通繁盛，又开中缅的陆路交通，使两地往来便利。"宋代中国商人之足迹，殆遍布南洋各岛。虽为往来之商贾，但亦有过期不归者"[3]，"北人过海外，是岁不还者，谓之'住蕃'"[4]。"住蕃"者多沿袭旧俗，其劳作、服饰、生活习惯等长期保留传统。元代汪大渊的《岛夷志略》中"龙牙门"条有载：

> 门以单马锡番两山，相交若龙牙状，中有水道以间之。田瘠稻少。气候热，四五月多淫雨。俗好劫掠。昔酋长掘地而得玉冠。岁之始，以见月为正初，酋长戴冠披服受贺，令亦递相传授。男女兼中国人居之。多椎髻，穿短布衫，系青布稍。[5]

远托异国的华侨对文化传统的保留是华侨社会形成的基础。但彼时南洋作为商贾船夫的暂歇之地，即或有中国人在此定居，亦是兼而夹居其间，人员分散，难以聚合力量，华人社区还未形成。

---
[1] 刘继宣、束世澂著：《中华民族拓殖南洋史》，河南人民出版社，2016年，第2页。
[2] 转引自李长傅著：《中国殖民史》，上海科学技术文献出版社，2014年，第61页。
[3] 转引自《中国殖民史》，第63页。
[4] 〔宋〕朱彧撰，李伟国点校：《萍洲可谈》，上海古籍出版社，2012年，卷2，第30页。
[5] 〔元〕汪大渊著，苏继庼校释：《岛夷志略校释》，中华书局，1981年，第213—214页。

明清时期，政府虽有严苛的海禁政策，但闽粤两省人移植南洋者尤繁于前代。一是两省人口激增后，有限的生存资源愈加捉襟见肘，一部分贫苦之人为谋生计而迁至地广人稀的南洋各岛。二是列强入侵瓜分南洋后，殖民地政府为扩充劳动力常招徕华工。三是政治原因带来的遗臣遗民亡命南洋。明清易代、太平天国运动等皆产生大量的避居者，其中不乏文墨之士，带来中华文化的播传，也对华侨社区的形成产生较大影响。华侨在南洋垦荒土地，开办实业，繁殖生息，作为有着共同文化背景和文化特征的华人群体，在文化传承与在地融合之中，也促成了华社文化生态的改善，从而为文社的发生、存续奠定了必要的基础条件。

一、文化社群的形成

当同个族群的人口聚集到一定规模之后，基于文化认同的集聚效应开始显现，文化社群在此基础上得以建立。晚清以降，国力日渐疲弱，西方侵略者的殖民入侵又打破了封建社会的稳定结构，逢内外交困，加之海禁渐开，大量移民如潮似涌般流入南洋。华侨遍布于南洋各岛，又以马来亚的"海峡殖民地"（包括新加坡、槟榔屿、马六甲等）为主要集中区域。以新加坡为例，嘉庆二十四年（1819）开埠之时，华人仅150人。道光二十年（1840）该地华人人口增长至17704人，已占人口总数的50%。咸丰十年（1860），西方列强迫使清政府签订协议，准许华工出国，出洋华工"毫无禁阻"之后，新加坡华人人口迅速攀升至五万余人。光绪七年，清政府派出首任新加坡大使，此年华人人口为86766人，占人口总数的62%。[①]

---

① 有关南洋华人人口统计数字来源于〔新〕许云樵著：《新加坡一百五十年大事记（1819—1969）》，新加坡：青年书局，2005年。

新加坡华人暴增只是南洋华人人口增长的一个缩影,可知该地区在19世纪中后期已有庞大的华人移民群体,尤其是清政府在此设立领事之后,"南洋各岛华人无虑数百万"[1]。黄遵宪任新加坡领事时上奏薛福成的禀稿中亦称,"窃职道到新嘉坡任后,详察南洋各岛,流寓华人不下百余万人","此辈久居外洋,远者百余载,皆置田园、长子孙;近亦数十年,各有庐墓,各有家室。正朔服色,仍守华风,婚丧宾祭,亦各沿旧习不改"[2]。薛福成出使途中经槟榔屿,闻见侨民"颇重风雅,喜逢迎,善褒奖。童子见客,揖让为礼。人情古厚,甲于海南群岛。守家礼,重文教"[3]。可见,晚清南洋已有数量可观的华侨群体,且仍守华风旧习,为华社族群文化的形成奠定了基础;同时,侨居异地之人对民族传统的尊崇传承,则成为建构文化社群的关键。

其中,华侨缔结的文化组织对传承民族文化、建构文化社群起着至关重要的作用。新客初到南洋之时,往往是同一方言群的移民聚居一处,为慰藉侨居异乡的客愁心理以及祈求神灵祖先的庇佑,他们多筹建宗祠、寺庙等,同时又发展宗乡会馆。道光八年(1828)漳泉商人薛佛记在新加坡创建恒山亭,"建亭于恒山之麓,以备逐年祭祀,少表寸诚"[4],之后又联合陈笃生与各方言邦领袖共同扩建为天福宫,作为邦人集会、议事之所。咸丰十年,又在此基础上修建福建会馆。设立较早的宗乡会馆还有广帮的宁阳会馆(1822)、客属的应和会馆(1822)等,另有曹家馆(1819)、四邑陈氏会馆(1848)等按血缘、姓氏组建的宗亲组织,以及

---

[1] 《议设领事》,《叻报》,1888年3月16日。
[2] 〔清〕黄遵宪:《总领事黄观察禀稿》,《星报》,1892年11月2日。
[3] 〔清〕薛福成:《出使英法义比四国日记》,余定邦、黄重言编:《中国古籍中有关新加坡马来西亚资料汇编》,中华书局,2002年,第358页。
[4] 陈荆和、〔新〕陈育崧:《新加坡华文碑铭集录》,香港:香港中文大学出版社,1972年,第221页。

各行业工友创建的行业公会。① 这些社团为远身异域的侨民提供寄身之处，守望相助，一定意义上弥补了华侨缺乏政府护佑的遗憾；以地域、血缘为纽带联结的文化组织，常承担祭祀、庆典等文化活动，又较大程度地移植了原乡区域和宗族的文化习俗。宗亲会、同乡会组织内部的联结互助性以及对原乡文化的传承，有助于华侨建立身份认同、培养群体归属感。

同时，有经济实力的华人社团还自觉担负起兴教助学的职能，提倡华文教育，开办中式学堂。如在新加坡较早创立的明城书院、慎之学塾即是依附在华侨庙宇内；闽帮领袖陈金声倡建的崇文阁，是福建总会天福宫的附属机构；此后陈金声又在此创建了萃英书院，正式授业本邦子弟。华人社团创设义塾，教授传统蒙学，承担振兴斯文之任，将中华文化播传南洋，濡染教化在地侨民，以期"他日斯文蔚起，人人知周孔之道，使荒陬遐域，化为礼仪之邦"②。不同于区域文化"小传统"的移植，中华文化"大传统"的承继，则更有利于各邦华侨摒除畛域之见，建立整体性的文化认同，从而构建起基于整个南洋华族之上的文化社群。文化社群的形成是文化生态演进的重要一步，为在地文社的酝酿发生培植了良好的土壤。

值得注意的是，南洋华侨形成的华文文化圈是相对封闭的，主要接受来自中华文化母体的熏陶滋养。晚清之际，南洋华文报刊常刊登古典书籍的出售广告，吸引文士选购，诗文、小说等华文书籍流布南洋，以此带来古典文学的润泽。当然，华文文化圈在接受中华文化移植熏染时并非通盘全收，而是立足本土的选择性接受，以营利为目的的书籍销售也

---

① 有关宗乡会馆的相关资料，参见朱浤源：《东南亚华人社团与文化活动之研究》，台湾："中央研究院"近代史研究所，1994年。
② 《新加坡华文碑铭集录》，第292页。

要迎合南洋士子的阅读喜好与文化需求。①南渡流寓者络绎而来，将国内时兴的文学思潮或创作模式传播至南洋，引发南洋士子的借鉴并进行适应本土的改良。例如，南洋文社的兴起便是士子对中国文人结社传统的移植，并结合当地文化需求进行调适的成功案例。因此，文化社群的形成与内部文化特质的不断更新，为文人社团的生成、发展奠定了必要的生态基础。

二、士人阶层的兴起

移民南洋者多为生计所迫，他们远离故土，航海梯山而至，多孜孜于商利，少有风雅之事。其中善于经营者成为拥赀千万的商绅，操经济之权，俨然是华社的统治阶层；而不善治业者则受雇于他人，是贫无立锥之地的华工。因此，南洋移民社会最初形成之时，主要分化为工商两

---

① 《星报》《叻报》多见书籍发售广告，报馆由上海、杭州等地采办国内书籍，销售于南洋。《星报》载："新到书籍发售"广告，文前云："本馆现由上海、苏杭办到各种新奇书籍甚多，无论经史子集、稗官小说。"（《星报》，1890年10月4日）又载"新到书籍发售"广告，云："本馆向办各种新书至叻发售，颇蒙诸土商赐顾，旋办旋消，盖缘价既相宜而款式又时故也。兹又从上海办至各种书籍，类能资见识而长智者，谨将书目开列于左。"其中以古典小说居多，有铅版绘图《封神》、铅图《古今奇观》、图像《东周列国》、缩版《聊斋志异》、《二十四史通俗演义》、《二才子好逑传》、《三才玉娇梨》、《四才子平山冷燕》、《五才子水浒传》、《七才子琵琶记》、《八才子白圭记》、铅版《说岳传》、铅版《五才子》、铅版《平捻记》、图像《西游记》、铅《后西游记》、《红楼梦图咏》、铅《儿女英雄》、图《儿女英雄》、《岂有此理》、《更岂有此理》、《韵石斋笔谈》、《绘图六才子》、《大七侠五义》、《小七侠五义》、《酒地花天传》、《阅微草堂》、五彩《列国》、图石《三国》、《隋唐演义》、《龙图公案》、《五虎平西》、《岳武王集》、《醒世姻缘》、《鸿雪姻缘》、石《笑中缘》、石《镜花缘》、《夜雨秋灯》、《子平渊海》、《三宝开港》等；又见文选、随笔、诗集类书目，如《胡氏文选》、《如是我闻》、《胡文忠公全集》、《林文忠公全集》、《异谈随笔》、《词林墨妙》、《航海吟草》等。文末云："其余书目太多，难以尽录。"（《星报》，1891年11月2日）据此可知，南洋士子不断接受中国文学的熏染；且报馆引进书籍以小说类为主，由此也可窥见南洋文人的阅读喜好。公众对小说的喜好偏向，为此后小说观念的改革奠定了文化基础。

个阶层。19世纪中后期以降，区别于绅商与华工之外的士人阶层开始崛起，消解了二元对立的社会结构。颜清湟在其论著中已析出华侨社会中的士人阶层，其职业身份主要是"外国和华人公司的职员、政府低级官员、译员、学校教师和专业人士"①，显然与传统意义上的士人有别，但其"生活特征、思想形态和性格均与传统中国的文人和书生相似"②。

据史料进一步考证，我们可以发现晚清南洋华社的士人阶层确于19世纪七八十年代开始兴起。其缘起实由两端：一是华文教育的兴起，提升了本土的文化水平；二是国内时势动荡与海禁政策的松弛，带来南渡文人的增多。

19世纪晚期，华文教育培养的本土人才初显成果。见诸史料的南洋最早的华文私塾是巴达维亚（今雅加达）的明城书院，成立于康熙二十九年（1690）。雍正年间，该地养济院内又设另一所义学。③ 嘉庆二十年（1815），马六甲已有九间华人私塾，供百余名学生就读④；同一时期马来西亚槟城有三间华人学堂，咸丰年间又建有五福书院⑤；新加坡也有三间方言私塾⑥。这些方言学塾或由商贾开办，或为塾师自设，招收学童几人至几十人不等。虽然受闽粤方言区的囿限，但也使相当数量的

---

① 〔澳〕颜清湟著，粟明鲜等译：《新马华人社会史》，中国华侨出版公司，1991年，第132页。
② 《新加坡华人社会史论》，第2页。
③ 杨启光：《印尼华人教育的兴起与盛衰》，《中华文史资料文库》第19卷《华侨华人编》，中国文史出版社，1996年，第440页。
④ 〔新〕柯木林、林孝胜著：《新华历史与人物研究》，新加坡：南洋学会，1986年，第71页。供福建学童就读者有八间，约有一百五十名学生；供广东学童读书者有一间，约有十几名学生。
⑤ 《重修五福书院小引》："溯我五福堂者，崇奉重阳帝君。咸丰年间之所建，槟榔志内所载者也。"傅吾康、陈铁凡编：《马来西亚华文铭刻萃编》（第二卷），吉隆坡：马亚大学出版部，1985年，第805—816页。
⑥ 一间位于北京街，为闽方言教学，学生二十二名；另两间为粤语教学，分别有学童十二名、六名。见 Song Ong Siang（宋旺相），*One Hundred Years' History of the Chinese in Singapore*, Oxford University Press, 1984, p. 26.

侨生子弟渐谙华文。以萃英书院为例，咸丰四年（1854）陈金声捐金买地，倡建书院，"欲以造就诸俊秀，无论贫富家子弟，咸使之入学"①，学童概不收费，最初入学者有几十人，至19世纪70年代，每年已有一百名学童。萃英书院授课以儒家史籍为主，"每届岁底考试一次，以验诸学童之文艺"，"或试以诗联，或试以书札，或诘以章句"②。可见，彼时的义塾教育并非限于蒙学，而是着意培养学童的文献阅读能力与诗文创作技艺，"闻此次所考诸童，业较于去年大进，云是亦可见培植人才之效矣"，"数十年来，培成桃李者，指难胜屈"③。按此，晚清南洋华文教育已培养出一定规模的俊才，为文社的缘起与发展提供了人才基础。但又不可否认，本土学塾培养的士子多是粗识文理者，他们尚未成长为文坛力将。

士人阶层兴起更为主要的来源是日增月盛的南渡文人。最初南洋华社鲜有流寓文人，眷恋故土的情结与入仕治邦的理想使文人多不愿远身异国，况且南洋还是士人心中"椎鲁无文"的荒陬之地，故绝少有文人流寓此处。但随着晚清政局动荡不安，文人读书仕进之路愈加塞促，穷困潦倒，无所依持，便不得不买舟南下在此谋一生计。加之官员出使、巡访途经南洋所撰写的游记、诗歌中多有对此地馥郁人文的描绘，如斌椿《天外归帆草》中提及"新嘉坡多闽粤人，市廛栉比，门贴桃符，书汉字，有中原风景"④，南洋印象渐有改观，逐渐成为士人心中的富庶之乡、教化之地。

此外，南洋报业的初兴及书塾的开设也广为招徕人才，为南渡文人提供了更多谋生机会。叶季允即为薛有礼重金聘请而来，担任《叻报》主笔兼编辑，同为报馆编辑及记者的还有徐季钧、何渔古、萧庆祺等南

---

① 《新加坡华文碑铭集录》，第291页。
② 《萃英集试》，《叻报》，1889年1月17日。
③ 《奖励学童》，《星报》，1893年2月2日。
④ 斌椿：《天外归帆草》，斌椿著，钟叔河等校点：《乘槎笔记·诗二种》，岳麓书社，1985年，第198页。

渡文人。除此之外，报馆还需延请誊写、书记等，"本馆欲延请书写石板字人一名"①，"兹欲延请书记一名，须略解文字，可司纪籍者，方能合用"②。各埠书塾也向国内延请儒师，华英同文馆"在华海延聘名儒来馆，以授华文"③，萃英书院"向延蒙师三人，分司教习"，王攀桂、王逢元、许嘉树、黄世作、夏之时等文人曾先后来叻，担任萃英书院的教习④。众多的就业机会是吸引文人流寓此处的重要缘由。

总之，19世纪后期，在多方因素推动下，流寓士子逐渐增多。他们有着与传统文人共同的文化追求，将赋诗集会的雅好附挟而来，促进了南洋文风的兴盛。这些流寓南洋的文人多在国内接受传统教育，文墨精善，其中佼佼者实是构建文坛的中流砥柱，也是支撑文社的中坚力量。如徐季钧、王会仪、王攀桂、夏之时等一批文人，都是文社缘起与发展的重要推动者。

南洋文士与中国旧式文人有颇多相似之处，皆有汲汲于科举功名的理想追求以及诗酒唱酬的消闲情调。但他们又不同于传统文人，因缺失依附土地或者社会权利等外在条件，只能从业以谋生计，多供职于报馆、书塾、医馆等，或卖文鬻画，作文字营生。除上文提及的委身于报业、教育行业的文人之外，弃儒从医者亦不乏其人，如儒医江天恩"屡困场屋，有感范文正公之说，于是弃儒就医，弧矢四方"，"前乙酉年航海来叻，寓怡隆行"。⑤另如张德芳、谢祝轩等皆是弃儒就医，兼又常作诗文

---

① 《延请书写》，《叻报》，1891年2月25日。
② 《延请工伴》，《叻报》，1887年10月18日。
③ 《启馆告白》，《叻报》，1891年2月25日。
④ 《书院甄别》一文云："主讲者乃王君攀桂、黄君世作、夏君既明，所课学童不下百余名。"（《叻报》，1897年12月20日）《萃英聚考》一文云："查该院分为三席，主其席者为王君攀桂、王君逢元、许君嘉树，统计生徒不下百十名，可谓盛矣。"（《星报》，1891年1月24日）
⑤ 曾廷川：《敬颂儒医》，《叻报》，1888年8月7日。

的士子。[1] 有职在身的士子多务实利而不求虚名，凡征文求教、预访贤才、书院考核等活动多施以金钱奖励，使奖酬之风在南洋颇为盛行，这也直接影响了文社的缔结方式。此后，随着文社时代到来，南洋士子撰文取酬，逐渐向职业作家转化，其间也显示出了更强的市场适应性。

另外，早期士人群体也表现出基于南洋文化生态的独有特征。一是分散性。受职业所限，不同领域的士子少有沟通；且领事赴任之前，士人阶层未能产生执掌文坛的领袖；零星文人自发开展的文学活动自然也难成规模。也正是诟病于创作群体的松散性，雅集南洋士人的文社才有建立的必要性。二是流动性。尤其是流寓文人，动辄迁往他埠或北返回国，同时又有南渡新生力量补充加入，使这一群体不断更新变化，也为文社的存续与发展注入活力。

三、传播机制的更新

晚清之际，南洋华文报刊业迎来了一个爆发期。光绪七年薛有礼创办《叻报》，随后《星报》《槟城新报》《天南新报》等相继创刊。大众传播媒介的兴起预示着南洋文化生态已演进至新阶段，为文社的缘起与迅速繁荣兴盛创造了条件。

报刊媒介之外，南洋华文文学的传播载体另有刻印本、手抄纸本、口耳相传等形式，但皆具有一定的局限性，只能成为文社活动以及文学发展的辅助手段。

彼时南洋华社流通的刻印本数量极少。一方面，创作力充足的流寓

---

[1] 张德芳自述："余在叻中以医问世业已有年，向在豆腐街头万美堂内。"（张德芳：《医寓迁移》，《叻报》，1889年5月18日）谢祝轩"弃儒就医"，供职于同济医社。（李攀福：《同济医社祝轩谢先生医术精通眼科尤妙论》，《叻报》，1889年7月4日）

文人大多缺乏付梓刊行的能力，薪资微薄甚至不敷糊口之用，难以支付印务馆的高昂费用。时任《槟城新报》主笔的力钧，在其所著《槟榔屿志略》中录有槟城诗文集31种，皆散佚不存。邱菽园在《五百石洞天挥麈》中提及："《槟榔屿志略·艺文志》著录凡十数种，据称皆流寓诸子笔墨。余尝欲致之一室，冀有采录，以广其传。使人入市求之不得，始知皆未刊行本也。"[1]可见流寓文人诗文刊印之难。

另一方面，南洋文人诗文集流通传播的动机不足。中国古代诗文稿本的流播或是为干谒之用，或是供文人群体间附庸风雅，或为"立言"流芳后世，但南洋文人大多无此类文化需求。或许自觉创作水平有限，早期南洋文人藏之书箧的诗文，多有羞于示人的心理，是故文学作品鲜有流通。即便如左秉隆，所写诗文集也是束之高阁。力钧曾言及左秉隆游历槟城后，撰有《槟城游记》一卷，"屡索之，靳焉。盖未经删定，不轻示人也"（《槟榔屿志略·艺文志》）。力钧屡借不果，在其汇录流寓文人诗文集时，也感发了遗憾的心情。另外，邱菽园也曾感慨："左子兴都转任星洲领事时，以其暇博考周谘，创为星洲小识，属稿未毕，恒秘枕中，故外间无副本。"[2]左氏还著有《槟榔屿纪略》十卷，对南洋群岛皆有记述，其中"槟榔屿尤为详"（《槟榔屿志略·艺文志》），但可惜其不愿将著述示人，除自己藏本外，外间并无传本。

当然，也有一些文学作品会在文人交游宴聚的席间流传，但传播范围相对狭隘，对华文文学的传播发展贡献有限。直至华文报刊的出现，文人创作的作品以及开展的文事活动终于借助报纸得以保存及流传，大大提高了文学传播效率，拓展了传播范围，有效刺激了文风的兴盛，也为文社的发展提供了良好的媒介条件。《叻报》《星报》等华文报刊对风

---

[1] 邱菽园：《五百石洞天挥麈》卷2，观天演斋校本，1898年，第8页。
[2] 《五百石洞天挥麈》卷2，第8页。

雅之事皆悉力支持。文士将诗文寄送报馆，报社编辑核实姓名后即予以刊登；各埠文社活动的征文告示与各期榜单，以及课务调整的通知、获奖士子的作品等，报刊多及时刊出。《星报》曾自言："本馆亦乐闻其事，凡有课作，悉录报章，借以表扬声教四讫之盛治，俾远近各埠闻风兴起也。"[①] 报刊坚持对文化事业的倡导实属难能可贵，这得益于报刊创办人、主笔、编辑等热心文士的大力支持。

其中，报刊的媒介作用是推动文社发展的关键要素之一。其一，培养和提供了人才。如徐季钧、王会仪、邱菽园等报界从业者，后来都成为文社组织的核心人物。其二，报刊每日更新，文社活动的信息即时送达，使传播效率大为提高，保证了文社每期课务的顺利开展。其三，报刊覆盖面较广，多通过邮局寄往南洋各埠，使各埠士子共享文社活动的信息，如新加坡的图南社多有外埠文人寄稿，正是报刊媒介推动的直观表现。其四，报刊构建的公共空间使各个文社与各埠文人有机会互相刺激，形成一种联动效应，这是文社缘起后迅速蔓延至南洋各埠的重要原因。总之，南洋华侨文化社群的形成及士人阶层的兴起为文社发生、发展培植了良好的生态土壤，而华文文化圈传播媒介发挥越来越大的作用，则为文社的繁荣发展创造了重要的先决条件。

第二节 文人结社的缘起：时势发展的多方需求

晚清南洋文化生态的改善为文社兴起提供了基础及条件，而文人结社的真正缘起需要特有的刺激。在文风未兴、士人阶层散而不聚的背景

---

① 《仰光联课》，《星报》，1893年4月19日。

下，南洋在地文社能够兴起，实际有赖于驻任领事对本土文教事业的垦殖。晚清之际，清廷在南洋"设领护侨"，领事为建构华侨的内向之心、聚拢海外贤才，主动承担教化华民之责。而他们振兴文教的一大措施便是创办文社，以文社推动文教发展。南洋首任直派领事——新加坡领事左秉隆上任之初即创立会贤社，继任领事黄遵宪接篆后，仍以文社为平台"牖愚启蒙""倡率文风"[1]。文社由此兴焉，其后本土文人亦竞相效仿，加上士子也有以文会友、沟通声气的需求，文人结社现象遂在南洋大兴其盛。

一、凝结华侨向心力、重建文化认同的政治需要

清末，高官大吏出使欧洲各国之时常途经南洋，见此处侨民"在海天万里外，生聚繁殖，发成巨族"，但因"隔绝祖国声教，渐和外族同化"，有识之士遂上奏朝廷请求设领；清廷为防止侨民聚啸海外，且希望招徕侨商以"储为国用"，决定转变华侨政策，在南洋设置领事以护佑自家子民。[2] 光绪三年（1877），在郭嵩焘与英国百般交涉之下，终于在新加坡设置了领事署，聘请侨民客长胡璇泽充承首任领事。胡氏病故出缺后，清廷不再向英殖民者妥协，驻新领事一职改由中国直派。光绪七年，清廷向新加坡派驻首任领事左秉隆。

领事领凭就职之时不仅有保侨惠民之任，还身肩教化之责。缘于此前华侨缺乏政治护佑，渐受外族同化，群体力量分散，向心力不足，"远

---

[1] 《观黄公度观察奖励学童事喜而有说》，《星报》，1892年1月9日。
[2] 〔新〕陈育崧：《左子兴领事对新嘉坡华侨的贡献》，左秉隆：《勤勉堂诗钞》，新加坡：南洋历史研究会，1959年，第1页。

客重洋之辈,每每视故国为畏途"①,"有离华二三十年未归者;有生于外邦而未到中国者;有归英署而不改装者",这些生于斯老于斯,已"半成异族"的化外之民难以建立华族认同感与归属感。与此同时,华侨内部华风渐弥,"异俗殊方,已不知汉家仪制",而其主要原因是侨民子弟多习英语,不习华文,"苟不识字,何以穷其源?将见菽粟不分,蠢然一物。而中国之礼仪制度,更如盲人测月,冥索难明"②。由此可见,以祖国声教归化侨民是急迫且必要的,左秉隆领事亦认为"保侨之道莫过于兴文教"③。是故左氏履新伊始即以移风易俗为己任,积极垦殖星洲的文教事业,希图以此凝聚族群向心力,重建文化认同。

当然,驻任领事在"宣猷布化、易俗移风"④、重构文化认同之时,必会遇到重重困难。首先,领事一职"官虽主而实宾,民有怀而无畏"⑤,作为外派他国的事务代理者,实际属于客居为官。左秉隆初到之时,远离故国,也一度郁郁不得志,戏称自己为"炎洲冷宦"⑥。其实,领事职权受殖民地政府所限,并不能做到完全的行政自主,往往"肘欲伸而辄掣,心有愿而多违"⑦。以新加坡为例,与中国领事署同时设立的还有英属华民护卫司,"护卫司专管华人一切事,名为护卫华人,实则事事与华人为难"⑧。英国殖民政府唯恐清廷派任领事在华社威望渐高、权力日涨,不

---

① 叶观盛:《恭读总领事府宪黄公禀请准给发保护华客旋唐护照示谕恭书厥后》,《叻报》,1894年6月11日。
② 《读总领事黄大人〈图南序〉系之以说》,《星报》,1892年1月6日。
③ 《左子兴领事对新嘉坡华侨的贡献》,《勤勉堂诗钞》,第2—3页。
④ 《黎庶欢迎》,《叻报》,1891年4月6日。
⑤ 陈宜敏、黄江永:《旅叻潮商联送卸新嘉坡领事府左公屏叙登录》,《叻报》,1891年11月12日。
⑥ 田嵩岳:《再续晚霞生述游》,《叻报》,1890年1月13日。文中称:"中朝领事官为左子兴都转,倜傥有大才,居此不得展,郁郁非其志,故自号为'炎洲冷宦'。"
⑦ 《旅叻潮商联送卸新嘉坡领事府左公屏叙登录》,《叻报》,1891年11月12日。
⑧ 李钟珏:《新嘉坡风土记》,新加坡:南洋书局有限公司,1947年,第5页。

利于其殖民当局的统治，所以专设华民护卫司，用于牵制领事职权。"华人生聚既繁，事端日出，亦有领事可办之件，皆为护卫司侵夺，动多掣肘。故除给发船牌外，惟劝兴义学，讲圣谕，开文会，以行教化而已。"①因此，领事为教化侨民，构建华社心向宗邦的文化认同，只能借助兴办义学、讲演圣谕、开办文会等方式。

现实情况是，领事即使在倡兴文教、教化侨民等方面的工作，依然颇受限制。领事"权位与本土之宰官异，故律以韦丹之兴学校，杜畿之授生徒，难易之间不可同日而语"②，其虽高居华社政界领袖之位，却没有调动当地土地、物资等实权，故在"劝兴义学"方面颇难着力。领事虽可以倡建义塾，鼓励华文教育，叻中志士也建议"我中华亦宜于各国华人聚集之区，由星使创立公塾，令华人之凡有子弟者送入塾中，礼延名师为之课读。除四书五经、子史之外，更解《圣谕广训》，借以宣播皇仁"③，但在无经费支持的实际状况下开设义塾，可谓是困难重重。领事主要是勉励富厚绅商捐建义学，而创设义学所需的经费、师资、场地等各个要素，还须依赖华商有心义举的自觉性。

相较之下，文社的创立则更为简单可行。领事只需集合署内一二人员，订立学规，按期开展活动；捐出俸禄一小部分作为奖赏，或是呼吁绅商资助；再联系报馆，请其代为刊登布告即可。因此文社成为增强华侨凝聚力、建构群体认同的卓尔有效的方式。而领事也正可借助文社的教育功能，宣播朝廷威德，使"境内之白叟黄童咸知教化"④，"故牖愚使明，牖顽使化，皆本文翁治蜀之念，为吾民瀹以诗书，苟能默化潜移，

---

① 《新嘉坡风土记》，第6页。
② 《读总领事黄大人〈图南序〉系之以说》，《星报》，1892年1月6日。
③ 《外洋宜设公塾以训华人子弟说》，《叻报》，1891年7月17日。
④ 《录会贤、会吟两社诸生上前任领事官左子兴方伯颂文》，《星报》，1891年11月10日。

则海外苍生何异寰中赤子",领事以文社为教辅平台,培养华侨心恋宗邦的心理认同。

不同于以血缘、地域为纽带建立的会馆,文社组织的开放性可摒除畛域之见,使侨民群体更加容易凝聚一心;而领事也希望借力文社的这些优势,在华侨群体中建立自身威望。正如黄遵宪在《下车文告》中所言:"若能视本总领事如一乡之乡望、一姓之族长,同心合力,无分畛域,共襄美举。既可以增国之辉光,亦可以延己之声誉。"[1] 领事希望以其为核心提升华侨群体的认同感与归属感。正是缘此,晚清南洋的驻任领事将创设文社作为其垦殖文教事业、濡染南洋、教化侨民的一项重要举措。

二、聚拢海外俊彦、辅助人才培养的社会诉求

领事创立文社也是希望借此平台发挥聚拢和培养人才的效用,满足国内及本土社会对人才的需求。领事之任本就是"抒报国之忧""尽护民之职"[2],在祖国形势变动、急需人才之时,"搜罗各岛英才,备后日国家干城之选"[3]。文社作为士子雅集、相互切磋技艺的平台,是网罗人才的绝好平台。所以无论是左秉隆创立会贤社,期望海外侨民谙文理、兴礼仪以固其"尊君亲上之心"[4],还是黄遵宪改立图南社,"窃冀数年之后,人材蔚起,有以应天文之象,储国家之用"[5],他们都希望借助文社这一特殊组织辅助培养人才,聚拢海外俊彦,以为"朝廷出力"[6]。

---

[1] 〔清〕黄遵宪:《示颁新政》,《星报》,1891年11月9日。
[2] 〔清〕黄遵宪:《示颁新政》,《叻报》,1891年11月9日。
[3] 林癸荣、林福绳等:《恭颂黄公度观察大人德政文》,《星报》,1894年11月27日。
[4] 《读总领事黄大人〈图南序〉系之以说》,《星报》,1892年1月6日。
[5] 〔清〕黄遵宪:《图南社序》,《叻报》,1892年1月1日。
[6] 《论叻地不乏人材》,《叻报》,1887年10月11日。

同时，领事也希望借文社聚拢各界人才，为其服务本土社会所用。如前所述，领事虽言是"官"，实际为"客"，在他国开展侨务工作时多受掣肘，他们深知联结实力雄厚的绅商阶层、颇有威望的侨民客长以及通晓文墨的骚人士子为其所用的重要性。而文社正是聚拢各阶层、各地区人才的重要平台和渠道，领事借力文社平台的开放性，雅集侨民，施以教泽，使"自爱之士争拜门墙"，可为其在开展侨务工作中发挥特殊作用。

另外，领事也欲通过文社造就鸿才，兴振南岛文风，回应南洋华社对人才的诉求。会贤社在月课文题中曾明示建社目的，"本坡会贤社乃左领事子兴都转因鼓励人才而设，虽在异辖，而文翁治蜀之意固未尝忘也"①。左秉隆在诗作中亦自叹"欲授诸生换骨丹，夜深常对一灯寒。笑余九载新洲住，不似他官似教官"②，表明自己在人才培养方面不遗余力。黄遵宪创立图南社，撰写序言时称其"尤愿与诸君子讲道论德，兼及中西之治法、古今之学术"③，希望借此培养通晓时务的新式人才。由上可见，晚清南洋文社发起之初也借鉴传统书院习例，领事兼任授业之师广施教泽，使文社兼具书院的育士功能，辅助培养人才。领事还自捐俸禄，奖励文墨较优者，"鹤俸分来，鸿才造就。遂令鸦音变俗，鹭振思容，较诸治蜀文翁，化陈延寿，何多让焉"④，以此鼓励青年英才成长，为推动南洋本土华社的发展贡献力量。

总之，基于聚拢培植人才、重建文化认同等原因，晚清驻南洋领事积极推动文社建设。其"驰域外而奉扬声教，处荒甸而化育苍黔"⑤，领事们也乐于在烦冗的侨务工作之隙，抽身以诗文课士，披览社作，甚至

---

① 《会贤社二月课题》，《星报》，1891年3月10日。
② 左秉隆：《为诸生评文有作》，《勤勉堂诗钞》，第243页。
③ 《图南社序》，《叻报》，1892年1月1日。
④ 《录会贤、会吟两社诸生上前任领事官左子兴方伯颂文》，《星报》，1891年11月10日。
⑤ 《琼籍众绅商恭上领事府左公屏叙》，《叻报》，1891年8月3日。

不惜慷慨解囊,以膏火之例激励诸生参与,"俾得文风日盛,变海滨为邹鲁,化缺舌为弦歌"①。可以说,在南洋文风未振的特殊文化生态下,在地文社能够聚拢文人以砥砺切磋,实赖驻任领事的悉力推动,正如"陆机入洛,即多著作之才华;韩愈来潮,一洗穷荒之风气"②。可见,领事垦殖文教的政治需要以及兴振人才的社会诉求是文社最初兴起的主要动力。当然,因领事推动而创立的文社,其孕生之初也不可避免地带上一层官方色彩。

三、文士以文会友、共建本土文坛的文化需求

其一,南洋文士需要建立研习举业、沟通声气的平台。

"叻处南偏,距中国六千余里,文墨稍优之士绝少南来。即或有之,亦不过鸿爪雪泥偶一留迹,其余则半儒半贾,文理颇通而已"③,稍通文理的士子多有回国应举的愿求,这从报刊中常年刊载各省乡试题目及举人名录中可知一二。当时游历到此的李钟珏就记载说:"叻中子弟读书图回籍考试者亦不少。"④南洋不少文士仍然保留有热衷研习举业的文化惯性,但是他们又多分散于医、教、艺、商等各个领域,彼此之间声气难通,少有相互切磋的机会。因此,文士们迫切需要执掌风雅者创建一个研磨举业、沟通文墨的平台。若能有良师益友从中点拨,自是更佳,这与明清之际大量文社的兴盛有相似之处。总之,士子对交流平台的需求以及渴求名师指导制艺的现实,是文社能够设立并长期开展的一大动因。

---

① 《会吟课榜》,《星报》,1893年8月1日。
② 《五百石洞天挥麈》卷3,第15页。
③ 《观黄公度观察奖励学童事喜而有说》,《星报》,1892年1月9日。
④ 《新嘉坡风土记》,第10页。

其二，文人有以文会友、共赏诗文的需求。

这是中国传统文人自古以来沉淀而来的文化心理，无论迁居何地都承此雅兴，只是此前流寓南洋的士人零星分散，难有相互唱酬的机会。而随着士人阶层的兴起，一部分精通文墨又在南洋居停日久的本土文人开始活跃于文界，典型如王会仪、徐季钧、童梅生、邱菽园等。他们将以文会友的文化需求转化为实际行动，纷纷创立文社，希望借文社平台结识一批同道知己，并在共赏奇文之中切磋提升诗艺。例如王会仪、童梅生二人在创立会吟社时曾有言：

> 本社以梓桑之谊，结文字之缘，选词炼句，技虽类乎雕虫，斗巧争工，才有征夫吐凤。览蛮之地，风光尽堪遣兴，赖骚坛之月旦，足借观摩。[1]

言明会吟社是为文人雅结文字之缘而设，希望诸文友借此各炫诗艺，斗巧争胜。诗社雅集雕龙妙手、吐凤奇才，为文人墨客在诗联创作中广结文缘提供了机会；文社社长也可借此结识一二文友，供他日开诗酒之宴时聊以助兴，这是他们创立文社的重要原因。如邱菽园创立丽泽社，便在此结识卢桂舫、李季琛等流寓文人，常与之"拼酒论诗，极一时之乐"[2]。另外，创办文社的工程浩大，往往非一人之力所能办成，需联结各领域、各地区的应课士子、报界、商界等人士的多方支持。社长在创立及运行文社之时，这些无疑可以提升自身的知名度，而本土文人也正需要广推声名以确立自己的文坛地位，这是文人开办社团不可忽视的心理

---

[1] 《吟社定章》，《星报》，1892年11月22日。
[2] 卢桂舫：《天南豪觞诗》，《星报》，1896年11月13日。

动因。

其三，一些流寓文人或本土文士也希望借文社平台广征域外诗文作品，并在点校丹黄中阐明诗学，传播文学思想。

此前已论，南洋文人付梓刊行书籍的能力较弱，手稿本又不易留存，故很多流寓文人的诗文集在当时已散佚不存，令后辈士人扼腕痛惜。因此，文人创立文社，以膏火之例广征文学作品，也有留芳惠存之意。力钧创建槟城南社时，其征诗布告称"预鸠润笔之资，籍展征诗之意，所愿海岛寓公、风尘过客，癸竹枝之曲，联萍水之欢"①，希望广大士子不吝赐教。邱菽园所创丽泽社也有将社员作品刊刻成集的计划："前后钞存，将来汇刻传诸其人。星洲椎鲁无文，仅此亦足为后之志艺文者筚路矣。"②

文社征集诗文后，社长又会亲自评改课艺或是询请名士加以评阅，借此阐发诗文主张。可以说，文社之立"非徒采辑土风，编域外同音之集，尚望阐明诗学，导海滨倡道之机耳"③，文坛领袖借此"阐明诗学"：一是将自身诗学思想灌注其中，以指导士子的诗文创作；二是构建诗教系统，以诗文思想教泽士人，"圣人之教万古不磨，然有异学从而夹杂之，则有时而掩得"，文社倡起重道之风，"俾知曲学异端终不如圣教之范围正轨也"④，希望以"正统"诗学锤炼南洋士子，以抵御"曲学异端邪说"的侵袭干扰。

其四，部分文坛领袖创立文社，还有建构在地文坛的目的。

尤以南洋名士邱菽园为典型，他是二代侨生，以"星洲寓公"自称，热衷于文学事业，受人拥戴主持文坛。"蒙内地流寓诸君子委校文艺，继

---

① 《诗会求教》，《叻报》，1893年7月4日。
② 《五百石洞天挥麈》卷11，第23页。
③ 《诗会求教》，《叻报》，1893年7月4日。
④ 《读总领事黄大人〈图南序〉系之以说》，《星报》，1892年1月6日。

左、黄二领事会贤、图南社后创兴丽泽一社,以便讲习"[①]。邱公对南洋有比之其他流寓文人更深厚的感情,有耕耘本土文坛的自觉性,故能继左秉隆之会贤社、黄遵宪之图南社余风,创立丽泽社,执掌文坛大旗,"主持风雅,阐发正宗,一时士论翕然归之"[②],以此为平台联结诸同人共建文坛。总之,这些南洋文人担起倡提风雅之任,"化狉獉而倡声教"[③],相继创办同人社团,建构在地文坛。骚人墨客结社与领事创立的"官属"文社相比,更具同人色彩,社团活动内容也更具文学性。

晚清南洋华文文坛领袖几经更迭,由派驻领事转承至流寓文人或本地文士,他们递相扛起文社大旗,使文人社团在不间断的发展中逐步趋向成熟,遍设南洋的数十家文社在晚清南洋华文文学发生、发展过程中扮演了一个重要且特殊的角色。实然,文社兴起之初并非为文学服务,领事创立文社的目的带有一定程度的政治色彩,文士对研习举业的渴求也使课务较多关注制艺、试帖的创作,文学往往作为教化或是科举的副产品而存在。但随着数十家文社的相继创办、发展壮大,文社培育人才、兴振文风的作用日渐凸显,逐渐改善了晚清南洋华界文风狉獉、椎鲁无文的文化生态环境。文社在演进之中也逐步向文学社团过渡,由此培育了一大批创作人才,创作了大量文学作品,使文脉得以延续承传,并逐渐明确文学发展方向,推动移植文学逐步向本土文学演变。

---

① 《五百石洞天挥麈》卷2,第28页。
② 古瀛狂客:《寄怀邱菽园孝廉师》,《星报》,1896年12月9日。
③ 《论叻地不乏人材》,《叻报》,1887年10月11日。

第二章　左秉隆与南洋文社的初创

光绪六年（1880），兼任新加坡领事的侨民客长胡璇泽病故，中国决定直接派遣官员就任驻新领事一职。翌年二月，曾纪泽上疏保奏使署翻译官左秉隆接任新加坡领事一职，称"该员年力正富，学识俱优，通达和平，有为有守，熟悉英国情形，通晓西洋律例，以之充补新嘉坡领事官，实属人地相宜"[①]。左秉隆调充驻新领事后，其不凡的外交能力，使之游刃有余地斡旋于英国殖民政府与华社之间，既为侨民争取利益，深得华社拥戴；又努力避免与英国之间的冲突，使其可以连任驻新领事三届，长达十年之久，为其在任期间联络文人、长期开办文社提供了有利条件。左氏拜命之时还肩负有教化侨民、移风易俗的重任，"知叨地向居化外，民多顽梗，非夫子不足以布化宣猷也"[②]，使化外之民逐渐知礼仪、谙文理，以固其内向宗邦之心，是左氏担任驻新大使的一大任务。是故左秉隆莅任之初即垦殖文教事业，其代表性事项有三：一是倡设义塾，"邀集各绅商慷慨输将，选循谨之士"以为良师；二是主办英文雄辩会，"招致士绅学子至署举行辩论会以启迪新知，沟通中西"[③]；三是开办文会，以诗文造就鸿才，"红毹绛帐，教泽日新，自爱之士争拜门墙"[④]。

---

① 〔清〕曾纪泽：《拣员补领事疏》，〔清〕曾纪泽著，喻岳衡点校：《曾纪泽遗集》，岳麓书社，1983年，第54页。
② 胡荫荣、罗乃馨：《恭上卸新嘉坡领事府左公秉隆屏叙》，《叻报》，1891年11月13日。
③ 黄荫普：《记事》，《勤勉堂诗钞》，第310页。
④ 《恭上卸新嘉坡领事府左公秉隆屏叙》，《叻报》，1891年11月13日。

其中创立文社,以诗文课士是教化风雅之重要一端。左公移植中国文人结社传统,并结合南洋自身文学生态,创建以月课征集、评列等第并施加奖酬为模式的文人社团。其后流寓南洋的骚人墨客也借鉴此种模式创立同人社团,构建供士子们雅集切磋的平台。因此,自左公开始,倡提风雅者开办文社之风在南洋逐渐兴起,社团组织也在一定意义上成为文学的生产机构,承担起推动南洋华文文学发生的重任。

第一节 首开风气的会贤社

左秉隆(1850—1924),清道光三十年(1850)出生于广州,字子兴、紫馨,号"炎州冷宦"。祖籍辽宁沈阳,入清后改隶汉军正黄旗。

据《左子兴先生年谱节录》[①]所载,左十二岁师从樊昆吾学习古文诗赋;十三岁学习骑射和满文。同治三年(1864),广州同文馆成立,左秉隆成为广州同文馆首届二十名学生之一,时年十五岁。晚清设立的京师同文馆、上海同文馆、广州同文馆等,都是洋务派培养新式人才的重要教育机构。它们重视西学,其中英语、汉语、算学、世界历史、化学、天文学等都是重要课程内容。同治六年(1867),左秉隆通过考核,在广州同文馆学习的同时,兼将军衙门翻译官。光绪二年(1876),左秉隆任京师同文馆英文兼数学教习职位。光绪四年(1878),左秉隆受曾纪泽推荐担任驻英使署翻译官,并随曾纪泽出使英法。"在欧数年,公更习法语,博极欧美典宪政书,学识益宏,尝以研究所得,著英国史记及新政

---

① 左秉隆:《左子兴先生年谱节录》,《勤勉堂诗钞》,第18页。

笔记各若干卷。"[①]左秉隆出色的学识才干，深受曾纪泽赏识，向朝廷大力推荐其担任新加坡领事。光绪七年，左秉隆成为朝廷派出的驻新加坡首任领事，直至光绪十七年离职回国。随后担任广东洋务处总办、广东满汉八旗学务总办、外务部头等翻译官等职。光绪三十三年（1907），被第二次派驻新加坡，担任新加坡总领事，三年后（1910年）致仕。1924年在广州去世，享年七十五岁。左公生平热衷诗文，创作不辍，著有《勤勉堂诗钞》七卷，另有不少诗文散见于《叻报》《星报》等报刊。其在新加坡开展的一系列文教事业，成为一时佳话。

光绪七年八月初三日（9月25日）左秉隆领凭就任新加坡领事，翌年在新加坡创立会贤社，开驻外领事创办文会之先河，也首开南洋文士诗文求教的风气。左氏取社名为"会贤"，顾名思义，是期望以此聚拢贤才砥砺切磋，并设法招徕以为国用。这一创社宗旨直接指明了该社的课士方向。作为由领事为推行文教而设的社团组织，会贤社不可避免地带有官方色彩。另外，社团成员又多为"半儒半贾"、稍通文理的士子，文社为适应士子的创作水平及文化需求做出调整，使其社团活动独具特色。

一、领事创立文社，官方色彩浓厚

左秉隆以驻新领事的身份创立会贤社，亲任社长，并订立社规，每月出题课士兼评定甲乙，又慨捐廉俸以鼓励鸿才，将会贤社打造成为推进文教事业的特殊机构。虽然，兴振文教实属领事的个人行为，会贤社的设立也并未见其上奏星使请求批准，也未有清朝政府为此拨款支持，但领事一职的政治身份使其所设立的机构内含官方权威。左氏领新之时，南岛"草

[①] 《纪事》，《勤勉堂诗钞》，第310页。

昧初开，狉獉聿启"①，而其所设立的会贤社在"文教未兴"的文学生态下能够顺利开展社课，且持续长达十年，与其政治领袖的向心力不无关系。同时，左公还担任课卷的评阅人，亲自校评社子课艺（仅逢公务繁忙，着实抽身不暇时，才询请刘荫堂、力钧等相熟名士代为评阅社课）②，叻中文士承其教泽争拜门墙，其领袖的威望无疑是吸引士子围绕左右的重要因素。总之，以文社社长的政治身份而论，会贤社带有明显的官方色彩。

会贤社的具体事务交由领事署人员协理，这是其具有官方色彩的表征之二。会贤社以诗文月课为主要社务，每月初一日由左领事出题，公布于报刊以供众览。"限初十日截收各卷"③，诸生投卷后由领事署人员汇总整理，递送左公请其评定。待评定结果出来后，署内公务人员需给获奖者派发奖银，公示榜单。左公并未额外聘请同人代理文社，而是亲自操办，兼请下属官员协助料理社务，与此后流寓文人创建的民间社团（诸如会吟社、丽泽社等）设置代理机构，询请报业人士代理社内事务相区别。

另外，会贤社较浓厚的官方色彩还体现于其创社宗旨方面。左秉隆爱创会贤社，以循循善诱之心造就鸿才，丕振文风，其宗旨有二。一是培养侨民的内向之心。左公深恐海外侨民"不知汉家仪制"，渐成化外之民，故力主开办文教，"濡以诗书"，士子"既谙文理，则礼义自兴；礼义既兴，则尊君亲上之心不以身处异邦、心务异学而或外矣"④，通过文教促使士子通晓文理，渐知汉家礼仪，培养他们心恋宗邦、"尊君亲上"的情感。二是为国家储备人才。左公创立文社的一大目的，是为流寓海外

---

① 《录会贤、会吟两社诸生上前任领事官左子兴方伯颂文》，《星报》，1891年11月10日。
② 《课榜照登》文称："会贤社九月课卷呈请刘荫堂老夫子甲名安科评阅。"（《叻报》，1887年11月15日）《课榜照登》文称："会贤社三月课卷共三十六名，送请福州力孝廉轩举夫子评阅。"（《叻报》，1891年5月8日）
③ 《会贤社二月课题》，《叻报》，1891年3月11日。
④ 《读总领事黄大人〈图南序〉系之以说》，《星报》，1892年1月6日。

的士子提供研习技艺的平台，助其回国应举及第，以便为国效力。这显然与文人墨客为了雅结同好、共赏诗文而设立的民间社团不同，左秉隆创社明显体现了清廷官员遣抒报国之忧的自觉，或多或少内含着国家意志，从而使文社具有半官方性质。

其实，文社所彰显的官方色彩正切合彼时南洋的文学生态。文化氛围较薄弱，士人群体零散，致使文风兴振的内生动力不足，故文学活动的开展需借重于领事的声威来强推。实践证明，领事所施加的政治外力也的确成为文社顺利开办并长期维持的重要保障，使会贤社此类"官属"文社具有较大的稳定性。会贤社自光绪八年（1882）创立，前后开展社课达十年之久，直至光绪十七年六月社长左秉隆调任离开新加坡后才停办。继任领事黄遵宪接篆后，虽将文社进行了改组，但左秉隆时代所累积的文脉和文社运作经验，则得以很好地传承延续。

二、月课研习举业，儒学教化为本

会贤社每月一课，逢十二月停课，由左秉隆制题课士，月课类型多为制艺、试帖等。月课之所以重视科考题型，主要是为了迎合流寓文人与侨商子弟回国应举的愿求。晚清文人为谋生计，橐笔南来，或委身于报馆，或授业于书塾。不少流寓文人并不愿长期寄身此处，他们积够盘费后，往往便北渡回国，参加科举考试。典型如吴士珍流寓新加坡数年，多次参与会贤社的月课活动，并在光绪十三年（1887）十月课题中被评为第三名[①]。但其始终不辍回国应举之志，"星霜饱历，鸟倦知还，然当恭逢盛典，恩赐乡科，正宜试展鹏抟，期膺鹗荐，承椿庭之谕，促买兰

---

① 《课榜照登》，《叻报》，1887年11月15日。

棹，以言旋摩厉，以须准备秋闱之战"[1]，在父亲的催促下于光绪十五年（1889）春季回国，参加己丑科福建乡试，其叻中友人梁耀流还有《送吴君席卿茂才旋闽赴试》一诗以赠[2]。另外，也有一些本地的华商富户送其子侄回国应举，期望考取功名以光耀门楣。如谦源公司黄福基"客居海外之星洲、柔佛两境"[3]，于19世纪末送其子黄景棠回国读书应举。可以说，在相当长的一段时期内，研习举业成为南洋文士共同的文化需求，但多缺乏规范指导，"闽广士子在叻授徒者颇不乏人，叻中子弟读书图回籍考试者亦不少，然叻地无书，又无明师友切磋琢磨，大都专务制艺，而所习亦非上中乘文字"[4]。左公有感于此，遂应诸生所需，月课以四书文、试帖等为常设题型，并亲自指点社员创作，使会贤社兼具传统书院的育士功能，为文士提供了研磨举业的平台。

会贤社以教化伦常为课士的一大方向，所制文题多取材于《论语》《孟子》《礼记》等典籍，内容不脱传统教化之属（见表一）。

表一　会贤社月课文题与出处[5]

年份	月份	月课文题	出处
光绪十三年（1887）	六月	人而无恒不可以作巫医论。	《论语·子路》
	七月	人皆可以为尧舜论。	《孟子·告天下》
	八月	政贵与民同好恶论。	《礼记·大学》
	九月	臣事君以忠。	《论语·八佾》
	十月	货悖而入者亦悖而出。	《礼记·大学》

---

① 梁耀流：《送吴君席卿茂才旋闽赴试》，《叻报》，1889年4月19日。又载吴士珍《钱塘谷孝女咏梅五古》，诗跋标"席卿吴士珍谨录并识"（《叻报》，1889年2月22日），可知吴席卿即为吴士珍。
② 《送吴君席卿茂才旋闽赴试》，《叻报》，1889年4月19日。
③ 邱菽园：《挥麈拾遗》卷5，观天演斋丛书，1901年，第4页。
④ 《新嘉坡风土记》，第10页。
⑤ 表中所列文课信息源自《叻报》（1887年8月至1891年7月）、《星报》（1890年2月至1891年7月）。

续表

年份	月份	月课文题	出处
光绪十四年（1888）	二月	君子学道则爱人，小人学道则易使也。	《论语·阳货》
	三月	子以四教：文。	《论语·述而》
	四月	用之者舒，则财恒足矣。	《礼记·大学》
	五月	人人亲其亲、长其长，而天下平。	《孟子·离娄上》
	六月	言忠信，行笃敬。	《论语·卫灵公》
	七月	言不忠信，行不笃敬。	《论语·卫灵公》
	八月	惠迪吉、从逆凶论。	《尚书·大禹谟》
	九月	满招损、谦受益论。	《尚书·大禹谟》
	十月	致知在格物论。	《礼记·大学》
	十一月	人之行莫大于孝论。	《孝经·圣至章》
	十二月	学而不思则罔。	《论语·为政》
光绪十五年（1889）	正月	进思尽忠、退思补过论。	《左传》
	二月	贫以无求为德，富以能施为德论。	《呻吟语》
	三月	故理义之悦我心，犹刍豢之悦我口。	《孟子·告子上》
	五月	夫子之道，忠恕而已矣。	《论语·里仁》
	六月	兴于诗。	《论语·泰伯》
	七月	立于礼。	《论语·泰伯》
	八月	成于乐。	《论语·泰伯》
	九月	志于道。	《论语·述而》
	十月	五福以攸好德为根本。	《尚书·洪范》
	十一月	五福不言贵论。	《尚书·洪范》
光绪十六年（1890）	二月	疾止复故论。	《礼记·曲礼上》
	闰二月	则以学文。	《论语·学而》
	三月	有文事者必有武备论。	《孔子家语·相鲁》
	四月	武侯论。	
	五月	留侯论。	
	六月	禁烟论。	
	七月	多钱善贾论。	《韩非子·五蠹》
	八月	君子周急不继富。	《论语·雍也》
	九月	不远游。	《论语·里仁》

续表

年份	月份	月课文题	出处
	十月	无以妾为妻。	《孟子·告子下》
	十一月	问：圣门之学，修己而不徇人，务实而不务名者也。故曰"人不知而不愠"，又曰"遁世不见知而不悔"。乃又曰"君子疾没世而名不称焉"。其异同之故安在？自修之士宜何如立志用功欤？	《论语·学而》《礼记·中庸》《论语·卫灵公》
光绪十七年（1891）	二月	必得其寿。	《礼记·中庸》
	三月	财散则民聚。	《礼记·大学》
	四月	君子居之。	《论语·子罕》
	五月	则爱人，小人学道。	《论语·阳货》

由表一可见，会贤社所设之制艺、策论等文题多出自诸子典籍，并以濡染教化为目的。左秉隆制题课士有明确的方向旨归，希望通过儒家道德伦理倡明教化，以达移风易俗之目的。早期南洋华社，礼教不彰，风气衰陋，"叻地僻居海外，遥隔中原，故其风俗衰陋异常。说者谓此缘声教之所未敷，所以风气有如斯之陋"[1]。一方面，侨民多汲汲于食利，鲜知仁义道德，"其于义理茫无所窥，惟日以逞小忿、利私囊为事"。对此，会贤社特出"贫以无求为德，富以能施为德论""君子周急不继富""财散则民聚"等文题，教导商绅应富而好礼，厚而乐施。另一方面，"大率来叻者以工艺之辈为多，学士文人鲜来是地，是以械斗抢劫之事层见叠出"[2]，"民俗悍而难驯"，"居民多系未尝学问，目不睹诗书之化，耳不闻孔孟之遗"[3]，民风粗鄙，不知礼仪。犯上不孝者，弟兄不和者，甚至

---

[1] 《叻地义学亟宜创设说》，《叻报》，1890年6月27日。
[2] 叶季允：《德源园襟记》，《叻报》，1888年6月5日。
[3] 《叻地义学亟宜创设说》，《叻报》，1890年6月27日。

夫妻对簿公堂者比比皆是。会贤社特出"人人亲其亲、长其长,而天下平""言忠信,行笃敬""人之行莫大于孝论"等课题,以儒家礼仪教化侨民,改良南洋华社的风气。

另外,左公还期望借文社社课宣扬忠君爱国之道,以培养侨民"尊君亲上""心恋宗邦"的情感。侨民远在海天万里,与祖国相隔绝,加之晚清政府护佑不力,使部分华侨渐失内向之心。他们"无事则为华人,遇事则曰英属",甚或已"半入英籍"①。"旅是邦者,惟向贸易场中用其心力,曾不知功名为何物!即有仿卜式之纳粟、效相如之入资者,亦不过徒拥虚衔、有其名目而已,几曾有真存诚敬于胸中哉?"②商绅富贾虽有捐官一途,但多徒为虚名,实则对朝廷缺少诚敬之心。左公深知此中隐患,故在月课中有意宣扬忠君爱国思想,如光绪十三年九月课题"臣事君以忠"、光绪十五年正月课题"进思尽忠、退思补过论"等,以儒家思想的君臣之纪教导诸生爱君尽忠之理。

会贤社所制关涉时事的题目也有宣扬祖国威德之义。光绪十六年(1890)闰二月,北洋海军提督丁汝昌率各战舰出巡至新加坡,左领事暨各官员至战船中会晤,"此以诸舰为我中国之船故,特准诸华人到为瞻仰"③。随之会贤社三月课题即出"有文事者必有武备论",诗题则为"观中国战舰有作"④,以此增感华人的民族自豪感。另如,每值皇帝大婚、亲政或"二旬大庆之辰"等国家大事,会贤社往往特出联题以作呼应,如"恭拟庆贺皇上大婚兼亲政联语"⑤"拟恭祝今上二旬大庆联语"⑥,叻中士

---

① 《左子兴领事对新嘉坡华侨的贡献》,《勤勉堂诗钞》,第2—3页。
② 《德源园题襟记》,《叻报》,1888年6月5日。
③ 《中国战船抵叻情形续录》,《叻报》,1890年4月7日。
④ 《会贤社三月课题》,《叻报》,1890年4月19日。
⑤ 《会贤社正月课题》,《叻报》,1889年2月9日。
⑥ 《会贤社六月课题》,《叻报》,1890年7月17日。

子恭颂"皇上如天恩泽""得知爱君亲上"①等。尊王爱国之心的提振,重新唤起华侨朝向宗邦的心理情感,有助于建构华侨族群的文化认同。

叻地风俗浇薄,民心涣散,实是此前"未有倡行之人",而左氏领新后即以文社奉扬声教,"乃幸观察慨然兴起,彰国恩于海峤,讲礼让于遐陬,使我辈华人咸知功名之尊贵。他日兴仁起义、礼让成风,使叻地渐成衣冠文物之邦"②。可以说,南洋文风渐起,会贤社在此间勤力倡行教化之功不可抹杀。

三、首设月课奖赏,激励文士创作

会贤社的一大亮点是首创月课奖酬制度。该社每课由左秉隆或其他名士评定甲乙后,择优奖赏。奖励人数通常为十五名(也视诗卷优劣略有调整),赏银共十元,分两个等级,即一等五名,"每名赏银一元";二等十名,"每名赏银五角"③。若逢课卷颇佳者,则奖金往往会有所增加,如会贤社光绪十三年八月课题,榜首卢满《贵与民同好恶论》一文立意高远、颇有见地,特"赏银二大元"④;光绪十六年十月课榜中"第一名金重羽,赏大银二元五角"⑤,因赏银总额十元不变,故这两期奖励人数相应下调。其每月奖银十元由左领事捐出,"然仅以廉俸为奖赏,在与者已伤于惠,而得者未觉为多"⑥。当然,随着获奖人数增多,左领事一人之力难免不逮,故文社奖酬还有赖于富厚绅商的捐助。如叻中绅商就有富厚乐

---

① 《庆贺天喜》,《叻报》,1890年8月13日。
② 《德源园题襟记》,《叻报》,1888年6月5日。
③ 《课榜照登》,《叻报》,1887年9月17日。
④ 《课榜照登》,《叻报》,1887年10月17日。
⑤ 《课榜照登》,《叻报》,1890年12月12日。
⑥ 王道南:《助兴文教》,《星报》,1892年10月25日。

施者曾为会贤社捐助奖酬，其中相当一段时间"其膏火有陈、佘二君助出"①，"故奖赏较丰，人乐于应考"②，由此吸引南洋流寓文士与本土文人汇聚雅集，以道德文章相互砥砺。

光绪十七年（1891），会贤社刊出辛卯五月课榜后，告之"六月停课"，至此会贤社停止社务。会贤社从创始至停办，每课皆有士子踊跃投卷，且收卷甚多，"今在案头所见会贤社课卷数十本，实不意叻地文风有如此之盛也"③。粗略统计，开办十年来，会贤社的应课者应在千人以上，其盛况由此可见一斑。

这些月课投卷者多为流寓文士，其谋生南洋时因任职变动或回国应举等常有迁徙，一些落拓潦倒者因生计所迫也常常四处迁转，因此会贤社应课者的流动性较大。综观历次课榜，有二百一十二人仅获奖一次，有八十四人获奖两次或三次，且连续得奖时间多集中在某个时段，以上几种情况共占比91%。可见文社参与人员时有变动，在早期难以形成较有规模的稳定的创作群体。但幸而左秉隆任职领事期间大力推行文教，义塾、华文报馆纷纷设立，需补大量能文之士。光绪十五年，陈金钟创办毓兰书室；翌年，漳州人氏颜永成创办培兰书室，《星报》创刊。这些书塾、报馆等创造了大量就业机会，为文人提供了安身立命之所，增强了文人的稳定性。是故会贤社后期开始有部分文人长期参与文社活动，受教于左公。如社员吴士达时常参与月课，其诗文作品更是屡屡获奖，多达二十七次。另有吴达文获奖十七次，黄图获奖十一次等。其他还有潘百禄、许佳培、王攀桂、王会仪等文人长期活动于文社，与诸生切磋

---

① 《申论道南翁来函》，《星报》，1892年10月31日。
② 《读总领事黄大人〈图南序〉系之以说》，《星报》，1892年1月6日。
③ 《冠裳盛会》，《叻报》，1887年11月17日。

技艺，逐渐提升自身的创作水平，随后成长为构建南洋文坛的重要参与者。

左领事首创的月课奖赏制度，使大量文士受益，投身文学创作。"自捐鹤俸栽培士类。尔时则有陈、佘二君，助加膏火，以振文风，迄于今十余年矣，多士受其教益者不少栋梁之器。"[1] 社员王会仪为福建人士，流寓叻地后寄身福建会馆，"久矣与墨疏，尘为封笔砚"[2]。而后他通过参与会贤社课结识同道中人，逐渐活跃于文坛，于光绪十四年十一月社课中夺得头魁。翌年正月，会贤社为庆贺皇上大婚兼议政征采联语，王会仪谱长联曰："龙飞十五纪仰紫宸，钟鼓琴瑟迎舜后，入佐舜宫，襄舜孝，以率舜民。巍巍乎！表正万邦，喜溢天颜光地道。凤诏九重颁极华夏，诗赋词章颂尧母，养成尧德，授尧时，以亲尧政。荡荡乎！永清四海，恩承北阙奏南薰。"左秉隆评曰："虑周藻密，戛戛生新。"[3] 王会仪受益于左秉隆的指点教诲，重拾笔砚，主动操办文事，开始为倡建文坛贡献一己之力。他不仅主持毓兰书室的征联活动，还联结诸同人创办诗社，与文人诗墨唱和，成为构建在地文坛的重要人物。另有王攀桂为萃英书院的教习，本就粗通翰墨，通过参加会贤社月课活动，逐渐提高了自身的诗文技艺，并成为此后成立的图南社、丽泽社等文社的重要成员，不断为文坛增添力量。

总之，会贤社实际上成为培植人才、兴振文风的一大利器，为南洋文坛的构建奠定了良好的基础。而其首创的月课写作与奖励制度，也为此后其他文社的运作发展提供了有益借鉴，具有导夫先路之功。

---

[1] 《助兴文教》，《星报》，1892 年 10 月 25 日。
[2] 王会仪：《刘生玉洁赘婚昆甸，临行持扇乞题，率成一章以示》，《叻报》，1887 年 12 月 31 日。
[3] 《联榜照登》，《叻报》，1889 年 2 月 25 日。

第二节　文人雅集的会吟社

南洋虽素鲜文风，但自左秉隆爱创文社，"化犿獉而倡声教，渐臻于人杰地灵"[1]，英才挺生陬隅，文风亦蒸蒸日上。随着文学生态的改良，骚人墨客赋诗联对的文事活动逐渐在南岛兴起。每逢名士过境、友人回国等，在地文人便借机赋诗唱和，并寄稿报馆请代为刊登。如嘉应松源文士张汝梅游历南洋数月，遍历各埠，其间与槟城的李灼、坝罗（今马来西亚霹雳州怡保市）的陈谨愚、新加坡的叶季允等在地名士皆成"文字之因缘"，"以诗章而惠赠"，唱和诗作刊登于《叻报》，一时掀起了文人唱酬之风[2]。

而适逢国内重大节庆，会贤社、领事署及各商绅门店多征集、张贴联语，也激发了士子作诗联对的热情。光绪十五年，为庆贺皇帝大婚，会贤社制以联课，左公更将所收联语评定甲乙，加诸评语，刊出联榜，以作鼓舞。同年，毓兰书室成立，王会仪以"毓兰"为题征集楹联，后"承诸君雅教，楹帖通计一百八十六联，经蒙左夫子大人评定甲乙，旋奉

---

[1] 《论叻地不乏人材》，《叻报》，1887年10月11日。
[2] 以上唱和诗歌有张汝梅《愚到槟城与秩轩李君兰言乍叙，即订知音，萍水相逢，恍如旧谊。评章摘句，风流之轶事堪思；论古谈今，倜傥之性情如绘。及读百花诗集，恍游百卉丛中，具兹百斛文泉超出百家之上，讽诵百回，低徊百转。弟吟风有兴，咏絮无才，俚句偶成，效颦勿笑》（《叻报》，1887年12月16日）、李灼《槟城聚首，竟成文字之因缘，书馆谈心，遂以诗章而惠赠。信是诗言其志，杜少陵别有风怀，乃知情见乎词，王仲宣中多感慨，灼捧颂之，馀爱即如命步还敬祈笑春先生指正》（《叻报》，1887年12月16日）、邓鄂元《步张笑春先生赠百花诗客原韵》（《叻报》，1887年12月16日）、张汝梅《予壮岁采芹，旋叨食气，有故来洋，知音绝少。偶游坝罗，幸遇家赞卿陈谨愚、海楼李守臣诸君，得联桙里之情，尽领诗人之趣。乃才经聚首，便欲离群，此后海角天涯益增溯洄之感。因作绝句四章，以志留别》（《叻报》，1887年12月19日）、李守臣《谨依原韵四首》（《叻报》，1887年12月19日）。

另拟赐教六联"①,一并将所评定的前二十名联语原作及评点文字刊登于报。此次征联活动共征得一百八十六联,左公批语中不乏赞扬之意,可见士子抽黄对白的热情之高、技艺之精。毓兰书室还以笔、墨、纸或云笺等为奖品奖赏了前六十名,以示主持风雅者对联作一事的有意提倡。受此启发,王会仪与诸同人遂在左秉隆的支持下创立诗社,专以诗联为题,雅集文人互相切磋诗艺。

一、得到驻地领事支持的民间文社

光绪十五年四五月间,王会仪、童梅生与诸同人创立会吟社②,仿效会贤社的月课模式,以诗联为题,组织士子进行联对活动。此前,王会仪曾多次参与会贤社的活动,在此结识童梅生及其他文人,共相筹划诗社一事。而诸位士子皆受教于左秉隆,与之有师生情谊,况左又为华社政治领袖,颇具威望,创立诗社之事特禀请其批准。左领事自然是乐观其成,悉力支持创办诗社,会吟社便由此成立,开启了南洋文人倡兴诗社、征联切磋的风气。

会吟社为文士们觅寻知音、雅结同好而创立,并不持有明显的政治性目的。文人本就有以诗会友的雅好,况且旅处南洋的侨客流寓海外,若能有知音以文字相慰藉,更觉珍惜。但无论是流寓文人还是本土士子,他们多受职业身份所限,实难有机会相互结识。此前会贤社虽构建了交流文墨的平台,但其月课是以研磨举业为方向,一定程度上限制了参与人员的类别。会贤社每课收卷仅几十本,而毓兰书室首次征联即得百余

---

① 《毓兰书室联榜》,《叻报》,1889年4月15日。
② 《五百石洞天挥麈》卷11,第25页。文中云:"菽园按:与丽泽社同时有会吟社,为王会仪、童梅生诸君所创设。"

份，以此对比可知士子对赋诗联对的活动有更高的热情。王会仪、童梅生等人正是缘此创建了会吟社，倡兴联课，使流散各处的文人聚首此处，共结文字之缘。同时，文人墨客也在赏鉴联作中互相切磋，在斗巧争胜之中提升吟作水平，"选词炼句，技虽类乎雕虫，斗巧争工，才有征夫吐凤"①。可见，不同于会贤社培植人才以储为国用的具有官方色彩的属性，会吟社聚拢文人切磋联作技艺，其目的更具文学性。

会吟社作为民间文人创办的同人社团，由社内人士独立运作，以联课为主要社务。每课"照期出题，限日截收"，"诸君佳作概在赌间口万济堂内收接"②，社内同人收齐联课，汇送左公邀请其评定甲乙，再将联榜送往报馆以备刊登。社中具体事务由民间文人操办，这种结社方式比之"官署"社团，更具随意性。况且此时民间文社尚处于草创期，社团运作并不成熟，虽有文人料理社务，但多属闲暇之余的遣兴活动，并未订立具体社规。是故会吟社课无定期，大体每月两课，但具体出题时间未有明确规定，下期联课常附刊于上期联榜之后；课卷截收时间也无定例，或一天或五天或八天，甚至有几期联课并未给出截收日期。另外，会吟社作为由文人兴趣所趋而创建的诗社，资金较为缺乏，故会吟社不设奖酬，社子联作仅评列等第，没有膏奖。

会吟社之所以能较为顺利地开展活动，很大程度是得到了左公的大力支持。会吟社创立之始，诸君"禀准领宪"，得左公准予后，特延请其为社课评阅人，左公亦欣然答应。此后，会吟社的每期联课"系由左子兴都转详定甲乙"，与诸君共商工拙。左秉隆在评定联语时，有不切工律之处，便习惯性地在原作之上做些优化改定，然后才在报刊刊发出来。外间曾有对诗社联作优劣与联榜名次不相符的质疑，《叻报》还做出特别说明：

---

① 《吟社定章》，《星报》，1892年11月22日。
② 《联榜照登》，《叻报》，1889年8月15日。

右联榜乃左子兴都转评阅,而会吟社嘱本报为之照录者也。但历课之联,外间有谓名次在下之作常有较前列为佳者,不知诸联多经都转改定,而编列名次则仍照原文以定高下,是以次列之联往往胜于前列也。兹特为之列出以释阅者之疑。①

左公还曾为会吟社数期联课拟有联作,以供同好赏鉴,如为联课"友·朋"七唱拟联四比,其中有"兽二共为山上友,鸟三同作树间朋""不如己者真无友,自远方来定有朋"②;为"深·思"魁斗格一课拟作五联,有"深心洞达劳深想,细目条分费细思""深由浅入方为学,智与愚殊只在思"③,等等。左公所拟联作无疑为诗社活动增色不少。因此,左秉隆以政治领袖的向心力与较高的文学造诣大力襄助诗社活动,这是会吟社得以顺利创办并能汇聚一时贤才的重要因素。

早期南洋文坛初辟草莱之时,"虽近年华海之士,陆续南来,而倡题风雅者,复创立诸文社,而叻地文风逐为稍振。然此中风气,仍未大开也"④。这一特殊时期使文人倡兴文事还需要借助外部力量的支持,而会吟社既为民间文人所创立,又兼有领事相支持,正是官方与民办通力合作的典型成果。

二、以诗联创作为主的社课取向

会吟社首制联课,由社内同人拟定联题,向诸生征联求教,再评定

---

① 《联榜照登》,《叻报》,1889 年 12 月 7 日。
② 《联榜照登》,《叻报》,1889 年 9 月 17 日。
③ 《联榜照登》,《叻报》,1889 年 9 月 26 日。
④ 《文体源流考》,《叻报》,1892 年 3 月 28 日。

联语优劣，以此切磋诗艺。其创立之后，每月举办两期社课，自光绪十五年五月初二日（5月31日）开始在当地报纸刊出首期联榜消息，前后共开展十六期。

诗社联题多采用诗钟形式，以嵌字体为题，格式多样，如"鸟·鱼"一唱、"草·花"七唱、"落·起"蝉联格等。诗钟作为文人之间的文字游戏，"始于清初，权舆于闽中，而流行于各省"[1]，最初兴起于福建八闽地区，为文人朋酒之会时遣兴娱性之用。道咸之际，创作人群渐广。至同光年间，已盛行于全国。由于诗钟兼具消遣性与竞技性，可供文人集会比试才思，因此颇受文社青睐。如上海之雪鸿吟社、粤东之后南园诗社，"每课均另出诗钟一榜"[2]。随着流寓文人附航南来，诗钟体式传至南洋，被在地文人所熟知，也为诗社课士所采借。诗钟被视为"游戏小道"[3]，本就具有消遣性质，正契合了文人借此结识同道中人、遣抒性情的娱乐心态。而士子在规定时间内拈题赋联，为争先夺魁费尽思量，也使诗钟具有竞技特征，可使士子在抽黄对白、寻词觅句之中提升诗歌创作的技艺。因此，诗钟形式被南洋主持风雅者采用，将此作为"整顿文风之一端"[4]，而王会仪又为福建人士，其创立的会吟社率先采用诗钟形式课士是为情理之中。

诗社联课借鉴国内诗钟形式之外，又因地制宜地结合南洋文学生态做出适应性调整。一是创作诗联由即席而成改为限日截收。国内的诗钟社课活动多以敲钟、焚香为限，社员即席拈题而作；而南洋文士的创

---

[1] 谢鼎镕：《陶社丛编丙集·陶社钟声序·附录》，南江涛选编：《清末民国旧体诗词结社文献汇编》第9册，国家图书馆出版社，2013年，第671页。
[2] 《陶社丛编丙集·陶社钟声序·附录》，《清末民国旧体诗词结社文献汇编》第9册，第671页。
[3] 陈锐：《袌碧斋诗钟话》，《青鹤》，1933年第12期。
[4] 《会吟社课题》，《星报》，1892年11月11日。

作水平有限，文社主持者恐其无法在短时内构思成作。特以日为限，如八月二十三日出有联题"友·朋"七唱，规定"联卷收至二十四日截止"①，十月初三日联题"静·闲"一唱，"交至初七日截止"②。二是弱化了诗钟的难度。"诗钟之难，难在任取二物，绝不连属，凭空对合，以见工巧"③，但会吟社所出嵌字体联题如"山·水"一唱、"龙·虎"一唱、"始·终"魁斗格等，所嵌二字均有较大关联，社子以此作联也较为容易。三是为了吸引更多文士参与。即席创作参与者有限，而登报征求则可打破时空限制，为分散各地的士子参与诗社活动提供了便利和机会。

会吟社每期联题拟出后，诸生即可投交，也可重复投卷，限日截收后由社内人员汇送至领事署，左秉隆为联卷评定优劣。一定意义上，会吟社与文人间的朋酒诗会有异曲同工之妙。文人雅士集结一地，规定题目作联，一比高下，在争胜斗巧之中有利于促兴士子吟诗作对的热忱，也有利于提高诗歌创作的技艺。会吟社每课得奖联数十联至二十四联不等，获奖者名单及所作联语皆刊登于报。其中，部分联语为左秉隆所改定，且左氏常附上拟作一并刊登。这些佳作以范本的形式为诸生创作提供标杆，可供士子在共赏佳联之中有所借鉴。

从文学水准看，会吟社所征集之诗联参差不齐，但也有不少佳作。试看数期情况（见附录三），从榜单统计得知，除去重复者，共有九十九名，其中部分文人仅报以姓氏或雅号，如"星云氏""秋轩居士"等。得奖者中以王攀桂居榜首次数最多，联语较优，"深纯学问由勤读，绝妙文章在巧思"④"右咸比干怀象魏，左贤胶鬲举鱼盐"⑤等联句语造自然，有

---

① 《联榜照登》，《叻报》，1889年9月17日。
② 《联榜照登》，《叻报》，1889年10月26日。
③ 徐元:《诗钟》，徐元著:《味耕园诗话·诗文集续》，杭州出版社，2014年，第32页。
④ 《联榜照登》，《叻报》，1889年9月26日。
⑤ 《联榜照登》，《叻报》，1889年12月20日。

典有实，实是名家里手之作。另如张德芳"鸟啼花放春长在，鱼跃莺飞道显明"①、张克为"云锦碎裁劳燕友，柳丝巧织赖莺朋"②等联句，也工丽典雅，平稳妥帖，显示了南洋士子抽黄对白的高超技艺。与会贤社课榜名单对比可知，同时参与两社活动者有王攀桂、王会仪、黄图、许佳培等十一人。由此可见，能诗能文且活跃于文坛者不乏其人，他们也成为推动南洋华文文学发生的重要力量。但也有相当一部分士子仅参与诗社活动，他们大多是粗通文墨者，其中也有部分土生华人。如闽商章芳琳之弟章芳源、邱衡珀等，"其间之生斯长斯者，又多狃于父兄之所尚，不重华文"③，他们的创作水平不算高。但在左秉隆推行文教的影响下，他们对华文创作渐有兴趣，而诗联技艺则相对易学易得。诗社的创建为这些略通文墨者提供了活动的空间和机会，使他们在切磋求教之中逐渐成长，共同构筑南洋在地文坛。

总之，左秉隆时期的会贤、会吟两社，以领事为核心雅集一时俊彦，使"坡中士子，无不以道德学问相砥砺，一时文风丕振"④，也为南洋华文文学的发生准备了充足的条件。

一是改良了南洋文学生态，培植了文学发生的土壤。文社作为文学组织，无论是由驻新领事创办的官方机构还是流寓文人主持的民间社团，都以社团主人为核心形成某种基于文学创作的向心力。左秉隆为鼓励人才，"爰创会贤之社，每月以诗文课士，红毹绛帐，教泽日新，自爱之士争拜门墙"⑤，其支持的会吟社也汇集一众吐风奇才。文社所构建的交流平台将流寓各处的文人雅集一方，共结文字之缘。另外，文社作为一个社

---

① 《联榜照登》，《叻报》，1889 年 5 月 31 日。
② 《联榜照登》，《叻报》，1889 年 9 月 17 日。
③ 《读总领事黄大人〈图南序〉系之以说》，《星报》，1892 年 1 月 6 日。
④ 《左子兴领事对新嘉坡华侨的贡献》，《勤勉堂诗钞》，第 4 页。
⑤ 《恭上卸新嘉坡领事府左公秉隆屏叙》，《叻报》，1891 年 11 月 13 日。

团机构也得到了多方支持。例如，绅商阶层"助加膏火"，提供了不少的运营经费，奠定了社团的经济基础；又如报业人士也是多相支持，《叻报》《星报》长期刊登文社课题及课榜，"凡有课作，悉录报章，借以表扬声教四讫之盛治"[①]。文社组织通过各个阶层人士的参与和支持，将南洋华社零散的个体联结起来，使他们逐步形成群体认同，这是构建南洋文学生态环境的基础。文人墨客雅聚于此，诗酒唱和等文事活动自然繁荣起来。胡荫荣、王会仪等人在参与会贤社课后，拜于左秉隆门下，常与其诗墨唱酬，也与其他名士相结识。卫铸生南来后，胡荫荣特招饮胡氏园，宴请其与左秉隆、叶季允等人，席间多有诗墨。士人群体间逐渐兴起的文事活动有利于广开文风，构建良好的文学生态，使南洋华文文学在此中萌生发展。

二是文社构建平台，使士子们在此砥砺切磋，共同提高创作水平，以此为文学发生培养了基础人才。其一，文社月课皆由社中老师规范指导，通过出题课士引导诸生的创作方向，借评阅点校示以规矩绳墨，循循善诱指引士子通晓文理之道。其二，应课士子之间也互相切磋，众多社员在此创作诗文，一较高下，在相互比评之中切磋了文艺，文字愈磨愈工，客观上提高了应课诸生的整体创作水平。如会吟社便是通过应课者之间斗巧争胜的互动，培养了一批雕龙吐凤的骚人墨客。其三，文社常借助报刊平台登载位列榜首的课卷佳作，如会贤社数期课卷冠首的文章多刊于《叻报》《星报》，会吟社获奖者的优胜联句以及评阅者的拟作也常随课榜见诸报刊。这些优秀的文学作品以报刊为媒介得以广泛传播，使阅者共赏奇文，为后来者的创作提供了范式，有利于创作人才的成长。因此，文社以月课方式培养了士子的创作能力，使一批识文断字者渐谙

---

① 《仰光联课》，《星报》，1893 年 4 月 19 日。

文理，为南洋华文文学的发生奠定了人才基础。

　　三是文社的月课活动还使参与其中的士人群体创作日丰，为南洋文坛贡献了大量的文学作品。文社每课收卷数十甚或上百本，渐成气候。在南洋文风初开，士子群体创作的自觉性尚未建立之时，这些诗文作品无疑是南洋文坛得以构建的重要支撑。而士子们在参与文社活动之时又会激发新的创作冲动，一如宴聚集会上有借酒助兴的唱酬之事，为诗坛润添不少文墨。再如社内文人之间的赠物索诗，王会仪赠予左秉隆石榴一具，上有"字迹二种：一书'寒竹风松'，一书'仙苑'，皆朱子笔也"，左公"以诗二绝寄示，并命和韵"[①]，王君遂和诗两首。在文社的推动下，文学创作活动逐渐兴盛，南洋华文文学也逐渐发生。

　　当然，左秉隆时期终究只是南洋文社发展的初级阶段，或多或少存在一些尚待日后完善之处。一是文社活动未能自立自主。文社初兴之际，民间文人虽有自觉的结社意识，但离不开官方支持，其社务运行与社课开展主要由领事推动，使文社披上了一层官方色彩，也一定程度限制了文社的活动空间。二是文社规模尚待延拓。无论从南洋各埠的文社数量看，还是文社参与人员的情况看，都显示出初辟草莱期的零散之态。三是文社制度也有待完善。尤其是月课的投卷体制与奖酬制度，还不完备。四是文社活动内容的文学属性还不够突出，针对应试科举或诗歌游戏文字的痕迹比较明显。这些都为之后文社的开办提供了经验、教训与借鉴，也指明了未来文学性文社发展的大方向。

---

① 王会仪：《诗稿附登》，《星报》，1890 年 5 月 13 日。

第三章　黄遵宪与南洋文社的开拓

清朝驻外领事的任期通常为三年，但左秉隆担任新加坡领事三届，前后长达十年。直至光绪十六年十一月，薛福成备文照会新加坡殖民当局英国外交部，拟调新加坡领事左秉隆前往香港担任领事。同时，由于新加坡周边华侨人数日众，侨民权益也需要领事保护，其后"两粤总督张制军派员前来探悉情形"，又"据约以争"，拟在槟榔屿、马六甲、柔佛等处设置领事。"闻各岛华人因无领事，甚属艰难，情愿自行捐资以备使馆之用。想此后南天万里华民得所依归，沐德咏仁，当亦人才辈出也。"[1] "念近日通商之局日开，吾民出洋谋生者益众，不可不加意保护。"[2] 面对侨民所求和日益繁多的侨务，清政府决定将新加坡领事署升级为新加坡总领事署，"改新嘉坡为总领事，兼辖槟榔屿、麻六甲各岛"[3]，新加坡总领事的侨务管辖范围涵盖了整个马来半岛的"海峡殖民地"（新加坡、槟城和马六甲等地）。

翌年，"中国驻叻领事府左子兴方伯陈请离任，曾经驻英大臣薛公核准，并委现充驻英参赞、前旧金山总领事官黄公度观察遵宪接权斯任"[4]。清政府决定委派黄遵宪接替左秉隆，走马上任首任新加坡总领事。九月，

---
[1] 《议设领事》，《叻报》，1888年3月16日。
[2] 《示颁新政》，《叻报》，1891年11月9日。
[3] 〔清〕薛福成：《致总理衙门总办论添设南洋领事书》，〔清〕薛福成撰：《出使公牍》，朝华出版社，2019年，卷3，第247页。
[4] 《新宪将临》，《叻报》，1891年10月26日。

黄遵宪从英国伦敦起身,"附搭法国邮船,由欧来叻",由于所搭乘的邮船费里士号"道经附近苏彝士河之钵屑海面,其机器偶然小损,因为修理数日"①,故愆期至该月三十日(11月1日)才抵达新加坡。左秉隆久等黄公不至,还潸然写下《次韵酬黄公度观察见寄》一诗,感慨"已是秋风凉冷候,迟君不至益凄如"②。左公也颇为欣赏黄领事的能力,赞叹"汉家循吏推黄霸,看取声威慑百蛮"③,对黄遵宪接替自己统领南洋侨务十分期待。

光绪十七年十月初四(11月5日),黄遵宪出示《下车文告》,正式就任驻新加坡总领事,普告华商侨民,"凡总领事职分之所当,尽权力之所能为,断不敢不殚竭心力,上以抒报国之忱,下以尽护民之职"④。其上任总领事后,果能广施惠政,"申明新章,豁除旧禁"⑤,尽扫此前侨务积弊;查缉匪党、采访节孝,挽救南洋鄙陋风俗;凡领事能为之事,"无不次第举办,尽心力而为之",故驻叻三年,而治谱焕然,侨民无不拥护。

领事之设本"以联络邦交、保护商旅起见"⑥,但因海外侨民不重华文,渐渐疏远中华文化,故驻外领事又往往努力兴振文教,自觉承担"为吾民瀹以诗书"的重任。如前所叙,左秉隆赴任之初即"究心文事,创立社课",积极垦殖文教事业。至于黄遵宪,"能文好学,系出诗礼之家,久历仕途,未改儒生之素。以之充使,自必振兴文教,使圣道远被遐陬"⑦,是以黄公对文事更为重视,"下车伊始,即见作育人才、振兴文

---

① 《愆期有故》,《叻报》,1891年10月31日。
② 左秉隆:《次韵酬黄公度观察见寄》,《勤勉堂诗钞》,第129页。
③ 左秉隆:《别新嘉坡》,《叻报》,1891年11月9日。《勤勉堂诗钞》中"看取声威慑百蛮"一句为"看取声威慑百峦"。
④ 《示颁新政》,《叻报》,1891年11月9日。
⑤ 《恭颂黄公度观察大人德政文》,《星报》,1894年11月27日。
⑥ 《书薛星使奏请添设领事折后》,《叻报》,1891年8月5日。
⑦ 何渔古:《询刍篇》,《星报》,1893年12月4日。

教，事无急于此者"①。因此，他一到任即视察华英东方学馆，亲至萃英书院课考孩童；他积极鼓励绅商捐建义学，大力襄助华文教育事业。黄公对文社一事尤为热忱，"创设图南社课以策论，慨捐廉俸鼓舞人心"②；他还积极支持各埠文人的文社活动，为文社诗联评列等第，并为佳作加诸评点。黄公阅历甚广且成名较早，文名远播海外，在南洋文士中拥趸者众多。在黄公积极推动导引之下，南洋各地文社纷纷成立，文学创作渐趋兴盛，打开了文社推动华文文学发展的新局面。

第一节 图南社的承继与新变

左秉隆早前创立会贤社，开展社课达十年之久，南洋文风已有较大改善。"叻地遥居海外，素鲜文风。虽近年华海之士，陆续南来，而倡题风雅者，复创立诸文社，而叻地文风逐为稍振。"③但就文学创作领域而言，"此中风气，仍未大开也"④，故收获有限。此中缘由，时人给出的解释是："叻地为贸易之场，无读书以博功名者。况商途之上，所重者惟蟹行文字，至华文转晦而不行。"⑤哪怕是左秉隆亲任社长的会贤社，所得文稿也常常是良莠不齐，水平参差，"所出各课俱碔玉并见，苦不能齐"⑥，是故倡兴文教仍势在必行，任重而道远。

黄遵宪任新加坡总领事后，见流寓南洋的侨民甚众，文教也有了一

---

① 《申论道南翁来函》，《星报》，1892年10月31日。
② 《恭颂黄公度观察大人德政文》，《星报》，1894年11月27日。
③ 《文体源流考》，《叻报》，1892年3月28日。
④ 《文体源流考》，《叻报》，1892年3月28日。
⑤ 《文体源流考》，《叻报》，1892年3月28日。
⑥ 《观黄公度观察奖励学童事喜而有说》，《星报》，1892年1月9日。

定基础，部分文化精英已具成才之质。"豪富子弟，兼能通象寄之书，识佉卢之字，文质彬彬，可谓盛矣。"[1] 只是，良师缺乏和文坛领袖的缺位，成为文风未兴和阻滞当地士子文化水平进一步提升的最大障碍。"意必有蓄道德能文章者，应运而出，而寂寂犹未之闻者，则以董率之乏人，而渐被之日尚浅也。"[2] 可见，当地文坛迫切需要一个有力的"董率之人"掌舵前行。面对南洋无"特达之才"[3]的尴尬窘境，黄遵宪无疑成了众望所归的最佳人选。于是，黄公以领事身份独肩斯文之任，"继立图南社结文字缘，冀以诗书开迪椎鲁"[4]。他充分借鉴左秉隆的成功经验，继续发展壮大文社平台，以此启迪愚蒙，培养贤才，构建在地文坛。

一、创社宗旨的承继与新变

黄遵宪甫一上任即谋划文社事宜，将此前左秉隆领事创立的会贤社改组为图南社，并亲撰《图南社序》。该序落款时间为"光绪辛卯十一月"，此即为图南社的创立时间。《图南社序》全文如下：

> 吾尝读《易》，离为文明之象，而其卦系于南方。考之《诗》《书》所记，经传所载，《诗》之十五国，《春秋》之诸大国，其圣君名臣、贤士大夫，立德立言，经纬天地者，大抵为北人，而圣人乃为是言者，则何也？盖时会所趋，习俗递变，古今时地，日异而月迁。若今之勾吴于越，固断发文身之邦，椎髻卉服之俗者也，而数

---

[1] 《图南社序》，《叻报》，1892年1月1日。
[2] 《图南社序》，《叻报》，1892年1月1日。
[3] 《申论道南翁来函》，《星报》，1892年10月31日。
[4] 《申论道南翁来函》，《星报》，1892年10月31日。

百年来，冠冕之盛，甲于天下，推而至于八闽、百粤，咸郁郁乎有海滨邹鲁之风。乃至粤之琼州、闽之台湾，颠颠独居大海之中，古所谓鼋鼍之与处，鱼鳖之不足贪者，而魁梧耆艾，英伟磊落之士，亦出乎其中。盖天道地气，皆自北而南，而吾道亦随之而南。圣人之言，不其然欤？

南洋诸岛，自海道已通，华民流寓者甚众，远者百数十年，颇有置田园，长子孙者，大都言华言，服华服，守华俗。豪富子弟，兼能通象寄之书，识佉卢之字，文质彬彬，可谓盛矣。夫新加坡一地，附近赤道，自中国视之，正当南离，吾意必有蓄道德能文章者，应运而出，而寂寂犹未之闻者，则以董率之乏人，而渐被之日尚浅也。前领事左子兴观察，究心文事，创立社课，社中文辞，多斐然可观。遵宪不才，承乏此间，尤愿与诸君子讲道论德，兼及中西之治法，古今之学术。窃冀数年之后，人材蔚起，有以应天文之象，储国家之用，此则区区之心，朝夕引领而企者矣。抑庄生有云：鹏之徙于南冥也，风之积也不厚，则其负大翼也无力，而后乃今将图南。故取以名吾社。二三君子，期共勉之。①

序文中，黄公由中国文风因时势变迁而自北向南濡染南荒之地，推及南洋诸岛亦会有英豪应运而出，对"人材蔚起"的未来寄予美好期待，激发南洋广大士子发奋图强的信念，增强读书作文的信心。

序文中，黄公特意诠释了图南社命名的由来："抑庄生有云：鹏之徙于南冥也，风之积也不厚，则其负大翼也无力，而后乃今将图南。故取以名吾社。"天地精英之气自北而南，而南洋"自中国视之，正当南离"，

---

① 《图南社序》，《叻报》，1892年1月1日。

黄公以"图南"二字命名文社,是希望借助文社平台,推动中国的文学风气得以濡染南洋,使荒陬遐隅的海滨之地逐渐变为富有诗礼的邹鲁之乡。

从图南社的创社宗旨看,既体现了与此前会贤社的沿袭性,又有顺应时势的革新之处。同为领事创立的具有官方色彩的文社,图南社也担负归化侨民、凝聚华族向心力的使命。"窃闻移风易俗者,儒者之立心;化民成俗者,官守之责任。儒者无其位,其用在乎立言;官守操其权,其事本诸为政。"[①]黄遵宪欲以图南社为平台,教化外居南洋的侨民,培养其尊君亲上的内向之心、尊崇礼仪伦常的圣人之道,这一创社目的与会贤社的创立宗旨具有内在的一致性。另外,图南社还有造就鸿才的宏愿,为国家储备人才,这点与会贤社供士子研习举业的初衷略有差异。"尤愿与诸君子讲道论德,兼及中西之治法,古今之学术。窃冀数年之后,人材蔚起,有以应天文之象,储国家之用,此则区区之心,朝夕引领而企者矣。"[②]可见,黄遵宪开办文社,并不热衷于提升士子应试科举的能力,而是有着更大的雄心:培养通晓时务、兼学中西的新式人才。这一具有现代性的人才观念,直接影响了图南社的课士方向,也为图南社文学属性的生成提供了条件。

二、课艺方向的新变

光绪十七年十二月,图南社首开月课,此后循曩例每月一课,逢正月停课。其间黄公因丁父忧"准假百日回籍守制",于光绪十八年四月初二日(1892年4月28日)"附搭法国邮船雪梨"东渡回国,同年八月初

---

① 《询刍篇》,《星报》,1893年12月4日。
② 《图南社序》,《叻报》,1892年1月1日。

七日（9月27日）旋署回任，导致图南社本年三月至八月的课务停顿。[1]黄公销假南来后，随即恢复文社各项事务，"再立有学规数则"，并且通过《叻报》告知南洋文士，"特为之照录，以为多士告焉"[2]，此后社课活动均照常开展。直至光绪二十年十月初五日（1894年11月2日）黄公离任前夕才"牌示暂停"[3]，终止一切社务。

图南社从创社至停办，见录报刊者共有二十四期月课，月课题型以策论和诗歌为主，"或兼作二艺，或只作一篇，一听诸生之便"[4]，这与会贤社以制艺、试帖为主的课艺类型已大不相同。黄公外仕阅历较为丰富，兼又接受维新思想，是典型的新派知识分子，认为老生旧谈的四书之理是拾人唾余，"储国家之用"的人才必须具备论说时政的能力，因此其制题课士多出策问、论说等适合评议时政的文体。

至于科举之道，黄公认为对南洋士子无大用，无须研习举业，故最初"图南社课不出四书题，以南岛地方习此无用也"[5]。然而，根深蒂固的传统入仕观念和文化惯习一时难以完全扭转，图南社开展数期月课后，

---

[1] 黄遵宪于光绪十八年四月初二日"附搭法国邮船雪梨"东渡回国奔丧（《总政得假》，《叻报》，1892年4月28日），并于是年八月初七日回任（《总领事回任》，《星报》，1892年10月3日。"去月二十七号视事，阅《宪报》则华本月初七日，总领事黄公经复任视事。"《星报》日期中标"日"为阴历，"号"为阳历）。黄遵宪父亲于光绪十七年十二月二十七日（1892年1月26日）殁于家，黄公"本拟回籍奔丧，奈上游以要务需人，未允准其开缺"（《总政得假》，《叻报》，1892年4月26日），遂百日守制假期延后。而钱仲联《黄公度先生年谱》（《人境庐诗草笺注》，上海古籍出版社，1981年，第1206页）、吴天任《清黄公度先生遵宪年谱》（台湾：商务印书馆，1985年，第74页）皆认为黄自父殁后便乞假治丧，"四月，先生假满，回新加坡总领事任"。陈育崧在《记林文庆以狗肉起黄遵宪沉疴事》一文中也说"公度就任仅二月，即丁父忧，乞假奔丧，明年四月假满回新"，皆与史实不符（《南洋学报》第17卷，1961年，第29页）。
[2] 《学规重申》，《叻报》，1892年10月21日。
[3] 《领事请假》，《星报》，1894年11月3日。
[4] 《图南社腊月课题》，《叻报》，1892年1月1日。
[5] 《图南社腊月课题》，《星报》，1893年1月19日。

南洋诸生特函请文社重修举业。黄公念及"教读诸生平日专习举业,多有不达时务不工论说者"[①],遂自光绪十八年十二月开始,"特勉询诸生之请"[②],每月增设四书文及试帖一题。但制艺、试帖已非图南社月课的主要类型,黄公制题更重策问、论说等,不仅社中评奖以策论文为主要文体,他还亲自指点文士创作,循循善诱,以提升社员的论说能力。

图南社课士题型由制艺到策论的转换,有助于导引社员创作由重虚文向重实学转变,扭转南洋诸生"平日专习举业"的风气。同时,这一转变也促使文社逐步摆脱作为科举的附庸,真正成为士子交流文学的平台。

从图南社月课内容看,多切时务,以关注现实为课艺方向。尤其是策问、论说等文题,大多涉及当地经济、医教、礼俗风气等现实问题(见表二)。

表二　图南社 24 期月课文题与涉及领域[③]

年份	月份	月课文题	涉及领域
光绪十七年(1891)	十二月	问:胡椒、甘蜜近年价值骤减,其故如何?有何法可以挽救其?详陈之; 拟新嘉坡捐建同济医院叙。	南洋·经济 南洋·医教
光绪十八年(1892)	二月	南洋各地风俗优劣论。	南洋·礼俗
	九月	拟请派海军出洋保护华民论; 劝华人多阅新闻纸以扩闻见说。	侨务·军事 侨务·医教
	十月	问领事官应办之事。	侨务·政治
	十一月	南洋各商宜仿西法设立商会议; 巫来由文字考。	南洋·经济 南洋·文学
	十二月	重商论。古人轻商,以其舍本而趋末也,顾今昔情势不同,试言其故。	经济

---

① 《图南社腊月课题》,《星报》,1893 年 1 月 19 日。
② 《图南社腊月课题》,《星报》,1893 年 1 月 19 日。
③ 表中所列文课信息源自《叻报》(1892 年 1 月至 1894 年 11 月)、《星报》(1892 年 2 月至 1894 年 11 月)。

续表

年份	月份	月课文题	涉及领域
光绪十九年（1893）	二月	中国应设立丝茶瓷器各公司以保大利论。	中国·经济
	三月	新嘉坡风俗优劣论。	南洋·礼俗
	四月	美国限禁华人新例论； 出洋华民日多，有倡议禁止出口者，试详论其利弊。	侨务·政治 侨务·政治
	五月	问：各国管理地方，均于街道设立巡捕，而中国独无，今欲增设，其利弊何若？ 拟华人公立施密总督德政碑记。	中国·政治 南洋·政治
	六月	法暹交涉拟请派战船保护华人论； 筹办晋赈记。	南洋·军事 南洋·政治
	七月	问：华人以夫为妻纲，于律妇人有罪，罪坐夫男；而西律男女同权，各得自主，离婚之案不可胜数。我华人等既居西地，宜遵西律，而于华人政俗，大相乖异，宜有何法，可以挽救，各举所知以对。	南洋·礼俗
	八月	问：泰西诸国均禁娼禁赌，而西人于属地或禁或不禁；又有许娼妓领牌，令商人充赌饷者，其异同得失如何，试详陈之。	南洋·礼俗
	九月	本朝政体优于前代论； 中西医学异同得失论。	中国·政治 医教
	十月	拟公建华人大学校序，并附学校章程。	南洋·医教
	十一月	问：中国于暹罗事宜宜如何处置以保华人而收实益； 富而好礼论。	南洋·政治 礼俗
光绪二十年（1894）	二月	丁军门统率战舰南巡记； 中国宜增设织布局以兴大利说。	南洋·军事 中国·经济
	三月	论南洋生长华人宜如何教养以期进益； 外国之富在讲求技艺日新月异，以制造多、商务盛借养穷民无算，未悉泰西技艺书院	南洋·医教 中国·医教

续表

年份	月份	月课文题	涉及领域
		分几门、学几年艺乃可成。我中国何以尚未设技艺书院，各省所设西学馆制造局多且久矣，未悉有精通技艺机器之华人，能独出心裁自造一新奇之物否？必如何振兴其事，斯不借材异域，请剖析论之。	
	四月	问：南洋妇女流品淆杂，风俗浇薄，今欲清流品而挽风俗，一凡良家妇女欲来南洋者拟由各帮绅董查明良善，取具保结，呈请领事发给护照，寄回内地以利遄行，其无护照者必严查，细察是否拐诱以分良贱；一南洋各处有节烈妇女，拟由各绅董察访具报禀，由总领事奏请旌表，以昭激劝；一凡妇女呈请离异者，拟由绅董联衔禀请地方官体察华俗，变通英例，务得确情以杜背叛。以上三策是否可行，有无利弊诸生其详陈之。	南洋·礼俗
	五月	问：世俗通行风水、卦卜、八字、相面、择日，各说有何神益，何者较为可信，试详陈之。	南洋·礼俗
	六月	问：香港所行防疫章程似属善政，而华人顾不愿遵从宜如何参酌以期其可行，试申论之；卫生论。	侨务·医教 医教
	七月	亚细亚洲当力战以图强论；策问：中东交战应在何地，能战若干时日，将来作何结局，揣度情势，试申论之。	世界·军事 世界·军事
	八月	恭读慈禧皇太后懿旨奖给牙山战士银二万两书后；西报每祖东人说。	中国·军事 新闻
	九月	问：开创多尚武而守成则尚文，乱世多尚武而治平则尚文，列国多尚武而一统则尚文，尚文者积弱，尚武者或暴亡，其异同得失能举中外各事而详言之欤；坚忍说。	政治

由表二可见，图南社文题多关切时事，黄遵宪制题课艺，每每与诸生讨论的多是社会时新问题，诸如如何挽救近年种植产业的经济危机、西人属地不禁娼赌的得失、中东交战之情势等。关心时政，直陈时弊，本是策论文体的题中应有之义，这也与图南社培养士子熟时务、究古今、通中西的创社宗旨相一致。文社诗歌类题目也多以近事为题材，如光绪二十年六月甲午海战之时，林国祥率"广乙舰"与日本三艘舰船交锋，英勇无畏，图南社该年八月诗题特出"六月廿六日小马海战广乙以小兵轮敌三倭舰，船主林国祥勇锐莫当槟榔屿也，作诗纪之"[①]。黄遵宪作为社长，以高瞻远瞩的世界眼光与洞悉时务的外交才干纵观国内外时局，直指当下亟待解决的一些重大问题，在制题中发问并寻对策，带动士子对时事的关注与思考，扭转此前空谈圣人之道的文章风格，促使文学创作转向关注现实。

总体看，图南社月课所关注的现实问题约可分为三种类型：

一是中国问题。如"中国应设立丝茶瓷器各公司以保大利论""中国宜增设织布局以兴大利说"，以及中国欲于街道增设巡捕的利弊，等等。黄公借此引导士子关心国内时局，为国家建设进言献策。此种课士方向显然是源于图南社为国育才之既定目的，期望海外儒生在文社培养下能成为谋国之良臣、救时之俊彦。

二是侨务问题。黄遵宪以总领事的身份保侨惠民，并常在课题中与士子反思侨务政策的积弊，讨论流寓在外的侨民如何求得自保与进益。例如，随着海禁渐弛，沿海居民出洋谋生者增多，引起部分保守派担忧，倡议加固海防，禁止华民出洋。为此，图南社光绪十九年四月会课特出"出洋华民日多，有倡议禁止出口者，试详论其利弊"，对相关问题予以探讨，辨明事理。值得一提的是，黄遵宪极力主张开放国民出洋，在推

---

① 《图南社八月课题》，《星报》，1894年9月3日。

动清廷豁除执行了两百余年的海禁旧例中做出了重要贡献，并首次在南洋核发和推广护照制度。

又如，因清廷国力衰敝和护佑不力，旅居外洋的侨民屡屡被外人苛待。美国就因华人与土人发生龃龉而下逐客之令，于1882年签署执行《排华法案》。针对侨民在海外遭受的不公待遇，黄公也在社课中与士子多次探讨侨务政策与侨民生存问题，特命制"美国限禁华人新例论""拟请派海军出洋保护华民论"等文题，积极为海外华民权益呼吁，探讨摆脱困厄之道。

三是南洋问题。图南社二十四期月课，涉及南洋本土的课题有二十二题之多（文题十七题，诗题五题）。例如，研讨南洋各地风俗优劣，考究巫来由文字，以使士子增进对当地文化风俗的了解，增加文化认同感。又如重视在地文教事业，拟筹建华人大学校，请诸生为学校撰写序言，"并附学校章程"。与此相关的是，黄公还积极规劝南洋侨民要多读书报，开阔视野，提升自身素质，故特命题"劝华人多阅新闻纸以扩闻见说"。他也希望南洋侨民熟知国家盛衰、民心向背，通晓政治得失、事理从违，为此专门命制月课"居朝廷之上，无愧为多闻多见之臣；处草野之间，共称为闻知见知之士"①，希望南洋士子积极参与讨论，明晰事理。再如，西人于新辟属地不禁娼赌，由此也给华社带来了许多社会问题。图南社对此特设文题，请士子讨论不禁娼赌的得失，希望侨民能及时革除陋习。如此等等，不一一罗列赘述。

黄遵宪到任新加坡总领事后，随即对南洋各埠进行了详细的调研考察，并多次上书薛福成汇报南洋各埠发展情况。②可以说，黄遵宪对南洋

---

① 王攀桂：《劝华人多阅新闻纸以扩闻见说》，《星报》，1892年11月12日。
② 关于黄遵宪到新加坡后考察南洋各地详情，请见拙作《黄遵宪〈总领事黄观察禀稿〉考释》（《历史档案》，2014年第3期）和《黄遵宪集外禀文一则考释》（《史林》，2014年第4期）。

各地的社会现状和自然风物都有深入了解,这自然也成了月课命题的重要资源。"欣欣然觅间与多士,课文艺,且月课题目皆切南洋时务,实欲借知风土民情,与曩之徒事虚文岂特相悬霄壤耶?"[1]因此,月课中直接以南洋本土人情风物为题者就有不少,如"新嘉坡海堤望月感怀"[2]"新嘉坡竹枝词"[3]等。其中,"新嘉坡草木杂诗"一题特意强调:"凡中国所无者,如留连之类,各作一诗,或五绝或七绝均可,并系以注。"[4]黄遵宪于诗题中首倡南洋色彩,引导士子于诗歌创作中关注本地的风物人文,无疑开拓了异域诗境。

作为社长,黄氏自觉将关心时事与关怀本土的意识灌注在制题课艺中,引导士子创作转向关注在地现实,而独特的现实素材促使文学在此中自觉不自觉地彰显出独立个性,有利于推动本土文学的萌生。

三、文社制度的完善

图南社由此前会贤社改组而来,"前领事左大人以文教倡之,名其社曰会贤社",左秉隆离任后,"黄大人接篆之后,改其社曰图南"[5]。黄遵宪亲任图南社督学,订立学规章程,既有对此前文社制度的因袭,也会根据时势需要而做出调适,"又非徒循厥旧规,有举勿废,或因或革,务得其宜"[6]。其制度调整和完善主要体现在以下几个方面:

一是社课制度应需求而调整。

---

[1]《询刍篇》,《星报》,1893年12月4日。
[2]《图南社腊月课题》,《叻报》,1892年1月1日。
[3]《图南社二月课题》,《叻报》,1892年2月29日。
[4]《图南社二月课题》,《星报》,1893年3月18日。
[5]《读总领事黄大人〈图南序〉系之以说》,《星报》,1892年1月6日。
[6]《观黄公度观察奖励学童事喜而有说》,《星报》,1892年1月9日。

关于社课的出题、截收、发榜以及应课者如何投卷、领赏等，图南社皆建有明确制度，且体例随应课实况而灵活调整。文社初循曩例规定"每月于初一日由总领事署出题，初十日截卷，二十日发榜"[1]，后因当地各报纸互相转载传颂社员佳作，使得图南社声名大噪，每期投稿量节节攀升。加之黄遵宪养疴期间游历麻六甲、槟榔屿等处，联络当地文士，带动了各埠士子踊跃参与社课活动，图南社的外埠寄稿也逐渐增多。同时，由于邮路时有不畅，导致部分士子的稿件不能按时达到，为此图南社还特地登报告知延长课卷截收日期："现有各埠寄来应课者，展限于十四日截卷，过期不收。"[2] 其后，为了应对稿件愆期问题和评阅方便，本坡课卷与外埠寄稿分日截收。"原以近日课卷多有从麻六甲、槟榔屿等埠寄来者，远道邮附，不得不稍予从容，惟阅卷止有数日，又未免期限过速，此后本坡课卷，于每月十一日起收，截至廿日止。其外埠所寄，仍以廿五为限。庶期彼此两便，为此布告，一体周知为幸。"[3] 这一灵活的社课机制，能更大限度地满足南洋士子的诉求，激发大家参与的热情。

其他还有一些细节的调整，也足见图南社的细致用心。图南社规定实名投卷，最初申明社规时即言明"此社无论何人均能报考，各于卷面填写姓名"[4]，获奖者"并祈报明住址"，诸生在投卷时领取收条以作为此后领奖的凭据。其后为防冒名领奖，文社又多次强调，"本社定章取列前茅者，应将姓名、住址报明"[5]，"应课卷面务祈填报真实名字，本社章程取列前茅者，如查询籍贯、住址与姓字不符，例不给奖"[6]，诸如此类。随着图南社

---

[1] 〔清〕黄遵宪：《图南社学规》，《叻报》，1892年1月1日。
[2] 《图南社四月课题》，《星报》，1893年5月17日。
[3] 《图南社四月课题》，《星报》，1893年5月17日。
[4] 《图南社学规》，《叻报》，1892年1月1日。
[5] 《图南社四月课题》，《星报》，1893年5月17日。
[6] 《图南社八月课题》，《星报》，1893年9月12日。

名气大涨，社务日繁，也需要较为完善的应课制度来疏通日常管理。图南社系列社课制度建设的经验，也为后续其他文社的运作提供了重要借鉴。

二是财务制度的优化。

图南社最初继续沿用会贤社的月课奖赏制度，通过评定等级赋以奖酬。文社成立早期，独由社长黄遵宪每月捐银十元给赏，"社中取列一二等者，照从前旧章，由总领事捐廉十圆，以为奖赏"①。但随着投稿增多和相应的获奖数额增大，黄公的捐银被不断摊薄，无法满足士子对于膏奖的需求，"然仅以廉俸为奖赏，在与者已伤于惠，而得者未觉为多"。叻中文士有感于此，"如佳卷增多，当另行筹加奖赏"②，遂发文呼吁富厚乐施者助加膏火：

  道南翁见左公前创会贤社，其膏火有陈、佘二君助出，今黄公立图南社，其奖赏独由捐廉，靡有陈、佘二君助资。新嘉坡富厚乐施，百善俱举，道南翁有心世道，欲富厚联合同志，相继起助黄公，比前陈、佘二君之助左公，有过之而无不及。③

募捐文告甫一刊出，各路绅商纷纷响应，"有林抟云太守捐银二十元"④，"蒙福建乐善社每月助赏银拾圆，共二拾圆"，"又承佘振兴、吴德源每月各认捐五元，此外则椒蜜公局捐四十元，陈广丰捐三十元，李应山、刘荣丰、协裕生、永利成、胜兴、福盛各有捐助。现计每月奖银以四十元为率，视卷之多少、工拙，为随时增减"⑤。总领事署还特将捐助

---

① 《学规重申》，《叻报》，1892年10月21日。
② 《学规重申》，《叻报》，1892年10月21日。
③ 《申论道南翁来函》，《星报》，1892年10月31日。
④ 《会课榜示》，《星报》，1892年11月10日。
⑤ 《宪札照登》，《星报》，1893年3月31日。

者名单登报布告于众，一是为褒奖诸君子"振兴文教，嘉惠后学"之意，"至本坡绅商，尚有闻风踊跃欲来签助者，应俟佳卷加增，再谋拓充"；二是愿应课士子饮水思源，以此"磨砺奋兴，以文华国，庶无负诸君子之雅意焉可"①。

到了后期，评奖等次及赏金数额更具灵活性。图南社每月奖银分等赏给获奖者，初分超等、特等、一等三级，后取消等第之称，仅以奖银多寡作区分。除光绪十七年十二月、翌年二月课榜不见刊录外，余则每月课榜均刊登于报（见附录一）。统计可知，其每月"奖银以四十元为率，或增或减，视课卷多寡美恶再定"②，每课得奖人数一期最少为二十七人，最多为六十人，单人奖银四元至二角不等（仅李琪华一卷因"考证明确，绘图精能"加奖至八元）③。比之会贤社每课奖赏一元或五角，图南社的奖赏幅度已有较大提升，有效带动了士子的创作热情。

特别值得一提的是，黄遵宪还为会吟社解决了社费筹措难题。此前，会吟社文学活动难以为继的主要原因是资金短缺和捐赠渠道的不稳定，而其运营、奖酬等各项支出，"均由倡设吟社之雅人自行支理。兹以收联愈多，则费尤钜，若专赖一人独支……殊非持久之道也"④。为此，黄遵宪创造性地提出了一条新规：投稿人需支付"审稿费"，"同人公订每比收银五仙，以便择尤奖赏"⑤，借此方式有效解决了经费来源问题，保障了文事活动的可持续开展。这种类似于当代资本运作中的"众筹"模式，随后也被其他同人文社所借鉴。

---

① 《宪札照登》，《星报》，1893年3月31日。
② 《图南社四月课题》，《星报》，1893年5月17日。
③ 《图南社榜》，《叻报》，1893年11月15日。
④ 《吟社新章》，《星报》，1893年1月10日。
⑤ 《吟社新章》，《星报》，1892年11月22日。

四、社群扩大与声名日隆

在黄遵宪的悉心操持下，图南社不仅制度渐趋完善，其规模也有所拓延，社团影响加剧，逐渐成为闻名海内外的文人社团。

其规模拓延主要体现于应课群体的广泛性和参与人数的增多。图南社从开设至停办，每课收卷几十甚或百余，相较于此前会贤社的收卷数量（通常是十五至四十七卷之间）已有较大提高。二十二期社课的获奖者名单，达四百零一人，推及文社活动参与者应在千人以上。综观历次课榜，仅得奖一次或两次的士子有三百一十四人，占比78%，应课群体具有较大的广泛性。得奖四次及以上的社员多达六十三人，其中潘百禄、吴士达、王攀桂等人几乎每次社课皆位列于榜单，周锡麟、霍松偕、颜岳宗、夏之时等也曾十余次获奖。可见图南社文墨较优的固定社员已渐成规模，为引领南洋文社风气奠定了基础。

与之相应的是，图南社的影响力也日渐增大，声名远播至南洋各埠，甚至国内也常有回响。每次社课征文公布后，除了新加坡本土，周边的麻六甲、槟榔屿等外埠文人也常有寄稿，而慕名求教者则更多。为此，文社还特为外埠寄稿拓延截卷时间。图南社的声名还远播至国内，"本社取列前茅之卷，粤省之《中西报》、上海之《沪报》，屡经探录，弁于报首"，经过国内这些影响力甚巨的名刊大报"辗转钞刻，互相传诵，南离文明，于兹益信"[1]。国内报刊屡次登载社员佳作，互相传诵，一定意义上可视为当时国人对图南社及南洋华文文学的认可。

对于尚属初生的南洋华文文学，能得到这样的认可殊为不易，也显

---

[1] 《宪札照登》，《星报》，1893年3月31日。

示了自会贤社、会吟社直至图南社一脉相承的人才培养体制取得了成效。对比各家文社课榜可知，图南社员中的出类拔萃者，有相当一部分曾参与过会贤社、会吟社的月课活动，诸如潘百禄、王攀桂、夏之时、谢祝轩、王会仪等。他们大多在南洋有稳定的职业，如王攀桂、夏之时为萃英书院的教习，谢祝轩为同济医社的医师。他们长期谋生于此，在闲暇之余撰文投卷文社，赚取些许膏火以贴补家用，并在此中得以历练，逐渐活跃于文坛。至图南社时期，他们已积累较丰富的创作经验，具备较高的诗文技艺水平，故能成为文社中的佼佼者。他们的诗文作品屡次摘得桂冠，也深得读者的喜爱，如徐季钧的文章，时人赞曰："所著文，雄浑磅礴，仿佛昌黎，一纸风行，群侨赞美。"[1]

图南社奖酬幅度的增大，是吸引文士的重要因素。分等奖赏的实施，其实建立起了一种文学创作的激励机制。士子为求膏奖或是为争高下而赋诗作文，有利于带动士人群体创作活动的日益繁盛。而图南社较之此前文社又加大了给奖力度，更能吸引来自南洋各行各业的无数士子踊跃参与社课，使应课群体得以进一步扩大。

社长黄遵宪自身具有吸引文士、撼动文坛的影响力，是图南社社群迅速扩大、盛名海外不可或缺的一大要因。黄遵宪既是华社领袖，又在文坛声名甚盛，加之心怀文翁治蜀之心兼有作育人才之意，是以吸引了众多士子围绕左右。南洋的骚人墨客主动受业于门下者滔滔皆是，包括远在暹罗的文人萧佛成久闻黄公盛名，特由暹抵叻造访拜谒，请其指点文墨。对此，黄公特在图南社布告中明示："近日课卷多有自称受业者，腼然人师，非鄙人所敢当，若准中国书院通例，概称门生，亦未为不可。"[2] 既是"门生"，受教于黄公，对于业师主持的文社活动自然竭力响

---

[1] 《敬告知交》，《星洲日报》，1937年1月20日。
[2] 《图南社八月课题》，《星报》，1893年9月12日。

应。这批士人长期参与图南社活动，在切磋技艺中逐渐提升了创作水平，部分优秀者也成长为文坛的扛鼎人物。典型如徐季钧，名亮铨，其于光绪十九年携眷南渡，供职于《叻报》，后又改任《星报》主笔，其间多次参与图南社活动，其文风也逐渐成熟。图南社光绪十九年七月社课中，徐季钧所写的挽救华人社会风气败坏的文章，纵论古今中外，最后提出应设义塾、兴华文、育人才以正华社风气，眼光颇为独到，其中倡建女学堂的提议尤具慧识。随后，徐季钧与王会仪共同复兴会吟社，又兼理丽泽社，身体力行助推南洋文风蔚起，为南洋文坛的构建做出了特殊贡献。

总之，在图南社的文社活动中，黄遵宪"期望应课诸生甚切，无一毫轻视之心"[1]。在其循循善诱的教诲与培养之下，士子文墨日精。随着图南社声名远播，开始打破地域限制，发展成为南洋华社文学交流的公共平台。应课士子们"争自濯磨，冀得变海滨为邹鲁，化駃舌为弦歌"[2]，在文社平台的助力下，推动南洋文学生态的整体性构建，并为促推南洋华文本土文学的发生奠定了重要基础。

第二节 消闲类诗社的兴起

自左秉隆、黄遵宪相继以南洋华社领袖身份创立文社、倡兴文教以来，南洋文风渐开。"自海禁开而遐陬僻壤之区，莫不有骚人墨客托迹其间，或倡兴善社，或创建吟坛。文运虽由天开，文衡实赖人掌，故自我中国派设领事来驻是邦，风俗民心虽觉渐次转移，而于振兴文教，尤其

---

[1] 《观黄公度观察奖励学童事喜而有说》，《星报》，1892年1月9日。
[2] 《会吟课榜》，《星报》，1893年8月1日。

彰明较著者也。"① 可见，驻外领事以文社推行文教无疑初见成效，南洋的文学生态大为改善。

另外值得一提的是，在黄遵宪等人的大力推动下，清政府逐渐"豁除海禁、保护洋客、发给护照"②。护照制度的实施让国人南渡更为便利，"禁网日弛，风气日开，多有良家子弟服贾海外，挟赀以往"③，海禁废除之后，出洋淘金谋生者渐多。其中，不少文士也开始选择南渡谋生，如萧庆祺南来担任《星报》主笔、徐季钧受邀主持《叻报》笔政等，都受益于废除海禁新政的实行。

随着流寓文人日渐增多，文人诗墨唱酬的风气也随之兴起。文社平台的搭建，更是便利于南洋各埠士子在切磋文墨中相互结识，交游宴聚之事趋向频繁，诗酒唱和、赋诗联对等文事活动也成为社员聚会时的常设项目。如章芳琳在叻郊有一小园，《星报》馆主林衡南命名为"养怡轩"，常"联集气味相投者"宴聚于此，"杯酒谈心，共忘形迹"。席间常有诗墨流出，如孟茹古于宴会间"口占七律一章，即呈同席诸君"④。孟氏因林竹斋惠赠其墨兰一帧，特赋诗题画以鸣谢之：

> 君不见门前桃李当风问，残春零落终兴台。又不见梧桐井畔临风茁，夏日青葱秋菱折。何如绿竹与幽兰，劲节灵根四时阅。竹斋林子善画兰，风茎露叶生毫端。孤高不与群芳伍，欲绘风标着笔难。君善画兰君号竹，昨宵惠我千金轴。知君雅度与虚怀，画以写人意含蓄。披图四座香风生，盆盆分栽剧有情。不向胄家傍离落，盘根

---

① 《仰光联课》，《星报》，1893年4月19日。
② 〔清〕黄遵宪：《中国驻叻总领事告示》，《星报》，1894年6月2日。
③ 《总领事黄观察禀稿》，《星报》，1892年11月2日。
④ 孟茹古：《诗章附录》，《星报》，1892年8月30日。

空谷任枯荣。[1]

诗以竹之高洁、兰之清幽比喻友人品性，将画意融于诗境中，颇见功底。另如"桐善馆主伯璩氏"送别胡伯骧之际有《奉和伯骧叔留别》二首相酬答，诗有云"连朝霖雨滞扁舟，有客天涯赋远游。惜我迟来刚一日，怜君乍别似三秋"[2]，感发与友人的惜别之意。面对士人雅兴，有心者便顺势创建诗社，供骚人墨客遣兴娱性之用，也借此结识同道中人，以诗会友，共相切磋。由此，诗社开始大兴其盛，遍设于南洋各埠。

一、随风而兴，遍设南洋

在左秉隆主持的会贤社、黄遵宪主持的图南社带领下，南洋逐渐兴起了一股文人结社的风气，各类文社纷纷成立，前后多达数十家，其中又以消闲类诗社居多。现选其中几家代表性文社作一管窥。

光绪十五年五月，王会仪、童梅生等人在新加坡创立会吟社，并询请左秉隆为会吟社联课评定甲乙。"会吟社之设由来久矣，向由风雅诸君禀准领宪，照期出题，限日截收，然后汇送领事府署，以凭评定甲乙，互相切磋，虽曰雕虫小技，亦整顿文风之一端也。"[3] 其作为南洋地区较早设立的诗社，是士子切磋诗艺、兴振文风的重要平台。但首开社课后，因苦于无执文坛牛耳者支撑，加上资金拮据，故社务活动的开展时断时续。

光绪十八年九月，黄公丁父忧销假返回新加坡后，会吟社诸同人受其鼓舞，决定复兴社务，并请黄公拟定吟题、评阅社课，会吟社活动由

---

[1] 《诗章附录》，《星报》，1892年9月2日。
[2] 伯璩氏：《奉和伯骧叔留别》，《星报》，1892年6月20日。
[3] 《会吟社课题》，《星报》，1892年11月11日。

此又走上正轨。从会吟社的这段发展历程可以看出,邀约驻新领事担任社课评阅人成为关键一环,而这其实是基于彼时文化生态的必然选择。评阅课艺者不仅需要较高的诗文水平,还需要有一定的文坛威望,否则评判结果不足以令士子信服,导致文社的诗文品鉴活动难以为继。例如,早前会吟社刊列社榜时,有士子质疑报馆所列联榜名次与实际诗联水平高下不符。《叻报》还特意解释称联课乃由左秉隆领事评阅,"诸联多经都转改定而编列名次则仍照原文以定高下,是以次列之联往往胜于前列也"①,质疑声才渐渐平息。会吟社继兴后,《星报》便早早登出启示,称会吟社交由"黄观察公度评定甲乙之吟课","至其有无错误,以及工雅之处,明眼人自能辨之,本馆不复赘也"②,以此封士子质疑之口。左、黄二人作为文墨精善者,既有倡率文风的善举,兼有政治领袖的魄力,实际上是彼时南洋华社文坛的执掌者,请其代为评定社课实是最佳人选。两位领事对吟社一事也是竭力襄助,尤其是黄遵宪,既为每课拟定吟题,又担任评阅课艺等次的裁定者,并为联作加诸评语,谆谆教导士子的诗联创作。

会吟社复兴后仍以诗钟嵌字格为题,如"潮·来"魁斗格、"南·声"魁斗格等。唯有第四期,出"老木声酣认雨来"的对句,请诸生对以出句,又"因对句中老木一句,可以无须复写,纸中尚有余地",附出第二题,请诸生补全"鸟惊樵斧○,鸦○就檐栖"一句,"各安一字,本系古人现成之句,以觇诸生炼字之功"③。但该期所收五言炼字古句联卷不尽人意,"其不妥者无论,其稳惬者,又多雷同"④,难以评出甲乙。其后数期黄遵宪制题又恢复为嵌字体形式,仍以魁斗格为主。诗钟体式既可锻炼

---

① 《联榜照登》,《叻报》,1889 年 12 月 7 日。
② 《吟榜照登》,《星报》,1892 年 11 月 29 日。
③ 《会吟社榜》,《星报》,1893 年 1 月 20 日。
④ 〔清〕黄遵宪:《会吟社榜》批词,《星报》,1893 年 2 月 11 日。

士子抽黄对白的技艺，又使评艺者较为容易判出高下，这种做法随后也被南洋其他诗社所普遍采借。

自光绪十八年九月继出社课，至翌年十一月停顿，会吟社共开办有十期社课。这些活动并无固定时间，社内同人"携到领宪黄观察所出吟题，嘱登于报"①，南洋士子看到后，从容构撰投寄。等到限日截收各联卷后，会吟社"另纸缮写汇送黄观察公度夫子大人评定甲乙"②，再刊出联榜，发放奖励。通常联榜文末还附有下期课题，明确截收日期，大致每月一期；但若遇到节假日等特殊情况，社课间隔时间也往往会延长。如十二月第四期社榜刊出后，会吟社告知"下届题俟新年择期续拟"③，但实际上第五期社课却推至翌年三月才开办。会吟社同人活动也没有固定的场所，课卷交收、奖金领取地点多依托于某一商业机构，或是"赌间口万济堂内"，或是"豆腐街万美堂药店"，等等。由此可见，作为文人创立的同人诗社，会吟社运作条件有限，其社课的开展与维持更多依赖于士子们的自觉，随意性较大。

但会吟社毕竟得到了左、黄的支持，声名鹊起，影响力很快超出了新加坡本地。"抽黄对白，遣兴陶情"④的雅事外传至南洋各埠，缅甸仰光、马来亚槟城等地也陆续创设多家华文诗社。

缅甸仰光的华侨庄银安建有一小楼名为闲来阁，庄氏自言"闲谈多雅致，来客尽知音"⑤，闲来阁成为主人结识知音、切磋文墨的场所，仰光诗社即肇兴于此。诗社同样以诗钟嵌字格为题，征联求教，间或将联课邮至新加坡，请黄遵宪代为评定甲乙。光绪十九年二月，阁主将所收

---

① 《会吟社课题》，《星报》，1892年11月11日。
② 《吟社定章》，《星报》，1892年11月22日。
③ 《会吟社榜》，《星报》，1893年2月11日。
④ 《仰光联课》，《星报》，1893年4月19日。
⑤ 陈娜：《庄银安故居》，洪卜仁主编：《厦门名人故居》，厦门大学出版社，2007年，第72页。

"世·难"魁斗格"联课一百五十一比"邮至新加坡《星报》馆,"嘱递总领府署,旋经黄观察评定甲乙,大加奖赏,批发前来"[1]。黄遵宪在回复闲来阁主人函稿中称赞曰:

> 昨由星报馆递寄佳联,正如邮骑到而宝玦来,光艳射人,且喜且诧。自弟南来,所阅联课,无瑜此次之佳者,知必有二三名手,蠖屈海外,企仰无既。课卷百五十本,可以取录者,其数过百。原额廿四名未免太隘。今增录廿名,仍多割爱。附呈四元,除既于卷面批明加奖外,其廿四至四十三名,每卷各给一毫,祈代分给,以表奇文共赏之意。外诗二本,以赠榜首。乞将姓氏通知,他日过坡,如枉顾定,当倒屣趋迎也。[2]

一次收卷一百五十余本,评出获奖佳作四十多篇,可见仰光华社也是人才济济,文风直可媲美于叻地。黄公欣喜于仰光诗社佳作迭出,除附赠奖金之外,还特加奖赏,以诗集相赠获得头奖者,并主动发出邀约,他日经过新加坡时,希望能择机面见。

其后,仰光又创设了一家诗社——映碧轩。与闲来阁如出一辙,映碧轩仍以诗联创作为主要社务,也不时邮寄联课至新加坡,请黄遵宪斧削。黄公于病痱中仍为仰光诗社评阅社作,赞赏"承示佳联,清奇浓淡,各擅胜场,几于美不胜收。仆病中读之,为拍案呼快者。再正如杜子美《花卿歌》足以辟痱也",又"附上洋银二翼,一至五每名加二毫,六至十五各加一毫"[3],借表奇文共赏之意。这两家得到黄遵宪支持的缅甸华人

---

[1] 《仰光联课》,《星报》,1893年4月19日。
[2] 黄遵宪:《黄观察寄覆闲来阁主人函稿》,《星报》,1893年4月19日。
[3] 黄遵宪:《黄观察复映碧轩主人函稿》,《星报》,1893年7月3日。

诗社，大大激发了当地华社士子的创作热情，推动了早期缅甸华文文学的发展。"仰光诗人云集，联课日兴。有闲来阁以开其先，复有映碧轩以继其后，到处留题，洵可为山川增色矣。"①新加坡、缅甸两地华人士子因诗社联课而获得了更多交流机会，双方的文字之缘也由此愈结愈广。②

位于马六甲海峡北口的槟城，山川秀丽，人文荟萃，也是早期南洋华人的重要聚集地。光绪十七年，身为医生的力钧应新加坡富商吴士奇礼聘至南洋，后在槟榔屿居停三月，"曾操修志之笔，新开选文之楼"③，征集槟城士子的诗文作品，收录在其所撰的《槟榔屿志略》一书中。光绪十九年，槟城同人创立槟城南社，"新立社规，请操坛政，锦囊满贮，兼收岛瘦郊寒，铜钵缓催，无碍马迟枚速，预鸠润笔之资，籍展征诗之意，所愿海岛寓公、风尘过客，癸竹枝之曲，联萍水之欢"④。拟题求教，征集诗作，首课以"宝珠屿观海"为题，"七绝限东韵，能七律、七绝、七古听之"⑤。其首课征诗时即言明创社宗旨，"非徒采辑土风，编域外同音之集，尚望阐明诗学，导海滨倡道之机耳"⑥，既采辑抒写南洋风物人情，也编撰诗社同人的优秀作品，并借此在南洋阐扬诗学，倡导文化道统。

二、渐趋成熟，声气相通

南洋诗社多是文人骚客即兴而结，19 世纪 80 年代初兴之时既缺乏健

---

① 《映碧轩联榜》，《星报》，1893 年 7 月 3 日。
② 相关详情，可参见拙作《黄遵宪致缅甸仰光诗社主人函件三则考》(《古籍整理研究学刊》，2021 年第 4 期)。
③ 《诗会求教》，《叻报》，1893 年 7 月 4 日。
④ 《诗会求教》，《叻报》，1893 年 7 月 4 日。
⑤ 《诗会求教》，《叻报》，1893 年 7 月 4 日。
⑥ 《诗会求教》，《叻报》，1893 年 7 月 4 日。

全的社规和明确的发展方向，又限于彼时文风未开，因此发展较为缓慢。到黄遵宪驻任新加坡总领事时，随着文教兴起的刺激，文学生态逐步改善，诗社制度也逐步建立和健全，诗社的数量、规模大为延拓，南洋华人诗社由此进入了快速发展期。

以新加坡会吟社为例，早期的社课活动缺乏明确的规程，较为随意。例如，早期会吟社发布的联课征稿启事，除了截收日期、交收地点外，并没有提供其他相关信息。到了黄遵宪时期，投卷制度渐为明晰，并通过报刊公之于众。如光绪十八年九月，会吟社复兴首课即言明"凡有雕龙妙手，吐凤奇才，无论何籍人等，均可构撰，缮写明晰，到豆腐街万美堂药店内交收"[1]，诗社表明有卷必收，应课者不受籍贯所限，使闽粤士子"以梓桑之谊，结文字之缘"。同时，还告知应课诸生投交一联或数联皆可，只是"同人公订每比收银五仙"[2]，以充为公款。其后为誊写方便，规定"不论多少，祈各总录一纸，毋似前期之一纸一联，诸多繁碎，以便另笺誊缮，一律手笔较为公便"[3]。而誊录诗联所用之纸笔费用以及"汇送总领事往来车税各费"，"均系本社主人自理，不开公费"[4]。但因之后收联增多，费用尤巨，"若专赖一人独支，恐渎则生厌，致招物议，殊非持久之道也。由是变通旧例，妥立新章，每百比缮写酌给工费二角"[5]，写工费用及车税等皆出自社友的捐款。

随后，会吟社的征稿活动规则做了进一步优化。例如，要求应课者以正楷字投稿，诗社不再誊录，"惟向例皆归一手誊录，未免烦琐，不得不略为变通。嗣后概由本人自备色笺，缮写正楷，仍不书作者姓名，以

---

[1]《会吟社课题》，《星报》，1892年11月11日。
[2]《吟社定章》，《星报》，1892年11月22日。
[3]《吟榜照登》，《星报》，1892年11月29日。
[4]《吟社定章》，《星报》，1892年11月22日。
[5]《吟社新章》，《星报》，1893年1月10日。

避嫌疑，而归简便"，诸社友投交后，"给回收条，编列号数，以凭榜列核奖也"①。会吟社这种逐渐完善的社团运作制度，也为其他诗社提供了借鉴。例如，仰光文社对所有应课的联卷做匿名处理，询请老师评出甲乙；至于运行经费筹措方式、奖赏规则等，则"悉仿会吟社定章"②。

此一时期，诗社增设奖酬逐渐成为通例，或由倡设吟社之雅人自行出资，或收取社友投卷费用再择优奖赏。如槟城南社征诗活动，由同人出资二十四元，并将摊赏列明，以作应征者的润笔之资。会吟社、仰光诗社吟课活动的奖酬则出自应课者缴纳的社资，每次交银五仙，这些经费除却购买笺纸、誊录、车税等支出外，剩余部分择优分等奖赏。偶尔黄遵宪也会出资相助，如会吟社光绪十九年五月"新·书"一课，"经由黄公度观察评列等第并给奖款"③，"除照本社定章核奖外"，黄遵宪附加一元，分赏给前九名。另如黄公评阅仰光闲来阁联课，"附上洋蚨二圆，第一至第五各奖二毫，第六至十五各奖一毫，察收为幸"④。黄遵宪以私人俸禄奖励后进的义举，也得到了当地士人的赞赏，"应课诸君，饮水思源，各宜争自濯磨，冀得变海滨为邹鲁，化鴂舌为弦歌，以副观察造就人材之至意也"⑤。诗社每课按收卷之多寡与联作之优劣来分等奖赏，赏银多在一元至一角之间，其中会吟社每每收卷后特将收支明细及定赏情况公告于众，"所谓公事公办，无诈无虞者此也"⑥。消闲类诗社毕竟不同于官属文社，缺乏领事的权威震慑力，故在诸多方面皆谨慎行事，特别是在财务管理上着力更甚，以尽量避免落人口实。

---

① 《吟社继兴》，《星报》，1893 年 4 月 21 日。
② 《吟社继兴》，《星报》，1893 年 4 月 21 日。
③ 《会吟课榜》，《星报》，1893 年 8 月 1 日。
④ 《闲来阁联榜》，《星报》，1893 年 6 月 30 日。
⑤ 《会吟课榜》，《星报》，1893 年 8 月 1 日。
⑥ 《吟社新章》，《星报》，1893 年 1 月 10 日。

在黄遵宪的实际支持和精神引领下，各埠诗社闻风而兴，规模不断扩大，每期应课者众多，可谓盛况空前（见表三）。

表三　会吟社、闲来阁、映碧轩联课收卷与获奖人数[①]

年份	日期	文社名称	收卷数量	获奖数量	获奖比例
光绪十八年（1892）	十月十一	会吟社	170余	40	24%
	十一月初八	会吟社	253	53	21%
	十二月初四	会吟社	362	70	19%
	十二月二十五	会吟社	241+34	53+0	22%
光绪十九年（1893）	三月初四	闲来阁	151	44	29%
	三月三十	会吟社	142	30	21%
	五月十七	闲来阁	300余	60	20%
	五月二十	映碧轩	300余	61	20%
	六月二十	会吟社	169	35	21%
	八月十八	会吟社	231	48	21%
	十月初三	会吟社	130	20	15%

诗社收卷达二三百之多，获奖联数二十至七十联不等。对比此前会吟社初兴之时仅得几十卷，得奖仅在十至二十四联之间，足见此时士子应课热情高涨。这一方面得益于此前文社的培育，雕龙吐凤的骚人墨客已成庞大群体，且随着文社活动声名鹊起，吸引了新兴力量不断涌入。以会吟社第八期联榜名单为例，上榜人数已达一百五十四人。其中既有谢荔香、吴士达、王攀桂、张德芳、张克为这些长期活跃于南洋文坛的佼佼者，也有诸如陈聘三、吴树勋、陈城后等新兴人才，他们在抽黄对白的技艺切磋中迅速成长为下一阶段文社的主要参与者。另一方面，在文学生态环境整体改善的背景下，士人的文学自觉性也有所提升。如前

---

① 以上联榜信息来自《星报》。会吟社第四期社课出有七言对句与五言炼字两题，收卷与获奖信息分卷显示，故列表中用"+"号表示；但第二题并未给奖，统计获奖比例时仅针对第一题。

所叙，同人社团多缺乏外来资金支持，其奖酬之设多依赖于内部给养，故定赏额度及上榜比例都比较小。然而，即便上榜难度提高，且需缴纳社资的情况下，仍吸引大批士子投卷，更有不少外埠士子积极参与，足可见出南洋士子们对创作诗联、切磋诗艺的热忱。而每每诗社出于各种原因耽搁月课时，诸生便多有呼吁，期望社长重兴社事，可见南洋士子的文学创作已渐向自觉转化。

在黄遵宪等人的带动下，南洋各埠纷纷设立诗社，各个社团之间又借助报刊媒介互相呼应，声气相通。报刊作为当时新兴的大众媒介，积极支持社团活动，辟出专门版面刊登相关布告、课题、课榜等，既为各个社团的文事活动宣传提供了平台，扩大了影响，又利于文社之间相互仿鉴提升。黄遵宪当时文学声名最盛，又是新加坡总领事，受邀担任会吟社社课的评阅人，为诗社增色不少。于是，其他诗社闻风而来，也徇请黄公为之评定，如仰光闲来阁、映碧轩等，都请黄观察评定甲乙，兼拟定下期联课。黄公兼任数个诗社的社课制定者与评阅人，常一题多用，如会吟社第五期课题"拟照闲来阁继兴原题"[1]，客观上促进了各个诗社之间的交流和竞争。

文社之间的声气相通对文风广开大有裨益。一是有利于破除文学圈的壁垒，带动文社之间的良性互动与发展。"本坡会吟社诸同人，以吐凤之奇才，作雕虫之末技，抽黄对白，遣兴陶情，迭蒙黄公度观察评阅，奖励有加。本馆亦乐闻其事，凡有课作，悉录报章，借以表扬声教四讫之盛治，俾远近各埠闻风兴起也。"[2]在黄遵宪和《星报》支持下，会吟社迅速壮大，而且将文风濡染传播到其他地区，包括缅甸的仰光也开始创立诗社。光绪十九年二月，星报馆"忽接仰光埠闲来阁主人邮到联课

---

[1] 《吟社继兴》，《星报》，1893年4月21日。
[2] 《仰光联课》，《星报》，1893年4月19日。

一百五十一比，嘱递总领府署，旋经黄观察评定甲乙，大加奖赏，批发前来，兹特照稿附录报中。一以明观察鼓舞人才之意，一以见仰光文士之多"[1]。在黄遵宪的指导和支持下，仿照会吟社的社课制度，仰光创立了仰光闲来阁诗社。随后，仰光又新结映碧轩诗社，"与闲来阁后先济美"，也效仿闲来阁，将联课邮至星报馆，"所收联卷计三百有奇，日前封固，前来函托本馆转递总领事署评列等第"[2]。总之，各埠诗社闻风而兴，互通声气，以此"文字之缘，固愈结而愈广，文风之盛，亦愈远而愈彰矣"[3]。

二是文社相互沟通，有利于激发社友之间的创作冲动，刺激诗坛由沉寂转为兴盛。"本坡会吟社联课自客腊停止，度岁之后，迄今已三易蟾圆，未闻有执骚坛之牛耳为之继兴者，人多疑之，岂以极盛之难为继也。抑以小技之无足欤，曰：非也。机非触则不动，情有感而逐通，故自前日仰光闲来阁主人倡兴联课邮递黄公度观察评阅后，一时坡中之逸士雅人，见猎心喜，技痒顿萌，爰遵照旧章，每比收银五仙，按额分奖。"[4] 会吟社开办之初，一度沉寂，随后因闲来阁联课的触动，刺激了本坡文人舞文弄墨、炫技切磋的心理，使会吟社又重开社课。"本坡会吟社联课向由总领事官命题评阅，本年以来，课无定期，良由吟社诸君曾倡议欲照仰光闲来阁之课题，以联声气，而借观摩。"[5] 其后又有映碧轩社员参与交流切磋，诗坛一时颇为热闹。显然，南洋各埠文社的风雅君子互通声气，有利于整体性南洋文学生态的构建，从而有效刺激当地文风的兴盛。

总之，在前任领事左秉隆创立文社、推行文教的积极垦殖之下，叻地稍有文风。但文坛初辟，于荒陬椎鲁的生态环境中艰难维持，尚未摆

---

[1] 《仰光联课》，《星报》，1893年4月19日。
[2] 《会吟课题》，《星报》，1893年6月22日。
[3] 《会吟课题》，《星报》，1893年6月22日。
[4] 《吟社继兴》，《星报》，1893年4月21日。
[5] 《会吟课题》，《星报》，1893年6月22日。

脱研习举业的影响，仅为文学发生准备了环境、人才等基本条件，本土文学尚未真正形成。黄遵宪到任后，以文社为媒介搭建平台，构筑公共交流空间，以切磋课艺的方式造就鸿才，使这一阶段的文社规模大为延拓，文社运行更为成熟，有效推动了本土文学的发生。

首先，涌现出了一批文学创作人才。其中既有何渔古、霍松偕、徐季钧、谢荔香等流寓南洋后长期谋生于此并逐渐转化为本土文人的士子，也有邱衡琯这类土生华人，加之为数不少的流寓文人，他们闻声汇集，共结文字之缘，形成了一支相对稳定的文学创作力量。

其次，在文社的促兴与刺激下，南洋华社涌现了一批有一定水准的文学作品。文社每期月课即产生数十甚至几百卷论说、诗歌、联语等诗文作品，士子在课艺切磋中文字愈来愈工，作品质量可圈可点。黄遵宪评阅映碧轩的联课时，曾称赞"承示佳联，清奇浓淡，各擅胜场，几于美不胜收"[①]。文人结识后，宴聚唱酬之事渐为频繁，送别留诗也颇为常见，诗墨便随之增多。如萧吉云归应乡试，叺中诸友人为其饯别，席间钱翥汉、胡琼骥、霍松偕等文人皆有诗歌相赠，文学创作开始自觉融入日常生活。这些诗文与过境文人的作品不同，是当地文人参与文学活动时所作，并登载在当地报刊进行传播，是典型的本土作品。本土作品的大量涌现是本土文学发生的足证。

另外，在黄遵宪等人引导下，逐步确立了晚清南洋华文文学的独立地位与发展方向。此前文学多是科举取士下的副产品，如会贤社制课以时文、试帖为主，至黄遵宪改立图南社后，所制月课由制艺转向文学创作，扭转了士子专攻举业的风气，促使文学逐步摆脱作为科举的附庸。诗社的兴起更是推动了文学创作的发展，逐渐确立了自身的独立地位。

---

① 《黄观察复映碧轩主人函稿》，《星报》，1893年7月3日。

同时，文社还引导士子创作转向关注现实，如图南社文题无不切入时政，社员的策问、论说等文章纵笔极思，或直指社会积弊，或将眼光放诸本土话题，关怀在地现实。士人创作中也开始彰显南洋色彩，如赋诗作联，多取材于眼前之景或当下之事，使诗歌作品跳脱古人的吟咏范畴，开拓出异域诗境。南洋诸生别开诗境的创作实绩无疑为诗歌弃旧图新提供了思路，甚至反过来为黄遵宪此后引领中国的诗文革新提供了某种启示。

可以说，南洋文坛从前任领袖的初辟草莱发展成渐成气候的彬彬之象，黄遵宪居功甚伟，"接前任者能善继其后，将见涵濡渐染之既久，安在海滨不成为邹鲁哉"[①]，直接推动了晚清南洋华文文学的发生、发展。其后，邱菽园接过南洋文坛领袖之任，沿着黄公所确立的文学发展方向继续前行。

[①] 《德音不忘》，《星报》，1895 年 3 月 11 日。

第四章　邱菽园与南洋文社的转型

左秉隆、黄遵宪两位驻任领事创立文社推行文教以来，在地文社逐步兴焉，纷纷设于南洋各埠。但自黄遵宪解任回国后，官办性质的文社由此终止，官方支持下的在地文人创办的社团也陷入沉寂。光绪十七年十月，左秉隆荣旋回国，会贤社于该年六月停止社务活动；黄遵宪接篆三年后亦乞身东渡，是年十月图南社暂停社务；左、黄二人支持下的会吟社转为寂然，由黄公出题兼评艺的仰光诗社也不再复出社课。至此，由领事创办或支持的带有官方色彩的文社告一段落，而由在地文人独立创设的民间同人社团则开始兴起。

推动南洋文社转型的标志性事件是邱菽园执掌文坛。邱公返新加坡之前，南洋的民间同人社团初有兴起，但是在地文人空有倡提风雅之意，而自身的文学造诣十分有限，且缺乏具有足够号召力的领头人主持社务，导致诗社很难长久维持。在南洋诸生心灰意淡之际，邱菽园返新执掌文坛大任，自此文社大旗由驻任领事开始转接至本土文人手中。邱公文墨较优，志学之年已名于乡巳，南洋士子也早闻其声名，多委托其点校文艺，并与之共研诗学。邱公既有精英阶层提倡文教的自觉，办报兴学、结社会友；又属绅商阶层，有足够的财力支撑，这使其开展文事活动得心应手。南洋的文学活动在邱菽园的支持引导下如火如荼地展开，推动文社由官办组织向本土民间社团转型，逐步向文学团体方向发展，南洋文脉得以延续承传，加速文学在地化的进程。

第一节 文坛领袖更迭，文社向本土民间社团转型

晚清南洋文坛初立之时，驻任领事长期担任文坛领袖一职，这是南洋文坛独特的文化现象。一方面，南洋本土特殊的生态环境，使其内部不易产生执掌文坛者。不同于中国古代的社会结构，南洋地区的富厚绅商才是拥权之人，士人阶层虽在晚清之际已经兴起，但这些文人墨客大多只是以微薄薪资而生存，无法成为南洋华社的统治阶层，更缺乏主持文坛的威信力。况且无论是生长于南洋的华裔文人，还是南来谋生的流寓文士，文墨较优者少之又少。其自身的文学造诣不足，自然无法担负起引领文坛的重任。另一方面，外派南洋的驻任领事兼具政治威望与文学造诣，且有推行文教的自觉使命，以左秉隆为首，开荒革俗，垦殖南洋文教事业；黄遵宪继位后，更以文界巨擘的身份促兴文坛。两位领事在培育人才、广开文风之中，理所当然地承担起文坛领袖之任。

左、黄二人先后引领斯文，相继创立会贤社、图南社，由领事署内人员代理社务，使社团具有较为浓厚的官方色彩。与此同时，在地文人创办的会吟社、闲来阁、映碧轩等消闲类诗社，也询请左、黄二人为之评定社课，间或拟定联题，诗社的开设与社务的维持皆离不开官方支持。但随着主持风雅的领事离任回国，交由本土文人倡立兼协理的文社也渐渐褪去官方色彩，向本土民间团体转型。

一、领事退离文坛，各埠文人自建诗社

光绪二十年十一月，中国驻叻总领事黄遵宪告假回国，叻中士子"想俟观察销假回任，然后再建骚坛以课多士也"①，希望其回来后继续引领文坛发展。但随后黄公奉张之洞之令调离新加坡，"调往江差委，所遗之缺，即由槟城领事张弼士太守署理"②，其于十一月十二日早搭法国邮船东渡回国，再未旋叻。张振勋虽接任总领事一职，但其未能担负起文坛领袖的斯文之任。张氏少时就读私塾三年，后因家贫无奈弃学从商，未及弱冠即往南洋谋生，垦荒创业，很快成了当地巨富。张氏本属绅商阶层，有较好的经济基础；后又升任驻新总领事，享政治威权。但其专事经营之道，并不究心文事，加之所受教育有限，自然无法接管文坛。自此，领事所代表的官方力量退离文坛，而文社事务开始完全交由在地文人主持。

得益于此前文社的培养之功，南洋文风渐足，文人集会结社之风气日盛一日，各埠文人也自发组建团体，定名结社，开展社务。印尼巨港为荷兰属地，华人生聚日繁，受南岛文风的熏染，有骚人墨客流寓期间，提倡风雅，创立文社。光绪二十一年（1895）七八月间，巨港文人创建崇文社，制以诗课，一切章程仿效会吟社定章，将所收诗卷或联卷评列等第，分别给奖。崇文社还将会课课榜寄往新加坡，嘱登《星报》，"巨港崇文社爱人邮到诗课甚多，谆嘱登报"③，报馆"接巨港瑞兴栈、瑞茂栈书记惠函，内夹崇文社课榜一纸，称系第二期会课，业经评定甲乙，嘱为登报"④。叻中报馆思及巨港埠"僻处一隅，为荷国辖属，我华人之服贾

---

① 《领事请假》，《星报》，1894 年 11 月 3 日。
② 《再权总篆》，《叻报》，1894 年 12 月 11 日。
③ 《巨港崇文社课》，《星报》，1896 年 9 月 15 日。
④ 《巨港崇文社课榜》，《星报》，1895 年 10 月 18 日。

于斯者，年愈繁庶，今竟有骚人墨客流寓期间，提倡风雅，诚海邦之盛事也。故不忍拂其意，概照原稿，分日附刊以供欣赏"①，也使叻中士子与巨港文人能以文墨相沟通，赏鉴诗文之工雅。

崇文社社课以诗题为主，类型多样。或以诗钟嵌字格为题，如出有"学・诗"辘轳格、"国・家"第七唱等，这是南洋文社最常设的诗题类型。或以试帖为题，如"忍闻瀛海属倭人，得人字，七言律"②"重整海军防外侮，得防字，七言律"③。试帖题型自会贤社创制以来便为文社采借，但此时文社试帖诗已突破颂圣咏史、赏景赋物的僵化模式，而是更加贴近现实，关切时事。或出七言对句题型，如给出七言"古驿柳偏撩别思"④，请诸生交对句，如此等等。每课收卷几十至几百本，社内同人汇齐后，递交本土文人评阅或寄送国内，请知名文士代为评定。如光绪二十三年（1897），该社三月课卷"收卷四百六十一本，包封寄送粤省孔继煊孝廉评阅，共取五十一名"⑤。

崇文社开设时间较长，各埠报馆又常为其刊登社课，新加坡《星报》、槟榔屿《槟城新报》等皆刊有社榜，使文社名噪一时。邱菽园初至星洲时，也曾耳闻诗社声名，参与社课活动，如"忍闻瀛海属倭人，得人字"一题，他便作有七言律诗一首："纷纷党论愤臣民，公道持论果孰真。自大夜郎能敌汉，同仇秦国岂无人。弈棋可奈输先着，染指何堪厚彼邻。欲问匡时无别策，羊亡牢补治维新。"⑥邱公的诗作传至崇文社，也为社中士子的诗歌创作提供了参考。

---

① 《巨港崇文社课》，《星报》，1896年9月15日。
② 《巨港崇文社诗课》，《星报》，1896年9月17日。
③ 《巨港崇文社诗课》，《星报》，1896年9月21日。
④ 《崇文社对比》，《槟城新报》，1897年5月10日。
⑤ 《崇文社对比》，《槟城新报》，1897年5月10日。
⑥ 邱菽园：《酸道人寄和巨港崇文社诗》，《星报》，1896年9月24日。

第四章 邱菽园与南洋文社的转型

　　槟城向来是人文荟萃之地，前有力钧征诗、同人创建槟城南社，今又见宜兰社、雪窗社等新创立的几家诗社；缅甸仰光继闲来阁、映碧轩之后，也新立了一些诗社；新加坡也新设有吟梅社、爱余社等多家诗社。上述各个诗社所制社课及订立的制度大都相似，月课所出诗题或联题皆不脱崇文社的诗题类型，如宜兰社出诗钟嵌字格、试帖诗，有"只恐夜深花睡去，得深字，七言律"，联题"芸·圃"第一唱[1]等；仰光诗社诗题"听雨七绝，限庚韵"[2]"落花七律，限六麻韵"[3]；吟梅社、爱余社则是以七言出句为题，"莺唱却嫌惊好梦"[4]"锦夺果然归妙手"[5]等。诗社交卷纳资、定赏发榜等制度也是多效仿会吟社，宜兰社所收"佳作汇齐寄回唐山，榜名老师评阅，每名收卷资五占，凡所收之卷资不过抵老师礼仪，并来往实点工脚等费，诸君怀疑幸勿赐教。交卷在港仔口街金泽荣收缴"[6]。雪窗社每首要纳卷资六占，"佳卷汇齐寄往福建，榜名老师评阅，每百名取录二十名。所收卷资除老师礼及带往回诸费以外，尚余多寡，即照取录之名次第摊分谢教"[7]，诗社主人也出资谢教，"格外另赏大银一十七元正"，分等奖赏给诗联较优者。

　　但是，此期兴起的本土民间文社有不少是乍兴即衰，往往难以长期维持，其原因大体有以下几点。首先，缺乏强有力领袖的带动。这些社团多是同人之间即兴而设，比之官办文社，稳定性较差。而领事退离文坛后，一时南洋华社缺乏执掌风雅之任的领袖，统领者的缺席使各埠文社没有统一的发展导向，更缺乏相互联结的契机与纽带，文社的各自为

---

[1] 宜兰主人：《诗联求教》，《槟城新报》，1896年3月31日。
[2] 《仰光诗课》，《槟城新报》，1896年8月14日。
[3] 《仰光诗课揭晓》，《天南新报》，1898年9月9日。
[4] 石叻吟梅主人：《拟联求教》，《星报》，1896年7月22日。
[5] 《爱余社诗榜》，《星报》，1897年5月24日。
[6] 《诗联求教》，《槟城新报》，1896年3月31日。
[7] 雪窗主人：《诗题照录》，《槟城新报》，1896年6月9日。

营与无序发展是其难以为继的关键原因。其次，内部社务运行不畅，效率低下。文坛领袖的缺席也使文社评阅工作难以开展，文社无奈只能将征稿邮至国内，请国内名士代为评定甲乙，如新加坡吟梅社"佳卷在牛车水福安堂收齐，寄回唐山刘苇村老师评阅"①。由于邮路落后，往来寄稿再加评定时长动辄数月，南洋诸生又对膏奖一事颇为看重，为期较长的放榜核奖时间不利于维持其创作的热情，导致诗社难以维持。最后，同人社团多缺乏外援支持，文社自身影响力不足，无法吸引富厚绅商起而相助，仅是诗社主人贴补奖酬，财务运营上难以为继。

由上可见，在地文人所缔结的本土民间社团有其局限性，使文社空有繁荣之表象，却无长期兴盛之动力，亟须文坛领袖出现，引领文社趋向良性发展。

二、邱菽园继领文坛，本土文人主持文社

邱炜萲，号菽园、啸虹生、星洲寓公等，清同治十三年农历十月初四（1874年11月10日）出生在福建漳州府海澄县，父亲邱笃信早年赴南洋经商，成为新加坡巨贾。菽园八岁时被接到新加坡，"尽室而南，遂居息力（今星嘉坡也）"，就读于"息力塾中"。②"戊子春，侍堂上二老返闽，出应小试，连诎有司。"③光绪二十年回国参加乡试，考中举人，与黄乃裳同榜。光绪二十二年（1896）四月，邱笃信"卒于新加坡"，邱菽园从香港赴新加坡奔父丧，此后便留在新加坡继承家业。邱菽园回到星

---

① 石叻吟梅主人：《拟联求教》，《星报》，1896年7月22日。
② 邱菽园：《沧桑三变》，邱炜萲《菽园赘谈》，1897年，卷5，第28页。
③ 《沧桑三变》，《菽园赘谈》卷5，第29页。

洲后，出资"广庋图史，设立文会"①，开办报章（创办《天南新报》，自任社长兼总主笔），结交文友，先后创办丽泽、乐群等文社，遂成为晚清南洋华社文坛领袖。其一生著述颇丰，代表作有诗集《邱菽园居士诗集》（又称《菽园诗集》）、《啸虹生诗钞》及其续钞，笔记《菽园赘谈》《五百石洞天挥麈》及其拾遗，另有《新出千字文》《红楼梦分咏绝句》，以及大量的诗文散稿、报章时评等，是近代南洋华文文学的代表性人物。

邱菽园与彼时南洋诸多本土文人大为不同，有执掌文坛的得天独厚的条件。其一，有文才。邱菽园遵循传统文人的读书治学之道，且风采才华冠绝一时，自言"七岁在粤，已毕四书及改正闽音，至十二岁而《左绣》全传已背诵无遗，十三岁执笔八比之文"②。黄乃裳评价其"惊才绝艳，独出冠时"③，一首玉笛诗闻名遐迩。潘兰史称赞其"当春华之年，已造秋实之境，殆所谓天授，非人力者欤"④。友朋之赞或略有夸饰，但邱公诗文才学高于近世南洋诸生当是事实，这也奠定了他指点创作、论诗说道的才识基础。其二，有财力。邱菽园属于南洋绅商阶层，继承了父亲的巨额家产，又"性好义侠，以此挥金结客，倾身下士，屡削其产无悔，而天下豪杰多称道"⑤。雄厚的财力使其可以游刃有余地兴办义学、创设报刊、创立文社等，这是流寓文人包括此前文坛领袖所不具备的一大优势。

邱公深具传统文人的文化品格，喜结交文友，共同切磋文墨。他一

---

① 《五百石洞天挥麈》卷2，第3页。
② 邱菽园：《塾师指迷说》，《天南新报》，1898年6月18日。
③ 黄乃裳：《壬辰冬兴序》，邱菽园：《壬辰冬兴》，1897年，第1页。其中有云："生十五年，自海外归，常于稠人中赋玉笛诗，众为敛手，其警句有云：'落梅五月吹黄鹤，折柳三春散洛阳。'人竞以'邱玉笛'呼之，犹国初之有'王桐花'也。"
④ 潘兰史：《庚寅偶存题辞》，邱菽园：《庚寅偶存》，重刻本，1897年，第1页。
⑤ 张叔耐：《邱菽园传略》，邱炜萲著，王盛治、邱鸣权编：《丘菽园居士诗集》，1949年铅印本，第4页。

到新加坡，就将诗作投送报馆，与诸同人相唱和，声名迅速传遍南洋。当时流寓星洲的文人墨客，很多人都主动汇集左右，既有旧相识李季琛、黎经、许南英等文士，在南洋常与之"文酒唱和，云龙追逐，岛中客况，相得为欢"；也有新结交的徐季钧、黎树勋、秦鼎彝等茂才，"一闻空谷之足音，或旧学商量，或新诗见质，或月旦人物，或风谕性情，皆足起予清谈之兴也"①。在邱菽园的努力下，南洋文风又渐渐有了起色。邱菽园感慨于诸公流落四处，自左、黄"二公去而风雅寂然"②，遂兴起重振文坛之念，高呼"开荒革俗，其吾儒之责乎"，于是"设丽泽社，以课商子孙之能读书者；又著书数十种，以昌明诗之奥义"③。作为领军人物，邱菽园携南洋诸生共建文坛，以耕耘本土的自觉与"能将文化开南国"的使命引领文学趋向在地化发展。

邱菽园对南洋华文文学发展的一大贡献是主持文社活动，推进文社的转型。此前的会吟社由南洋文士诸君所设，驻新加坡领事对社课活动多有支持，但"自前任领事左都转、黄观察解任后，而主持风雅者未得其人，是以灰心冷淡，无有再为提倡者"。邱菽园来到新加坡后，文社同人遂复兴社务，请其主持社课评阅工作，"同志诸君有愿结翰墨因缘者，本社已托源顺街福同安号代为收卷，俟汇齐之后拟送邱菽园孝廉评定甲乙"④。邱菽园为鼓励人才，遵循旧例，对优秀者划分等次，并加以奖赏。至此，会吟社已由具有官方色彩的组织机构转型为民间文人社团。其后邱公又应诸君呼吁，决定"继左、黄二领事会贤、图南社后创兴丽泽一社，以便讲习"⑤，将会吟社并入其内，"诸君同志皆以丽泽社创设诗课，规模阔大声

---

① 《挥麈拾遗》卷5，第6页。
② 《五百石洞天挥麈》卷3，第15页。
③ 潘飞声：《五百石洞天挥麈序》，《五百石洞天挥麈》卷1，第3页。
④ 《吟社复初》，《星报》，1896年10月10日。
⑤ 《五百石洞天挥麈》卷2，第28页。

气广通，若再分流别派，未免过于繁冗，故继兴吟题不复再拟"①，而会吟社诸同人旋即转为代理丽泽社各项社务工作。丽泽社社课由邱菽园本人制定兼评阅，至于社课汇收、发榜及改立章程、发布公告等具体事务则交由王会仪、徐季钧等同人协理。至于誊写、膏金等一切财务开支则由邱公承担，"所有谢教笔金书籍各件概由邱孝廉发给"②。此时，丽泽社已是完全意义上由本土文人创建的民间社团，这对后期南洋华文文学的发展意义重大。

  丽泽社创立不久，邱菽园即"奉生慈杨太君命，扶先大夫勤植公灵辒归葬澄乡"③，其回籍半年有余，但丽泽社课务并未间断。邱菽园返回新加坡后，社内同人与之共相谋划扩充文社一事，遂又创设乐群文社。"同人谋加扩充，以通其势，命名曰乐群文社，专重实学，砥砺有功，庶求所以日进有德者，其规模视昔为加广矣。"④乐群文社专重实学，课务以论述时事为主。乐群文社之设，"意与丽泽一社，相辅而行，仍由邱菽园老师掌执社务，所有规条悉遵同例。惟季出一课，每年四课，专课时务及论说、杂著，不出时文、帖括，为稍异耳"⑤。乐群文社与丽泽社都由邱菽园主持，代理处及协理人员也与丽泽社相同。不同点是一改月课形式，而出以季课，社课方向更偏重实学，有别于丽泽社文学色彩浓厚的同人社团。另外，邱菽园还联结诸同人创设乐群堂，定期会见宾客，答诸生之疑；或面谈解惑，或信函往来。"鄙人未尝学问，原不足当诸友见教之盛心，惟平生一得之愚，及所闻于当世通人者，窃欲和盘托出，期与诸友辗转诘难，以收集思广益、乐群敬业之助。"⑥由此可见，乐群文社的活

---

① 《会吟社诗榜照登》，《星报》，1896 年 10 月 27 日。
② 《丽泽社十一月诗题》，《星报》，1896 年 11 月 28 日。
③ 《五百石洞天挥麈》卷 2，第 28 页。
④ 《五百石洞天挥麈》卷 2，第 28 页。
⑤ 《乐群文社冬季题目》，《星报》，1897 年 12 月 13 日。
⑥ 邱菽园:《乐群堂杂记》，《天南新报》，1898 年 10 月 8 日。

动内容、形式与功能有其独特性,当为邱公别创,并非由丽泽社改组而来,此前学界的一些论断应误。[①]

与此前文社相比,由邱氏所创建与支持的民间文人团体,其宗旨已然有变。首先,丽泽社、乐群文社等民间社团的功利性色彩较弱。会贤社、图南社等具有一定官方色彩的文社,其创设宗旨内含领事官想要培养华侨内向之心,并希望借此能为国家储备人才。而邱氏所创的文社更趋向于结交文友、切磋技艺,这促使文社课艺方向也随之有所转变,更趋向文学创作。其次,文社有走向本土化的文化自觉。邱菽园作为本土文人,其耕耘当地文教的主人翁心态也让他自觉地鼓励南洋文风,建构本土文坛。丽泽社所望诸君"争自濯磨,毋吝金玉,俾得文风日盛,变海滨为邹鲁,化鴃舌为弦歌,是则本社之所馨香祷祝者也"[②]。因此,邱公在开展文社活动时,尤为重视诗学思想的探讨以及社员诗文作品的流播汇存,推动晚清南洋华文文学的可持续发展。

第二节 丽泽社发展渐趋多元化,向文学流派转型

在同期兴起的一众民间社团中,以丽泽社声名最盛,影响最巨,其转型也最具典型意义。光绪二十二年,邱菽园重返新加坡,"蒙内地流

---

① 李庆年率先提出乐群文社由丽泽社改组而来的说法,称:"1896年10月,邱菽园创设丽泽社,它原来是一个纯文艺组织,后来邱菽园参与戊戌维新运动,1897年12月将它改名为乐群文社,专重时务及论说,和原先诗文各体皆有的情形大不相同。"(《马来亚华人旧体诗演进史》,第128页)此后国内学者多沿用其说法,如翁奕波称:"1896年,邱菽园创立丽泽社,次年改名乐群文社。"(翁奕波、郑明标编著:《近现代潮汕文学海外篇》,中国戏剧出版社,2006年,第351页)郭惠芬亦称:"1896年10月创设丽泽社(后改名乐群文社)。"(郭惠芬著:《中外文学交流史·中国—东南亚卷》(山东教育出版社,2015年,第81页)
② 《丽泽社十一月诗题》,《星报》,1896年11月28日。

寓诸君子委校文艺"①，担任会吟社联课的评定人，并因此受到启发，在流寓文人的提议下创立丽泽社。"丽泽"语出《周易·兑》，象曰："丽泽，兑；君子以朋友讲习。"②邱菽园以之命名文社，取良朋益友之间切磋课艺、研磨学习之意。这也正是丽泽社的创社宗旨，邱公"爰稽其制课，以月试而无荒，始命之题，意在风骚之足继"③，亲制月课，意在继承中华文脉，阐明诗学思想。"然命名则谦言讲习，考课则乐处朋侪"，则是希冀以此汇集南岛俊彦，结识同好友人；社课奖酬也是至优极沃，"不惜润笔之资，使一时文学聿兴，诚宏奖风流之至意也"④。在邱公的带领下，丽泽社规模宏大，远超此前文社，且一改之前文社活动内容的单一化，趋向多元化发展，并力图推动文社向文学流派转型。

一、初期：单一性诗社

自光绪二十二年九月开设初课后，丽泽社继承此前文社的月课制度，规定每月一课，"凡期月而一课之，冀可蝉联不辍"⑤。初课以诗联为题，正切合了邱菽园结交诗友、传承诗脉的创社初衷。邱公最初拟联征文时，对南洋士子的应课状况并没有抱以太大信心：

> 南荒僻陋，岛屿林立，流寓文士散而不聚，声气难通；土著人材童则失于正蒙，壮且溺于货利。求有一二心通其意，思能洽我同

---

① 《五百石洞天挥麈》卷2，第28页。
② 周振甫译注：《周易译注》，中华书局，1991年，第208页。
③ 《五百石洞天挥麈》卷3，第15页。
④ 芸香子：《海国儒宗》，《天南新报》，1899年11月27日。
⑤ 《五百石洞天挥麈》卷2，第28页。

源，响我宗教者，已戛戛难之；况求其干城我，金兰我耶。①

邱公认为南洋文风未开，流寓文人具有分散性，彼此声气难通；本土人士又多溺于商贾之事，不重华文，故文学创作可谓是"戛戛难之"。但总有些技痒顿萌之人又对文社开课一事多有期待，不断呼吁"诸君子文兴正豪，坚持必行之说"，丽泽社遂以季秋举办初课。

谁知甫一开课，南洋文士即踊跃响应，"本社于首次两期所拟求教联句，经蒙风雅诸君源惠赐，首期通收六百余卷"②，次期较初期骤增五百余卷，已达千余卷之多，第三期又得卷一千四百有奇。应课者闻风奔辏，争相投卷，规模空前，较之此前左、黄二人支持下的会吟社收卷几十或百余，仰光文社至多收卷三百余，已有显著改善。其原因主要有三：

一是得益于前期文坛领袖培植人才之效。尤其是黄遵宪时代，诗社兴盛一时，社员之间相互炫技切磋，诗联创作成一时风气，能作诗赋联者逐渐增多。故本次月课征文题目刊出后，各埠文人纷纷赐稿，"足见雕龙妙手、吐凤奇才者日盛一日，洵海外之美谈也"③，这是丽泽社规模得以扩大的基础。

二是丽泽社奖励丰厚，额度诱人。社长邱菽园不吝青钱，"择尤嘉奖，至优极沃，诚开南洋各岛以来前所未曾也"，首开社课即列出奖赏条规，"每课谢教冠军各十二元，殿军各六元，其余名次谢款视投卷若干临时酌定"④。社课膏奖丰厚是吸引众多士子投卷的重要诱因。与之形成鲜明对比的是同期的会吟社，因奖励微薄，诗课仅收九十四卷，会吟社也就

---

① 《五百石洞天挥麈》卷2，第28页。
② 《丽泽社继兴题目》，《星报》，1896年11月5日。
③ 《丽泽社继兴题目》，《星报》，1896年11月5日。
④ 《酸道人拟联求教》，《星报》，1896年10月13日。

此停止社课，社长王会仪与《叻报》编辑徐季钧转而代理丽泽社社务。

三是社长邱菽园文学声名显著，受到当地文人支持。南洋文士乐于向邱菽园靠拢，"先生以名孝廉，遵海而南，主持风雅，骚人墨客之流寓海外者，多以诗文为贽敬，愿留而受业于门者滔滔皆是也"①。而邱菽园对丽泽社士子也是悉心指导，几乎每期社课皆亲自评点，"逐句评阅，悉加点窜，其循循善诱之心跃然纸上"②，这也是吸引文士应课的重要原因。

值得注意的是，早期丽泽社的发展也呈现出一些新特点：

首先，从身份上看，本土文人已成长为一支重要力量。丽泽社诗课"所得诗人如谢静希、萧雅堂、黄树勋、叶季允、陈伯明、李汝衍、卢桂舫皆流寓也"③，其中一些文人在垂暮之年流落南洋，困厄于此，是典型的流寓士子。如谢静希暮年流寓槟榔屿，授徒义塾或供职报馆，老境颓唐④。李汝衍在日军侵占台湾后渡海南来，年已老矣，困厄于新加坡。他们常为求取社课膏奖而作文，是文社活动的重要参与者。另有一些文人早年来此谋生，已逐渐成长为名士之辈，如曾授业林文庆的卢桂舫，投身华侨教育事业，颇有名望⑤。"南洋第一报人"叶季允，主持《叻报》笔政数十载，已为当地名流。这些文人实际上已转型为本土文人，并长期

---

① 王会仪：《读菽园赘谈书后，集四字句》，《星报》，1897年9月7日。
② 《丽泽社继兴题目》，《星报》，1896年11月5日。
③ 《五百石洞天挥麈》卷3，第16页。
④ 《五百石洞天挥麈》载："君名兆珊，厦门人，天津籍，尊人某尝为碣石镇总兵，固将种也。少即能为才语，长老多以远到期之，十试有司，均不得志。老境颓唐，始从人浮海，游于南洋之槟榔屿。"（《五百石洞天挥麈》卷11，第14页）又《挥麈拾遗》载："谢静希，名兆珊，天津人。流寓槟榔屿，为报馆主笔，老境日侵，一生所得，恐化烟尘。屡以为言，情词恳切，余已略采丽泽社应课，及平日存作，入挥麈各卷矣。"（《挥麈拾遗》卷5，第13页）
⑤ 卢桂舫系林文庆的私人中文教师，后为印尼中华学堂第一任校长。见李学民、黄昆章著：《印尼华侨史》，广东高等教育出版社，2008年，第364页。

参与文社活动。更为难得的是，参与社课的社子中，土生华人已有相当规模，丽泽社"季秋举办初课，一时闻风奔辏，得卷千四百有奇，揭晓流寓十之九，土著十之一，亦云盛矣"①。按此比例来看，本土文人已有上百人之多，他们在参与文学活动之中逐渐成长为文坛的一支重要力量。

其次，从时间上看，丽泽社社课多不定期。正是众多社子的参与，尤其是名士的加入，使丽泽社盛况空前。文社初定每月一课，"定朔日拟题，望日截收，廿五日发榜"②，但由于邱菽园因事回国，使社课开展常有变动。例如，邱菽园于光绪二十二年冬月扶柩回乡，料理父亲丧事，同人仍将课卷往来邮寄请邱公批阅。邱公还曾将丽泽社光绪二十二年十一月课题所收之卷带上，"以便在船中细加评点"③；十二月诗题则由社内代理人汇收，"汇寄厦门，转送邱孝廉府中评阅，然后寄来刻榜"④。邱公虽远在国内，邮寄诗课多有不便，但社员应课热情不减，"星坡社子依然在远不遗，邮筒络绎源源来也"⑤，且应课者对社课评定颇为在意，因课榜久不刊出，"社中诸君子看榜情殷，日来探望"⑥。不得已情况下，徐季钧、王会仪特将邱君函稿刊出，以慰藉外界的催促：

> 尘装甫憩，即赶理先君幽殡事务，日不暇给，亲友吊唁，纷至沓来，酬应不遑，所以不藉拨冗评阅社稿，是之故至今尚搁在敝簏中，未克邮进，填慰诸君子快睹之心，歉甚歉甚。幽殡之事，初十

---

① 《五百石洞天挥麈》卷2，第28页。
② 《丽泽社继兴题目》，《星报》，1896年11月5日。
③ 《丽泽社十一月诗题》，《星报》，1896年11月28日。
④ 《丽泽社十二月分诗题》，《星报》，1896年12月19日。
⑤ 《五百石洞天挥麈》卷2，第28页。
⑥ 《丽泽社布启》，《星报》，1897年2月13日。

日经已草完,窀穸经营当限伊朝夕耳。如得忙中偷闲,当应悉心披阅,逐句丹黄,期无负南中诸君子爱我有加之盛意。①

丽泽社十一月、十二月课题汇收之卷与陆续邮来的散卷足有千余份,邱公"逐卷逐句,皆加详细眉评,所以迁延时日"②。邱菽园料理完葬事后,又于十二月下浣因公事去往诏安,诏安诸多旧友以诗文见教,"公私交融,百无一眠,惟予宾朋尽退,夜阑人静,独自校阅,每夜加评不过四五卷,至多亦不成十卷而已"③,是以两月课榜直延至翌年二月、三月才邮来揭榜。面对"嗣是有增无降,丹黄雨下,犹难日给"的情况,丽泽社"始议为间月一课,或季以为期"④,由月课改为季课(见表四)。⑤

表四 丽泽社前期社课

年份	社课	收卷数量	获奖数量	社课题目
光绪二十二年(1896)	第一期	600余	150	一帘菊影当明月,睡鸭香残红袖冷,一曲琵琶千点泪,悄拍香肩呼姊姊。
	第二期	1100余	130	残月晓风杨柳岸,盘马秋原霜气肃,峭帆冲断江中影,红袖青衫皆白首。
	第三期	1400余	240	爱熏花气帘常卷,入梦诗魂应伴月,淡到无言人似菊,十里楼台凉浸月。
	十一月诗题	700余	226	"琴·心"一唱;"烛·奴"二唱;"侬·影"三唱;"香·梦"四唱。

---

① 邱菽园:《丽泽社布启·后附录原札》,《星报》,1897年2月13日。
② 邱菽园:《诏安征诗录暨丽泽社赘言》,《星报》,1897年3月9日。
③ 《诏安征诗录暨丽泽社赘言》,《星报》,1897年3月9日。
④ 《丽泽社继兴题目》,《星报》,1896年11月5日。
⑤ 以上课榜信息来自《星报》《五百石洞天挥麈》。

续表

年份	社课	收卷数量	获奖数量	社课题目
	十二月诗题	375	70	"楚·丝"七唱;"今·瘦"六唱;"蛾·子"五唱;"玉·钩"四唱。
光绪二十三年（1897）	三月诗题	缺	98	"目·耕"二唱;"洞·庭"三唱;"红·树"四唱;"杯·渡"五唱。
	四月诗题	缺	52	分咏格：曹孟德，花柳疮；嵌字格：青面红须。
	八月诗题	1600余	88	客子影单愁对月。

从表四可见，光绪二十三年以来，邱公远在国内，琐事烦絮，丽泽社课并无定期。与此前图南社因黄遵宪百日回籍而暂停社课相比，可见出邱公推动文教发展之心同样殷切。并且南洋诸生对文学创作也更为自觉，"邱老师适由闽赴粤，倡修会馆之举经营匝月，始克来叻"[①]，邱菽园一到新加坡，士子便纷纷致函，询请社长复出社课，"承诸君函询之殷，邱老师不忍遽拂，特先出课一联，俾慰众望"，特此出有八月诗题。

其三，从内容上看，社课以诗歌创作为主。丽泽社初创时期，月课的主要类型是诗联与诗唱。最常见的类型是以诗联为题，由社长拟定出句，请诸生各成对句。所设题目不仅是为锻炼社子抽黄对白的诗歌创作技巧，也暗含考察诸生解析题旨的能力。如第一期"一曲琵琶千点泪"暗藏"悲欢"二字，卢桂舫能窥得旨意，对以"半床蝴蝶两般身"，用"离合"之意对"悲欢"之情，故拔置首选[②]。

但诗联题目也有弊端，例如以七字相对，往往难以避免雷同，导致

---

① 《丽泽社八月题目》，《星报》，1897年8月30日。
② 《丽泽社诗榜》，《星报》，1896年11月28日。

丽泽社前三期雷同之卷不下三四百卷。"或全句雷同，或参用浮泛之字，可以互用者究不能免陈言之目耳。"[1] 邱公对此也表示理解，认为诸生并非有意抄袭，而是因熟悉经典诗句脱口成联所致。"熟极而流，无心之失，诚所不免，原不足为诸君子诗名之累。特呈敝社，从公平起见，不得不为限制，致济济多才，孙山见落，殊觉歉然。"[2] 但文社有陈言务去、不取雷同卷的社规，为公平起见，这些雷同因袭之作终究不能入选上榜。

为此，丽泽社很快调整社课类型，改诗联为诗唱，以诗钟嵌字格为题。"今拟后期改出别样题目，嵌字句中七言，遁嬗如此，则各人有各人浑用之长，遣词之雅，习见陈言庶几其免夫。"[3] 诗钟之风兴自八闽，由文人南下而带至南洋，盛行一时，且嵌字格题取列高下较为容易，故成为南洋诗社月课的主要题型。丽泽社于光绪二十二年十一月、十二月和光绪二十三年三月分别出有三期嵌字格题目。但嵌字作联也存在一些不足，例如这是常见项目，应课诸君已无争巧斗胜的新鲜感；况且填字成联较为容易，诸君为求奖资多率笔而就，致使诗联课卷的水平参差不齐，质量不如人意。光绪二十三年三月，丽泽社贴出光绪二十二年十二月分诗榜时，特指出"是期诗卷驳杂，远不逮前良，由诸君率笔写来，不甚经意故也"[4]。随后，邱公制四月诗题，旋改为分咏格与嵌字格两类题型，且嵌"青面红须"一题不再局限嵌字位置。"此嵌字格不拘题意与题位也，只将题目四字嵌入句中，任凭颠倒错乱，分嵌两句"[5]，以使诸生创作时有更大的发挥空间。

---

[1] 《丽泽社赘言》，《星报》，1896年11月27日。
[2] 《丽泽社赘言》，《星报》，1896年11月27日。
[3] 《丽泽社赘言》，《星报》，1896年11月27日。
[4] 《丽泽社丙申十二月分诗榜》，《星报》，1897年4月4日。
[5] 《丽泽社四月分诗题》，《星报》，1897年5月1日。

二、后期：多元化转型

丽泽社开课之始即名声大噪，慕名投卷者多至数千，但其后续发展也并非一帆风顺。社课开至第四期时，社长邱菽园回籍治丧，光绪二十二年十一月课卷迟迟未发榜，引起了一些人的非议。有"同混子"致函"福同安号"，谓其"所收试卷延不缴阅，意在掠人之美，巧于作弊"，"更有造作蜚语，来相中伤"[①]。士子对社课评定的客观公允也有所质疑。此前左、黄二公的会贤社、图南社社榜，也曾有士子提出上榜名次与原作优劣不相符的疑问。至邱公所创的丽泽社社榜，因邱菽园个人威望不及驻任领事，社团又缺乏官方权威，诘责之声更不加忌惮。同时，丽泽社开展两期社课后，社内同人另议新章，商定每卷收洋五仙作为社团公款。此前会吟社、吟梅社也有收取卷资先例，但开支明细皆会详细列明，而丽泽社只称"作将来诗集告成雕版之费"[②]，其余收取寄存费用去向等状况并未言及，不免惹人非议。对此，丽泽社代理人徐季钧、王会仪复函声明：

> 邱君菽园此次南来，与仆等为文字之交，所设丽泽社，原为鼓励文风起见，仆等实赞其成，虽其所取佳句，或有未能尽如人意之处，然而斯文一脉，苟有确见，不妨共相探讨，是非自有公论，仆等不任咎也。至于本号收卷系承丽泽社主人之托，为同志诸君效劳，所售卷纸除印卷工料及雕刻各项印章开销不计外，所存公款暂寄本号者，实只洋蚨二十七元五角三仙。邱君品性豪爽，既不收回以抵谢教之款，本号亦惟秉公办理，从未沾润丝毫之益，所愿将来诗集

---

① 《丽泽社十二月分诗题·附启》，《星报》，1896年12月19日。
② 《丽泽社十一月诗题》，《星报》，1896年11月28日。

刻成，俾诸君之清词丽句传播寰区，是则仆等之所深幸也。①

这里对诘责之声一一做出回应。首先，"评卷之优劣权在邱君掌，卷之收发权在于仆"②，若所评佳句有疑惑之处，"不妨共相探讨"；其次，社课所收卷资作为公款暂存福同安号，作为将来诗集刻板的费用，而谢教款项一概由邱公发给，两者并未有交叉或者不明之处。

因有"同混子"散布流言，诽谤丽泽社，社内同人意欲暂停社课，"盖仆等本拟此联题目不为刊布，而同好诸君诗兴勃发，大有不容中止之势"。但诸生复课之请甚殷，于是，丽泽社才决定承诸君之邀重兴社事，以回应广大文学爱好者的诉求。由此可见，南洋士子对文学创作的自觉性已然提升。

丽泽社在南洋士子创作热情渐长的背景下，不断摸索文事活动开展的新路径，历经了数次转型。邱公作为引领文坛的领袖，其对斯文一脉的承继有自觉使命与独到见解，并贯彻在文社发展中，使文社在尊重社子需求的同时也根据自身理念做出适当调整。

邱菽园重返星洲后，即应诸生请求对丽泽社进行改组。部分南洋士子对文社专研诗联、诗唱也有不同意见：一则认为吟联作唱的文字游戏仅供消遣娱乐之用，并非"正业"，一时兴起即可填字成联，但这种创作热情并不能持久。二则，不少士子仍有回国应举的愿求，但缺乏明师指点，也缺乏研习举业的平台，正如李钟珏所言"叻地无书，又无明师友切磋琢磨，大都专务制艺，而所习亦非上中乘文字"③，是以诸生也希望能依赖文社平台结交师友，琢磨文字。因此，一些士子希望丽泽社延续此前会贤

---

① 《丽泽社十二月分诗题·附启》，《星报》，1896 年 12 月 19 日。
② 《再覆同混子来函》，《星报》，1896 年 12 月 24 日。
③ 《新嘉坡风土记》，第 10 页。

社、图南社的教化传统，训练时文，社内同人也有扩充文社规模之意。邱公便应诸生所需，改组丽泽社，使其由单一性诗社转型为多元化的文社。

丽泽社自光绪二十三年十月课题始，暂停采用联课形式，而试以四书文、试帖、经史、辞章、杂作等，社课类型更趋多样性。"星洲丽泽社丙申始创，不过诗联、诗唱等题，继乃兼课制艺、帖括、词章、时务，前后钞存，将来汇刻传诸其人。星洲椎鲁无文，仅此亦足为后之志艺文者筚路矣。"① 自此，文社致力于"经史正课"，各体兼备，分卷课士，且课士方向也有所转化。可以社课主题内容和征稿类型为标准，将丽泽社分为前后两阶段（见表五）。

表五　丽泽社后期社课

年份	月份	获奖数量	社课题目
光绪二十三年（1897）	十月	52	四书文一：子曰：岁寒然后知松柏，两章。 试帖：赋得汉书下酒，得苏字五言八韵。 经古：诗三百篇非夫子所删说，陈登论。十月先开岭上梅赋，以题为韵。古剑，新诗，焦琴，旧仆，不拘体不限韵。
	十一月	30	文题：子曰：道不行，乘桴浮于海，从我者，其由与。子路闻之喜。 试帖：赋得铜雀伎，得曹字五言八韵。 经题：言告师氏一章。 古学：鲁肃周瑜优劣论；楮先生传；青灯有味似儿时赋（以进德修乐欲及时也为韵）；七洲洋放歌（五七古不拘）。 咏史题：不拘体格，张巡、韩偓、苏轼、陆游、贾谊、范滂、谢安、王猛、温峤、杜甫。 咏物题：帘、灯、屏、镜，以上各作七律一首，不拘韵；落花、残照、归帆、旅馆，以上各作五律一首，不拘韵。

---

① 《五百石洞天挥麈》卷11，第23页。

续表

年份	月份	获奖数量	社课题目
	十二月	24（收37卷）	四书文题：多闻择其善者而从之，多见而识之。 试帖题一：赋得海燕双栖玳瑁梁，得期字五言八韵。 杂文题三：星洲丽泽社记，丽泽社课题选初集序，书架铭，以上三题不拘骈散体。 杂咏题二：星洲竹枝词，不拘韵，不拘首数。 粤讴题：不拘体不限韵。 题选诗图：调寄《满庭芳》。
光绪二十四年（1898）	正月	缺	文题：子曰：君子病无能焉，两章。 试帖：赋得桃花流水鳜鱼肥，得肥字五言八韵。 史论：平原信陵二公子论；张巡杀妾论。 律赋：张巡杀妾饷士赋，以宛转蛾眉马前死为韵。 骈体：星洲元夕序，文内用时事须详注。 铭赞：不倒翁赞。 杂咏：梦侠、情禅、书佣、诗史，不拘体韵。 题后：桃花扇题后，牡丹亭题后，五七古不拘。
	三月（原）	缺	四书文题一：式负版者。 杂体文题一：言志对，畅所欲言，不拘骈散文，极短须满三百字，极长亦不得过二千字。 诗题二：春江放棹，寓楼远眺，不拘体韵首数。
	三月（更定）	缺	四书文一：素患难行乎患难；杂咏题二：老将，老马，不拘体韵首数，以上三题全作自成一卷。 时务题一：重工议；史论题一：始皇汉高论，以上二题全作自成一卷。 杂体文题一：言志对，畅所欲谈，不拘骈散文，极短须满三百字，极长亦不得过二千字；试帖题一：赋得随清娱见梦褚遂良，得良字五言八韵；咏史题二：高渐离，樊於期，不拘体韵首数。以上四题全作自成一卷。

由表五可见，丽泽社后期月课题目类型更趋多元，满足了不同士子的创作需求，从中也体现出社团与应课文士之间的博弈与调适。

丽泽社改组后，随即应南洋士子研习举业的呼声，增设时文及试帖一类科举题型，包括规定四书文、试贴为必作题型等，如光绪二十三年十月课题征稿之时即言明："以上各题不能全卷者听，惟四书文、试帖必须兼作。"① 评列等第时也以时文创作为标准，如十一月课卷杂诗佳句颇多，"惟阅者命意全在四书文上，分别去取，是故时文能工者置上等，杂作次之"②。十二月课卷"所取高等，意皆专注时文"，"投卷诸君各有青云之志"，社内同人也希望与之互相砥砺，"所以鼓诸君文兴温习旧业，即以为翼日青云得路之先声，相需不可称不殷矣"③。

但是，文社专重时文的做法很快出现了弊端：

> 伊时，客有为本社借箸者，苟重时文而略杂作，势必倚于一偏，弊将有视杂作诸题为具文，而惜墨如金者，□或抄袭坊文以图膏火，幸□尝焉，以图士人奔竞之风，而笃学反望而却步。④

这里已将专重时文的弊端说得十分明确：偏重时文而忽略其他文学创作，以时文高下而取列等第，并不利于文体的多元化发展；另外，过多重视时文会使士子追名逐利的风气大增，笃学之风反而减弱，不利于文学氛围的培养。而丽泽社十二月课卷的确显示了这些弊端，"此期之卷流弊滋多，诚如客料"，雷同之卷颇多，滥竽充数者亦有不少，"然后恍

---

① 《丽泽社十月课题》，《星报》，1897年10月28日。
② 《续十一月分课榜·附启》，《星报》，1898年2月24日。
③ 《丁酉腊月课榜列·附启》，《星报》，1898年3月28日。
④ 《丁酉腊月改榜列·附启》，《星报》，1898年3月28日。以□代之辨认不清者，下同。

然于专重时文之左,亦未始非"。

鉴于偏重时文的种种弊端,丽泽社为此做出调整,重修社课规章。原光绪二十四年(1898)三月课题要求应课诸生"须作全卷,不作全卷一例不取录"①,后又发文做出更定,"兹因十五日刊报之题纸定章未善公议,特更定并展限期,此举为鼓舞诸君文兴,冀各展所长,庶免畸轻畸重,有独抱向隅之叹"②。为均衡各类文体,使评审更为公平,丽泽社开始实行分卷课士,具体分为时文杂诗卷、时务史论卷、杂体卷,规定"每等卷各冠其军,一等冠殿奖循囊例,二三等冠殿递减两元",借此鼓励诸君创作各自擅长的文体。

丽泽社对杂文体的创作导向,也促进了文学的多元化发展。

其一,众体皆备。论说、骈赋、铭赞、记序、杂体等文章类,无一不涉,极大地丰富了南洋文坛的文章体式类型。在此之前,文章多见于文社的策问、论说文,报刊的社论以及文人游记等,体式相对单一,除游记外,余则文学性欠乏。而丽泽社课士文章多与文学辩争、历史典故、文人轶事相关,如"诗三百篇非夫子所删说""平原信陵二公子论""张巡杀妾饷士赋""书架铭"等,士子据此创作的作品,文学色彩无疑更为浓厚。

其二,丽泽社虽由诗社改组为综合性文社,但诗歌类创作仍然受到特别重视,且体式更为灵活,杂咏、咏史诗常不拘体韵、首数。对于诗墨较优者也会破格奖赏,"其五名前列中惟黄树勋一卷诗学极深,俯视一切,爱不拘常格而超拔之"③。

其三,出现了一些粤讴等新文体。邱公在社课中尝试命制粤讴等新

---

① 《丽泽社三月课题》,《星报》,1898 年 4 月 5 日。
② 《丽泽社三月课题更定》,《星报》,1898 年 4 月 14 日。
③ 《续十一月分课榜·附启》,《星报》,1898 年 2 月 24 日。

题型,如光绪二十三年十二月课题即出"粤讴题,不拘体不限韵"。邱菽园自幼"长于粤属,能操粤语,为粤谈"①,尤喜粤剧,率先将粤讴文体传至南洋,并大力提倡。但丽泽社课收卷不多,并未将作品刊出,"去腊余尝以粤讴题,后征星洲社友卷,作者寥寥,且多不详"②,概因星洲社友尚不熟悉此种文体。其后邱公在《五百石洞天挥麈》中述其文体渊源,又在《天南新报》《振南报》中大量刊载粤讴作品,使粤讴曲式在南洋地区流播开来,促进了戏曲文学的繁荣。

由上可见,丽泽社的多元化转型有利于推动晚清南洋华文文学的迅速发展。丽泽社在科举文体之外,广设经史、辞章、杂作等,注重文学性的审美创作,减弱了社团教化士子的功利色彩,转向注重文学素质的培养,这使文社由科举附庸向文学方向转型,文学也由虚文向实学转变。丽泽社社课由单一转向多样性,也使文学不再局限于吟诗作唱的游戏文墨,有利于促进文学独立地位的确立,并带动众体文学的繁荣。另外,丽泽社制课也比较注重南洋色彩,如"星洲元夕序""星洲竹枝词"等社课题目,有意识地引导士子关注在地人文,这无疑有利于促进文学本土化因子的萌蘖。

三、总趋势:向准文学流派演化

南洋在地文社演进至丽泽社开办之时,已有十五年历程。此时的丽泽社已建立了较为成熟的运行机制,文社的投卷、奖酬等制度愈加完善,开始显示出文学流派的某些雏形。

---

① 《挥麈拾遗》卷1,第11页。
② 《五百石洞天挥麈》卷6,第14页。

1. 丽泽社逐渐建立起较为完备的投卷制度

关于征文投稿方面，丽泽社初兴之时，文社规定投卷诸生"卷纸随便自备，誊真填写氏号，各听其便"[1]，此举主要为方便士子应课。却不料收卷数目多达一千余份，因卷纸自备，不另外誊录，使"惟所收各卷，其纸幅或宽至尺余，或窄不及寸，既参差而不齐，复涂鸦而潦草，殊不足以登大雅之堂，而令阅者生厌焉"[2]。卷纸自备，导致版式规格不一，给阅卷者带来极大不便。随后，丽泽社重修社规，改为卷纸统一发售，"兹特妥议新章，所有卷纸概用石版刷印，托源顺街福同安号发售"，社员需花费五仙购买卷纸才能投稿，"倘有不买本社卷纸而自行投卷者，作违规论，虽有佳句概不录取，惟外埠则可将诗稿函托福同安号代为誊录，一律编号较为整齐"。社课开展数期后，邱公北回福建乡里，为便于寄稿请其评阅，特延请专人誊录社卷，于是又不限卷纸规格，"作者可自备信纸，续录一张，填注名号，到源顺街福同安号投交，以便一律倩人誊录"[3]。因此，丽泽社改组后，对社务管理进行了多次调整。

关于社资缴纳方面，最初丽泽社规定"所有佳卷概不收受卷资"。而卷纸改由福同安号统一发售后，社员需缴纳社资，"每卷价洋五仙以作本社公款为刻稿之费"[4]。其后社课规模扩大，每卷收银一角五仙至两角五仙不等。所收资费除却卷纸刷印、誊录等各项开销外，盈余部分作为社内公款用于将来社员作品选集的出版费用。"盖本社拟俟将来汇选佳句可以合刻一卷者，即便钞付手民刊行于世，流播无穷。仍于每句之下附注作者氏号，似此立法则。邱孝廉之提倡风雅，嘉惠士林，与诸君之雅

---

[1]《酸道人拟联求教》，《星报》，1896年10月13日。
[2]《丽泽社继兴题目》，《星报》，1896年11月5日。
[3]《丽泽社四月分诗题》，《星报》，1897年5月1日。
[4]《丽泽社继兴题目》，《星报》，1896年11月5日。

词丽句,共垂不朽,而本社亦与有荣焉。"邱公在其著作《五百石洞天挥麈》中提及"丽泽社课艺初编,今方校毕未刻,若乐群等刻,尤当俟诸异日"①,又言及谭兰滨的三篇时文"具存社诗文初编"②。据此看来,光绪二十四年,丽泽社社集或暂命名为《丽泽社诗文初编》,并已进入编校阶段。邱菽园的另一著作《菽园赘谈》光绪二十七年版(1901)列出的待刊目录中又有《丽泽社诗草》③,彼时也在备刊中。但最终不知何故,丽泽社并未刊出社集,所收社费也不知去向。社费缴纳虽有言明"作将来诗集告成雕版之费",但一则邱公为富厚绅商,具备垫资付梓刊行的能力;二则所收社费有限,前三期社课所收卷资"除印卷工料及雕刻各项印章开销不计外,所存公款暂寄本号者,实只洋蚨二十七元五角三仙"④,远不及一期社课奖励之多。由此可见,社费缴纳更多是象征意义,一为稳固文社社员,二使社子对刊行合集有所期待。

关于领卷取酬方面,丽泽社也建立了较为完善的制度。为防止冒名领奖,此前文社的通常做法是要求实名投卷,由文社"给回收条,编列号数,以凭榜列核奖"⑤。编列号数是借鉴科场考试之制,丽泽社前期也同样采用此种方式。"所有佳卷无论叻坡外埠,概托福同安号徐季钧先生、王会仪先生代收,给付收条以凭领款,其卷面粘有浮票,便于作者书写氏号,临投揭去,惟编列号数窃仿科场弥封之例。"⑥随着丽泽社每

---

① 《五百石洞天挥麈》卷2,第28页。
② 《五百石洞天挥麈》卷3,第15页。
③ 邱菽园《菽园赘谈》光绪二十七年版目录前有《菽园著书待刊目录》,其中有《丽泽社诗草》。转引自〔马〕谭永辉:《早期南洋华人诗歌的传承与开拓》,南京大学2014年博士学位论文。
④ 《丽泽社十二月分诗题·附启》,《星报》,1896年12月19日。
⑤ 《吟社继兴》,《星报》,1893年4月21日。
⑥ 《丽泽社继兴题目》,《星报》,1896年11月5日。

课投卷数目逾千份，奖励人数也多达数百，凭回收条领卷的方式也使料理社务者颇为烦累，于是文社"另定简便新章，作者可在卷后纸角用小楷填写名号，自行弥封，投交时由福同安号盖印，另于卷后粘一浮票，由作者在票面填写名号与弥封相符，临投盖印，由交卷之人自行揭去，以为将来领卷凭据，不似前期之另给收条，较为两便也"①，此后都依例办理。

2. 丽泽社的奖酬制度更为多元化

丽泽社开课之初即订立社规，择优分等奖赏，"每课谢教冠军各十二元，殿军各六元，其余名次谢款视投卷若干临时酌定"②。而奖励数额在实际操作中也常常会做调整，"如有出色佳卷，当不吝逾格相酬也"③。如第二期冠军"谢教原定十二元，缘寄寄予与翠薇山人两卷不相伯仲，实难轩轾，嗣查两卷皆属一百一十九号，笔迹语气如出一手，故汇为一卷，以冠全军，特加赏英洋二元"④，因此该期冠军卢桂舫破格奖赏十四元。

丽泽社除奖励英洋外，有时还加赏书册、古砚、石印等，形式较为灵活，不领奖品者可抵为银元。"又五名内加赏书册，不领者各折银一大元，其六十名至八十名内所赏书册，不领者各折银二角。"⑤丽泽社后期，社课类型较多，为鼓励应课而出有新规，"社中诸君如全卷来交者，每卷拟各贴卷资银五角"⑥，开创了凡是投全卷即奖的奖酬方式。随后全卷来

---

① 《丽泽社十一月诗题》，《星报》，1896年11月28日。
② 《酸道人拟联求教》，《星报》，1896年10月13日。
③ 《丽泽社十一月课题·附启》，《星报》，1897年11月9日。
④ 《丽泽社第二课谢教录》，《星报》，1896年10月31日。
⑤ 《三续邱菽园孝廉评定丽泽社第二期诗课》，《星报》，1896年11月4日。
⑥ 《丽泽社十一月课题·附启》，《星报》，1897年11月9日。

交，更是将卷资涨至一元，"如作全卷无取者仍贴银一元，须于散卷时取领"①。社员只需诸题全作，无论是否取录，皆赏银五角或一元，这种奖酬方式极大地刺激了士子应课的积极性。值得一提的是，丽泽社所有赏金、书籍、石印等，"概由邱孝廉发给，诸君饮水思源，当必争自濯磨，毋吝金玉，俾得文风日盛，变海滨为邹鲁，化鴃舌为弦歌，是则本社之所馨香祷祝者也"②。丽泽社借奖酬来鼓舞南洋诸生濯磨文艺的热情，无疑有利于推动华文文学在南洋的发展。

3. 丽泽社已有文学流派之雏形

丽泽社与此前的会贤社、图南社、会吟社等文人社团的一大不同，是其社团性质显示出向文学流派转型的趋向。其主要表现有以下几点：

首先，社长、社课评阅人与社员之间的关系，由师生变为同好文友。此前文社无论是领事所设，抑或是民间社团，引领斯文的社长及社课评阅人多以教化士子的老师身份出现。如图南社社子多拜师黄遵宪，称其门生，"近日课卷多有自称受业者，腼然人师，非鄙人所敢当，若准中国书院通例，概称门生，亦未为不可"③。而邱菽园与丽泽社社员则多是文友关系，其中如徐季钧、王会仪等代理社务人员都与邱公交好，徐、王二人曾言"邱君菽园此次南来，与仆等为文字之交，所设丽泽社，原为鼓励文风起见，仆等实赞其成"④，于是二人乐意共同代理文社日常社务。王会仪在评鉴邱公所著《菽园赘谈》一书时，开篇即云"吾友邱菽园先生，惠人也"⑤。文社长期参与活动的固定社员如卢桂舫、黎树勋等，与邱公常

---

① 《丽泽社正月题课》，《星报》，1898年2月12日。
② 《丽泽社十一月诗题》，《星报》，1896年11月28日。
③ 《图南社八月课题》，《星报》，1893年9月12日。
④ 《丽泽社十二月分诗题·附启》，《星报》，1896年12月19日。
⑤ 王会仪：《读菽园赘谈书后，集四字句》，《星报》，1897年9月7日。

以诗相会，订交知音，"一闻空谷之足音，或旧学商量，或新诗见质，或月旦人物，或风谕性情，皆足起予清谈之兴也"①。而"以游客而入斯社"的诗友，如李季琛、黎经等也同样与文社主人以友谊相交于海外，"畴曩文酒唱和，云龙追逐，岛中客况，相得为欢"②。流寓南洋的文人之间以文会友，一方面可以慰藉士子独处异乡的客居心理，增强士人群体的凝聚力；另一方面也促动文事的兴盛，促进文学创作活动的繁荣。如陈还士，自谦"不工吟咏，且天涯奔走，笔砚久荒，兹以道出星洲，待舟之缅，因竹痴李君得以缔交于丽泽主人，并贵同社诸君子一见均如旧识，有迟晤之慨矣"③，乐于与社中人员以文友之谊共相切磋。

其次，丽泽社的活动丰富，尤其文事活动更为繁殷。邱菽园家财丰厚，又乐于宴聚之事，故常邀请社中诸同人共聚酒楼，听歌观剧，流觞赋诗。丽泽社初设之时，邱公即邀卢桂舫、徐季钧、李季琛等社友饮于太平楼，"酸道人邀饮太平楼，听歌观剧，拼酒论诗，极一时之乐"④，众人即席抓阄，分韵赋诗。

光绪二十二年，邱菽园暂时离新回籍之时，南洋友人轮流设宴作饯别之礼，"同人竞相祖饯以尽君欢，又蒙分韵成诗"⑤，其中许南英、李鸣凤、刘允承等友人皆有送别诗相赠。邱菽园为致谢忱，特于十月晦夕"招陈十梅、许允伯、何渔古、李竹痴、李汝衍、王会仪、徐季钧诸友集觞咏园之天南第一楼，作长夜欢酒酣"⑥。席间丝竹悦耳，裙钗娱目，"一时花气氤氲，蔚为香雾，歌声嘹亮，响压行云，珠履金钗，颇极音容之

---

① 《挥麈拾遗》卷5，第6页。
② 《挥麈拾遗》卷5，第5页。
③ 《第一楼雅集诗》，《星报》，1896年12月14日。
④ 《天南豪觞诗》，《星报》，1896年11月13日。
⑤ 徐季钧：《送菽园主人回里诗》，《星报》，1896年12月15日。
⑥ 刘建平：《续录第一楼雅集诗》，《星报》，1896年12月16日。

盛"①。丽泽主人曰:"丝竹裙钗娱耳目则可,若夫拓胸襟摅蓄念,不有佳作,何申雅怀? 诸君酒酣耳热,请发狂歌,何如?""客曰唯唯。主人命即景分韵,即席成章。"其间,邱公"索诗命以雅集,天南第一楼诗人八字分韵",随即得诗数首,其中包括对邱公通宵达旦批阅社作的褒赞,如王会仪的诗作"侵宵达旦弗辞倦,品题甲乙亲丹铅"②。

文社除了规模较大的宴聚赋诗之外,也有社友常携诗歌呈于邱公,请其指点。"东莞黎俊民茂才(树勋),今年九月,初抵星洲,即以诗来见云"③,邱公与其交谈甚欢,惜其文才,特招至自己出资主办的《天南新报》,就任副稿一席。文事活动的频繁不仅带来创作的繁荣,也使社中文友在品鉴切磋之中,逐渐形成共同的创作风格及诗学主张,这是文社趋向文学流派的关键因素。

其三,丽泽社最为重要的特质是社友之间初步形成了共同的诗学主张。邱菽园创设丽泽社的目的之一便是阐明诗学,邱公"为设丽泽社,以课商子孙之能读书者;又著书数十种,以昌明诗之奥义。夫辀轩采风,莫先于诗;士人专经,亦莫先于诗。以诗乐道性情之正,乃能继之以书礼;学文者必能讽咏字句,乃可发挥为文章"④。邱菽园寓居星洲后,即执诗坛牛耳,常与丽泽社士子谈论诗之奥义。王会仪曾谈及"先生客星洲,时倡设丽泽社诗文课。尝独立召门弟子曰:子与尔言是诗也,非是之谓也,夫诗可以兴,可以观,可以群,可以怨,温故而知新。则终身用之,有不能尽者矣,循循然善诱,谆谆然命之,其示人之意至深切矣"⑤。其与社员王会仪、徐季钧、叶季允、李竹痴等人在研讨诗学时,逐步形成了

---

① 何渔鼓:《第一楼雅集诗》,《星报》,1896 年 12 月 14 日。
② 王会仪:《天南第一楼即景分韵》,《星报》,1896 年 12 月 16 日。
③ 《挥麈拾遗》卷 6,第 5 页。
④ 《五百石洞天挥麈序》,《五百石洞天挥麈》卷 1,第 3 页。
⑤ 《读菽园赘谈书后,集四字句》,《星报》,1897 年 9 月 7 日。

一些共同的创作主张：

一是推崇性灵。邱菽园的诗学思想大体是宗向随园的，标举性情，但又不失雅正，主张用温柔敦厚约束恣意的笔锋。"先生论诗专主性灵，尤重温厚，尝与其门人李竹痴等反复讨论，满座风生。是以声名洋溢乎，中国施及蛮貊，闻者莫不兴起也，而况于亲炙之者乎。"① 他在与社中士子反复论诗的研讨中，将崇尚性情之真的诗学思想广传南洋，并成为丽泽社社员的共同主张，如徐季钧指出诗歌应"导以性情，副以真识"②。又有社员叶季允学诗远溯张维屏，主张诗歌以真性情示于人。

其实，独抒性灵的思想正贴合了南洋士子基于自身有限文化底蕴的创作选择。南洋的士人群体较为特殊，他们多是谋生在此的半儒半贾的文人，固然无法在诗中大掉书袋或是刻意求巧，而专主性灵的诗文观有助于他们忠于内心情感的抒发，也使诗文表达更加顺畅通达。故丽泽社的这一诗学主张更易被士人所接受吸收，在一定程度上也推动了南洋华文创作的繁荣。

二是务去陈言，力求革新。突破古诗的吟咏范畴，使诗歌有所革新，这是晚清时代背景下对诗歌创作的新要求。邱菽园也主张诗歌要革去俗套泛语，杜绝雷同之言，"韩子有言，惟古词必已出一则，曰语羞雷同，再则曰惟陈言之务去。文体綦严，由来尚矣"③。其在评定丽泽社社课时，"恪遵此例，凡有语涉雷同者，无论全句零句，虽有佳作，均不录取"④。徐季钧在推崇邱菽园诗学思想的同时，也提出诗歌创作应是本色当行，要真实自然不造作，并贴近社会现实。"昔人云作诗须是本色，须是

---

① 《读菽园赘谈书后，集四字句》，《星报》，1897 年 9 月 7 日。
② 徐季钧：《邱菽园孝廉诗钞叙》，《星报》，1896 年 11 月 20 日。
③ 《丽泽社赘言》，《星报》，1896 年 11 月 27 日。
④ 《丽泽社赘言》，《星报》，1896 年 11 月 27 日。

当行,又云唐人好诗,往往能感动,激发人意。夫惟本色当行,然后能激发人意也"[1],唯有本色之诗才能打动人心。真实自然的创作要求,有利于南洋士子破除陈规旧辞,跳脱古人的吟咏空间,而创作出符合自身个性的独造之作。正如潘飞声所言"中原之诗殆浩浩其已穷也,外洋之诗方郁郁其独造也"[2],南洋诗人创作的带有独特个性的诗作促进了诗歌的革新,这其实为国内的诗文革命提供了某种启发。由此可见,邱菽园与丽泽社同人传播诗学,一则希望将中国传统诗学传播至南洋这一荒陬异域,引领士子的诗文创作,这也有利于丽泽社社员在创作实践上形成鲜明特色,并逐渐显出南洋华文文学流派的某种雏形;同时也使南洋诸君以郁郁独造的清词丽句,带动诗文旧边界的突破与新领域的开拓。

---

[1]《邱菽园孝廉诗钞叙》,《星报》,1896 年 11 月 20 日。
[2]《五百石洞天挥麈序》,《五百石洞天挥麈》卷 1,第 4 页。

第五章　文社促兴南洋华文文学的多重机制

　　晚清之际，在驻任领事与本土文人相继推进之下，南洋地区兴起了众多文人社团。以左秉隆创设的会贤社首开风气，黄遵宪改立图南社以继其后，文社在驻任领事的强力助推下在南荒僻陋之地点燃了星火。随后在地文人竞相呼应，先后倡兴会吟社、崇文社、闲来阁等，诗社迅速兴盛，遍设于各埠。尤其是本土文人邱菽园执掌文坛以来，先后创设了丽泽社、乐群文社等，推动文社趋向多元化，并向文学流派发展。在南洋文教未兴、文风未开之时，这些文社以异军突起之势迅速发展并走向成熟，为南洋文坛的构建与承续做出了特殊贡献。

　　南洋在地文社的创设，显然是受中国文人结社风气所濡染影响，继承了中国文社以文会友、切磋技艺的功能，这也是文社所承担的主要职能之一。同时，南洋文社为适应特殊的文化生态环境，又做出了符合在地的调整。比如，因受制于创作人才规模的有限以及文人流动的频繁，南洋文社的文墨切磋不同于国内文社多固定于二三社友之间，而是面向各埠文友公开征文求教，这无疑使社团更具开放性，所创建的文人交流圈更具广阔性。又因南洋士人多是半儒半贾，稍通文理，创作水平有限，故此文社活动更多借鉴中国传统书院培养初级人才的模式，如定期开设月课、出题课士、奖励膏火等，使文社在南洋华文教育未兴之时创造性地承担起书院的育士功能，辅助培养人才。同时，南洋士子对考取功名的心理需求并没有国内文人那样迫切与强烈，文社便逐渐扭转了供士子研磨举业的方向，着力为文学服务。以上种种之转变，使文社可以更有效地发挥汇集、培养人才和促进文学生产的作用，并承担起促兴华文文学的重要使命。正是在文社构建的多重机制下，南洋华文文学萌蘖发生，并逐渐成长为海外华文文学的重要一端。

第一节　文社特性与南洋文人群体的建构

　　19世纪后期的南洋地区，文化上开始逐渐走出炎荒僻陋，华人族群出现了一批知识分子，这主要得益于华文教育的初显成果以及南渡文人的增多。从19世纪七八十年代以降，南洋各埠陆续兴起的华文书院"或试以诗联，或试以书札，或诘以章句"[①]，培养了学生们的基础创作能力，使之成为士人阶层兴起的基础。而随着国内时局动荡，穷困的文人需要出外谋求生路，南洋地区华人报馆、私塾等对华文人才的需求越来越多。多重因素叠加之下，南渡而来的文人与日俱增，为南洋华文创作储备了人才。因此，在文社出现之前，南洋华社士人阶层已然兴起。

　　然而，初兴的士人阶层在构建文坛方面存在一些无法突破的局限性。一是在地文士散而不聚。一方面他们多分散于医、教、艺、商等各个领域，彼此之间因行业隔阂而声气难通；另一方面他们来自不同的方言区，因语言沟通不畅而少有联系，也少有文墨互通。二是流动性强。从士人阶层的人员构成来看，流寓文人占主体，其动辄北归，四处迁转，无法稳定地参与本土创作，不利于培养整个阶层的凝聚性。三是创作水平不

[①]《萃英集试》，《叻报》，1889年1月17日。

高。从士人阶层的整体创作水平来看,稍通文理者居多,能引领风雅者或是文墨较优者少之又少,故较高水平的文学活动难以开展。因此,面对士人阶层凝聚力不足,文事活动较少,不利于建构南洋文坛的境况,需要搭建一个良好的平台组织,以聚拢和培养贤才,推动文事活动的开展,以促兴南洋华文文学事业。

一、组织性:雅集在地文人

南洋在地文社由风雅诸君创建,社内同人操持社务,社员参与活动,其内部已形成较为清晰的组织结构,且订立了明确的社团章程,显示出较为严谨的组织性。这种组织性可以有效聚拢各地文士,使流寓各处的文人闻声汇集于此,共结文字之缘,让散而不聚的士人逐渐联结成相互联系、沟通文墨的组织性群体。

首先,文社领袖的号召力是文社能够集结文士的重要因素。

晚清南洋文社无论是由驻任领事创办,还是由流寓文人、本土文士主持,都以社团主人为核心形成向心力。左秉隆、黄遵宪两位领事作为华社政治领袖,所创立的文社内含政治权威,加上他们自身作为文学名士的号召力,有利于将流寓各埠的文人雅集一方,让南来寒畯或是本土文人纷纷拜其门墙。左秉隆创立会贤社本就有汇集贤才之意,"每月以诗文课士,红毹绛帐,教泽日新,自爱之士争拜门墙"[①];黄遵宪领导文坛时,南洋各埠文人纷纷慕名而来请其指点,他也乐见其成,顺势以图南社为阵地汇聚一众门生。

同时,对于同人诗社而言,左、黄两位领事作为指导老师参与社课

---

① 《恭上卸新嘉坡领事府左公秉隆屏》,《叻报》,1891年11月13日。

的出题、评点等,也会加强社团的组织性,激发社员参与的积极性。左秉隆参与会吟社,黄遵宪指导会吟社、仰光诗社活动时,文坛涌入了诸多新生力量,本地百余名新起文人开始广泛参与诗联创作,并在此中崭露头角,诸如医士张德芳、绅商子弟邱衡琯、报业人士何渔古等。

若是文社领袖擅诗词,喜诗酒之会,其创建的社团则更具有凝聚力,所以喜欢交游的邱菽园所设之丽泽社,聚拢的文人尤多,社友之间内聚力更强。丽泽社每期月课参与者少则百人,多则千人以上,社长邱菽园有传统文人集结诗友的雅好,常招徕社友宴聚酬酢,诗墨唱和,如邀饮太平楼"听歌、观剧、拼酒、论诗"①,雅集天南第一楼分韵作诗,如此等等。这些文事活动的开展,无疑使士人群体的凝聚力大为增强。

其次,文社设立奖酬的组织制度也是吸引文人的一大因素。

奖酬之设本就为鼓励文人踊跃参与社课创作,"贤才每为利禄所动,豪杰亦因财帛以兴",对于部分重利的南洋文人而言,为取酬而作文的动机十分明显,甚至有人调侃曰"振兴文教,全凭诱掖奖劝之诚"②。因此左秉隆初创会贤社之时便建立了奖酬制度,择优嘉奖,此后其他文社继续沿用此例。左、黄二人自捐俸禄作为奖金,但较为微薄,在地文士也曾发文呼吁绅商起而相助,若"制锦及时,赞成美举"则南洋地区不日便可"气运昌隆,英才蔚起"③。可见,时人也深知丰厚的奖酬制度对于吸引文人参与文坛建设的重要性。随着对文社奖励制度的重视,奖励幅度也逐渐增加,至丽泽社时,月课奖酬已"至优极沃,诚开南洋各岛以来前所未曾也"④,丰厚膏奖吸引了南洋各地多达千余士子争相参与

---

① 《天南豪觞诗》,《星报》,1896 年 11 月 13 日。
② 萧庆祺:《濒行书怀兼酬诸公赠句叠前韵呈览》,《星报》,1893 年 6 月 23 日。
③ 《助兴文教》,《星报》,1892 年 10 月 25 日。
④ 《丽泽社继兴题目》,《星报》,1896 年 11 月 5 日。

活动。

上述诸因素，使晚清时期遍设于南洋各埠的数十家文社聚拢了大量文人参与相关活动，以文学活动为纽带，将南洋华社零散的个体联结起来，形成群体认同，这是推动文人群体共同致力于文学事业发展的重要一步。

二、开放性：广泛开展交流

晚清南洋文社结合在地文学生态的调整，使其独具开放性，这有利于消除士人群体间领域与地域的隔阂，更大范围地汇聚文人，开展文学交流。

其一，文社面向大众公开征文，使其在吸纳社员上具有开放性。文社定期公布月课题目，广邀各处文友投稿参与。"凡诸同人，不论远近，无分闽粤，如有佳作，均可投交豆腐街头万美堂药圃汇收"[1]，可见文社不问出身，有卷必收。文社基于彼时的文学生态创造性地改变结社方式，还借助报刊平台公布课题及课榜，使文墨交流不局限于同知好友的固定圈子，而是面向海内外文人征稿。这种开放性消解了士人群体间行业、阶层的隔阂，使不同领域的士子获得平等竞争和交流切磋的机会，有效消除了文士们因分散于各个领域而难以交流文墨的弊端。如同济医社的谢祝轩，萃英书院的王攀桂，《叻报》《星报》编辑徐季钧、王会仪等人都是借文社平台结为文友。媒介的开放性还有利于破除文学交流的地域壁垒，如新加坡的文社就常有外埠文人的寄稿，图南社为此还特发布告，为远道寄来的课卷延展截收日期，"近日课卷多有从麻六甲、槟榔屿等埠

---

[1] 《吟社继兴》，《星报》，1893年4月21日。

寄来者，远道难寄，不得不稍予从容"①。

其二，征稿型的文字交流避免了士子因方言不同而产生的交流隔阂。南洋华社的移民群体多来自闽粤等地，彼此之间方言差别较大，言语交流存在诸多不变，当地大多数的社团组织、华文学校皆以方言区划分。而文社则是以文字沟通为主，文字的统一性使来自各个方言区的士子可以无障碍地交流，故文社可以摒弃畛域之见，以诗文课士的方式广泛汇集闽粤等地士子。交流壁垒的破除，使士子得以在更大范围内进行有效沟通。

其三，文社月课在评阅上破除了地域壁垒。社课诗卷除了邀请本地名家参与评阅外，也常常委托外埠名士代为评定，如缅甸仰光诗社寄稿新加坡，嘱送黄遵宪评定甲乙，吟梅社则将联课寄往广州，请粤中刘苇村、萧伟基等文人评阅。同时，南洋文社的课卷还会择优选登于国内报刊，如图南社"每课收卷至百余本，其拔取前茅者，粤之《中西报》、上海之《沪报》，辗转钞刻，互相传诵"②，使祖籍国与南洋的风雅君子得以相互赏鉴切磋。文化圈壁垒的破除，在更大的文化背景下促进了文人的沟通。

三、互动性：共同提升水平

文社平台所具备的互动性，是其培养人才、提升士人阶层整体创作水平的重要优势。文社作为文学平台并不是单向的传输通道，而是多方交流互动的文学场域，这种互动性可以提升士子的创作能力。

---

① 黄遵宪：《〈图南社四月课题〉附后》，《星报》，1894 年 5 月 7 日。
② 《宪札照登》，《星报》，1893 年 3 月 31 日。

第五章　文社促兴南洋华文文学的多重机制　145

从互动关系上看，可分为三个层次。第一层次是制课人与应课者的互动。制课者通过出题课士为应课者限定课卷题目与文体，又借评列等第、加诸评点等方式将文学思想传达给应课诸生。其作为精通文理之人，对创作进行指向性的引导，是提升士子创作水平的立见成效的方式。而应课士子并非被动地全盘接收，他们不仅通过答卷做出回应，还可通过舆论影响制题人的课艺方向，如图南社增设四书文题正是应诸生所求。在两方互动的过程中，士子逐渐形成创作的自觉意识，建立起创作的自主导向。

第二层次是应课文士之间的互动。文社征文求稿，将所收课卷评出等次分别奖酬，并将榜单通过报刊发布，从而构筑了一个供骚人文士进行文墨竞争的场域。文士应课或是求于膏火之例，或是出于钦慕社长之名，或是受争胜心理鼓动等，都可以在相互切磋文艺的过程中提高创作水平。单以诗社的答课情况论，会吟社最初仅收得应征诗联数十卷，继兴之后，得卷则达二三百之多；至丽泽社开课时已有千余卷，"足见雕龙妙手、吐凤奇才者日盛一日"[①]。由此可见，文社所构建的切磋型的互动关系，在培养创作人才方面可以发挥积极作用。

第三层次是作者与读者的互动。文社常借助《叻报》《星报》等报刊平台登载位列榜首的课卷佳作，供阅者共赏奇文。虽然文社月课几乎每期皆评列等第，定赏奖励，但并非每期所有作品皆能刊登于报，需经过社长审查，极为优秀者才会公之于众，以供士子观摩学习。如会贤社月课榜单之末常附有类似文告："此课元作亦不甚佳，故未录。请登阅报者谅之。"[②] 登于报刊的文学作品或是别出心裁，或为神到之笔，都为后来者的创作提供一种范式。佳作的登载不仅具有典范意义，还具有仿拟效应，

---

① 《丽泽社继兴题目》，《星报》，1896 年 11 月 5 日。
② 《课榜照登》，《叻报》，1887 年 9 月 17 日。

能引来诸多读者的仿作应和,这无疑有利于壮大创作群体。

总之,文社的组织性、互动性与开放性有利于聚拢南洋华社的士人群体,可以加强群体内部的文学交流,并培养士子们的创作能力,使一批识文断字者渐谙文理。左秉隆"倡会贤、会吟两社,鼓励萃英书院诸生,鹤俸分来,鸿才造就"①,会贤社所投文卷"每有斐然可观者"②,作品水平已有较大提升,不时有脱颖而出者。黄遵宪主持文社期间,也培养了一些通晓时务的新式人才。正缘于此,丽泽社开课之初盛况空前,完全超乎邱菽园的预判,数以千计的应课者争相投卷,足以表明前期文社在培养人才方面已经取得了成效,一批颇谙文理的骚人墨客正在"渐臻于人杰地灵"③的方隅之地兴起。

文社所培养的能文通艺之士,也逐渐成长为后期文坛的力将。如经常参与图南社创作,其后又代理丽泽社社务的徐季钧,长期主持报刊笔政,留下诸多文章,且文风逐渐稳定,其"所著文,雄浑磅礴,仿佛昌黎,一纸风行,群侨赞美"④。而更为重要的是,在文社的培植之下,本土文人开始萌生。晚清南洋文社所集结的文士,大体又可分为三类。一类是较为稳定的创作群体。他们多是长期寓居南洋的流寓士子,受教于国内,文学造诣较高,且在南洋有稳定的谋生之计,不易流动,成为文社的稳定社员与优秀作品的主要贡献者。"丽泽社中所得诗人如谢静希、萧雅堂、黄树勋、叶季允、陈伯明、李汝衍、卢桂舫皆流寓也,而尤以黄树勋为冠。"⑤有的甚至协助代理社务,如王会仪、徐季钧代理丽泽社,操持社务。这些本是散而不聚的文人,通过文社结成文友,成为构建南洋

---

① 《录会贤、会吟两社诸生上前任领事官左子兴方伯颂文》,《星报》,1891 年 11 月 10 日。
② 《读总领事黄大人〈图南序〉系之以说》,《星报》,1892 年 1 月 6 日。
③ 《论叻地不乏人材》,《叻报》,1887 年 10 月 11 日。
④ 《敬告知交》,《星洲日报》,1937 年 1 月 20 日。
⑤ 《五百石洞天挥麈》卷 3,第 16 页。

文坛的中坚力量。第二类是偶发性的创作群体。他们是短期南来的过境文人，因居停时间较短，参与文社活动具有偶发性，但也是建构文坛的一支不可忽视的力量。第三类是本土华裔文人。如章甲茂、章芳源、邱恒春等，这个群体创作水平相对稍低，但人数在快速增长，成为推动文坛发展的一支重要的新生力量。

在文社的聚拢与培植下，南洋文士群体逐渐构建起来，并呈现出鲜明的分层：

核心层是文社的中心人物，即文社的创建者、组织者，以及常规参与社课的固定社员等，如会贤社社长左秉隆、图南社社长黄遵宪、会吟社社长童梅生、丽泽社社长邱菽园，以及丽泽社代理人徐季钧、王会仪，另有长期参与一个或多个文社社课的王攀桂、潘百禄、吴士达、李季琛等。这是文士群体中的稳定人群，亲历并推动着文坛的更迭过渡。

文士群体的外围层是庞大的流动人群，对比各阶段文社参与人员的重叠情况，可知多数文人参与创作的时间较短，以会贤社与图南社课榜对比来看，人员重复率仅约为3%。虽然这一群体参与文学活动的稳定性不高，但时常更新的文士群体使南洋文坛充满活力。

在此之外，文士群体的周围还围绕有为数不少的各阶层人士，比如评改课艺的社外老师、为文社服务的报馆编辑、捐助膏奖的绅商等，都在支持和关注文社的发展。吟梅社曾将联课寄往国内，请粤中刘苇村、萧伟基等文人评阅；《叻报》《星报》编辑不仅为文社刊登社课题目及课榜，还宣扬文社培育人才之功，为其提升名气，呼吁绅商为之捐助膏火；也有富厚绅商起而相助，"左公前创会贤社，其膏火有陈、余二君助出"[①]，乐善社、椒蜜公局、陈广丰等也曾捐助图南社。各阶层人士的广泛

---

① 《申论道南翁来函》，《星报》，1892年10月31日。

参与，是文士群体得以延续的重要助力。

第二节 社长导引与文学发展方向的确立

"文运虽由天开，文衡实赖人掌"[1]，在文社促兴晚清南洋华文文学的多重机制中，文社主持者发挥着至关重要的作用。类同于书院山长的文社社长，作为文社的核心人物，往往需要出题督导及评阅课艺，他们的文学思想直接影响着文社的课士方向与评选标准，进而影响了文学的发展趋势与士子的审美观念。

晚清南洋各文社主持者，他们或拟定文题，或点校丹黄，都悉心操持，不辞辛劳。左秉隆主持会贤、会吟二社的月课活动，亲评课艺常至深夜不寐。其《为诸生评文有作》一诗自叹："欲授诸生换骨丹，夜深常对一灯寒。笑余九载新洲住，不似他官似教官。"[2]黄遵宪主持图南社活动期间，除操持本社社务外，还曾受缅甸仰光诗社之聘请，为其诗课拟定联题并评定甲乙。邱菽园对丽泽社、乐群文社的事务也颇费心力，社课收卷动辄逾千。"阅者卷卷皆亲自丹黄，每至夜漏将残，东方欲曙，犹复披览吟哦，尚未少息，苦不知煞费几许苦心矣。"[3]文社领袖为促进南洋文坛的发展可谓是费心尽力，居功甚伟。

文社领袖又多是素有文望者，深谙文学发展之道，其独到的文学眼光和精深的文学见解，通过制题与评阅熔铸于文社发展的始终。晚清南

---

[1] 《仰光联课》，《星报》，1893年4月19日。
[2] 《为诸生评文有作》，《勤勉堂诗钞》，第243页。
[3] 《丽泽社第二课谢教录》，《星报》，1896年10月31日。

洋华文文学正是在他们的引领下逐渐摆脱科举附庸，建立自身的文学发展理论，确立稳定的发展方向。

一、改革社课，推动文学摆脱作为科举的附庸

文社最初由驻任领事创建，以诗文月课的征集与评定为主要社务，答卷投交皆仿照科场之例，实际上承担着科举育士的职能。其后文社领袖不断推动社课类型与制题方向的改革，由此带来士人创作的转变与文坛风貌的更新。

1. 推动社课由单一趋向多元，摆脱科举文体的束缚

左秉隆主持会贤社时，所制月课仅以时文、试帖为主，月课类型较为单一，且主要功能是为举业服务。当然，月课的不少时文也带有一定的文学色彩，如社员卢满的《贵与民同好恶论》[1]一文引经史之典来借古鉴今，颇具说服力："夫饮羊饰价，斗鸡逞强，鲁民之所好也，而孔子恶之，卒以大治；田井有伍，衣服有章，郑民之所恶也，而子产好之，卒以格顽。知宰治有方，原不拘乎民志。"文章善用排比句式："故如宋襄之市恩，晋文之示信，陈恒之啾噢，梁惠之尽心，皆不足要结"，增强了文章气势和说理的力度。另外，社员的试帖诗也不乏优秀作品，如"赋得中秋月"一题中，有诗曰"可怜今夕望，曾似故乡明。倒影蟾无着，惊寒鹤有声"[2]，生动描绘出了天涯沦落者的羁愁心理。但是，这些四书文、试帖诗等文体毕竟属于科举的副产品，称不上纯粹的文学创作。而士子专研制艺，将所学之术尽数消磨于时文、试帖之中，显然与文学的

---

[1] 卢满：《贵与民同好恶论》，《叻报》，1887年10月17日。
[2] 《赋得中秋月》，《叻报》，1887年10月17日。

发展背向而行。

　　黄遵宪主持文社后,对社课进行了改革。图南社增设了策问、论说、杂诗等题型,课士文体开始脱离举业束缚,趋向多元化。策问、论说等文体的设置,训练了士子作文平达论事、条析说理的能力,为后期政论文的繁荣奠定了基础。社中文章不乏"事理明达""纵横排宕"者,如林馥邨的《法暹交涉拟请派战船保护华人论》,文章词气平和、条理清晰,是论事之文的上乘之作。① 颜岳宗的《重商论》详陈古今异同,文章观点颇有见地、笔墨条畅,"如与晓事人对语,令人胸次开朗,尤觉可喜"②。杂诗、竹枝词等诗歌类题型往往"不拘题,不限韵",使应课者有自由的创作空间,更易发挥出诗歌有感而发的审美功能。

　　与上述文社相比,其他风雅骚人倡立的诗社则略有不同,如王会仪、童梅生创建会吟社,仰光文士建立闲来阁、映碧轩等,社课多是借鉴诗钟形式,以嵌字格联诗为题。比之文社,诗社虽然带有更多的遣兴娱乐色彩,但"诗钟本身也是科举制度的产物"③,诗联讲究工对、融经铸史的创作要求本就是为创作试帖、限韵诗铺垫基础。所以,此时的文学仍然是科举取士的外部环境与文社课士的内部机制所催生的副产品,文学本身的自觉性与独立性不足。况且诗钟题型作为一种文字游戏,也只是培养士子抽黄对白的技艺,追求对仗工整、平仄合律的诗联创作与追求真情实感、审美意境的诗歌创作仍有差距。

　　邱菽园创立丽泽社之初,沿用此前诗社的惯例,主要以嵌字格为题,但诗题则根据社员应课情况而灵活变动,有对出句、分咏格等,且"不

---

① 林馥邨著,黄遵宪点评:《法暹交涉拟请派战船保护华人论》,《星报》,1893年8月22日。
② 颜岳宗著,黄遵宪点评:《重商论》,《星报》,1893年2月9日。
③ 黄乃江:《诗钟与科举及其对清代台湾文学的影响》,《贵州社会科学》,2008年第4期。

拘题意与题位"[1]，创作约束更少。丽泽社改组后，社课变动甚大，由此前专出诗课改为诗文综合性社课，题目类别增多，"无论诗、古文辞、时文、试帖、策论、杂体皆可分课，各自成卷"[2]。邱菽园虽然也回应南洋士子的要求，设有四书文、试帖等科举题型，但研习举业的功能已渐渐被剥离，逐步偏重引导士人致力于辞赋、杂文、戏曲等文体的创作。在课艺与举业背离的过程中，文社逐渐脱离科举育士的职能，向文学社团发展，成为士子交流文学的平台。丽泽社采用分卷课士，邱菽园命制的征文题类涉及咏史题、杂文题、杂咏题、粤讴题等，每卷分别评出甲乙，使应征者创作时可以各擅其长，从而极大地调动了士子们创作各类文体的热情，优秀的诗文作品开始层出不穷。如丽泽社光绪二十三年十月出诗题"古剑、新诗、焦琴、旧仆"，就征集到不少佳作，"得方玉斯卷四律诗甚佳"，其中《新诗》可作代表：

> 信手拈来亦性真，未经人道始惊人。
> 元珠欲被无心得，明月应知夙世因。
> 风雨重阳闲里兴，池塘春草梦中身。
> 千秋一曲清平调，传到于今语未陈。[3]

此诗查实为《叻报》主笔叶季允所作。诗作语调平淡清新，对自然浑成的新诗创作有独到见解。整首诗歌浑然一体，足见作者不俗的诗学功底。社员谭兰滨也是诗文俱佳，常卫冕社课冠军，其骈文《星洲丽泽社记》"敷词妥帖，不蔓不支"，当论及丽泽社在改善南洋文学生态方面

---

[1] 《丽泽社四月分诗题》，《星报》，1897年5月1日。
[2] 《五百石洞天挥麈》卷2，第28页。
[3] 《五百石洞天挥麈》卷3，第14页。

的作为时，认知清晰准确：

> 星洲远隔重洋，不沾王化，俗尚犺獉之陋，地非诗礼之乡。然而陆机入洛，即多著作之才华；韩愈来潮，一洗穷荒之风气。今斯社具讨论之雅意，寓培植之深心，岂无传昭英妙，凤擅山东。将见子建才思，群推邺下。①

该文典雅流畅，用典贴切，以古喻今，褒奖了丽泽社的历史性贡献，激励其继续前行，可以算是一篇骈体佳作。总之，在历任文社社长的悉心操持下，社课类型由单一的科举题型逐渐趋向多文体的文学创作，使文学逐渐脱离作为科举的附庸，开始确立自身的独立地位。同时，社课文体类型的多元化也带来了各体文学创作的繁荣，为此后报刊文学时代的众体兼备奠定了基础。

2. 制题方向由虚文转向实学，更加注重本土化表达

左秉隆最初创立会贤社时所设的时文、试帖等题目，主要取材自《论语》《孟子》《礼记》等儒家经典，以礼仪道德、忠君孝悌为方向，征集而来的作品多为空谈义理、不切实用的虚文，基本上归于科考文的套路模式。随着士子专研制艺的弊端越来越明显，左公逐渐认知到"储为国用"的人才需与时代接轨，加之先觉之士废除时文的呼声愈加高涨，会贤社后期月课不再拘泥于制艺、试帖等虚文之学，开始设置"禁烟论"②"自修之士宜何如立志用功"③等贴近现实的题目。甚至还专门讨

---

① 《五百石洞天挥麈》卷 3，第 15 页。
② 《会贤社六月课题》，《叻报》，1890 年 7 月 17 日。
③ 《会贤社冬月课题》，《叻报》，1890 年 12 月 12 日。

论务名还是务实这类对创作导向具有重要意义的话题"问：圣门之学，修己而不徇人，务实而不务名者也。故曰'人不知而不愠'，又曰'遁世不见知而不悔'。乃又曰'君子疾没世而名不称焉'。其异同之故安在"[1]，从而引导士子由务名向务实转变。

至黄遵宪改制文社，制题课艺，策问、论说等文体始占主流，课士方向转变为关注时务。图南社月课命题多涉侨务、政治、经济等，如"拟请派海军出洋保护华民论"[2]"南洋各商宜仿西法设立商会议"[3]"中国宜增设织布局以兴大利说"[4]等，都是有关国内或本土时事的探讨。社员的创作也开始向关注现实转变，文章也不再空言圣人之道，而是立足全局对社会、时政、民生等问题进行深入思考，或给出相应对策。王攀桂《拟请派海军出洋保护华民论》一文，揭示出华侨在外受辱是清廷保护不力、声威不彰的结果。"我华民之托处外洋者，较洋人之在华，有十百千万之众，而卒为外人藐视者，不在人心之不附，而在战舰之鲜通。故声援不闻，国威所以不振也。"颜岳宗答策问"领事官应办之事"的文章，谈及领事的权责与使命，称其"责虽重而权则轻，官虽尊而肘多掣，约章未有明，又欲多有建白，殊难踌躇满志矣"[5]，揭示了领事一职空有名而无实权的现实，准确认识到了当时领事官处处受制的苦楚。同时，也基于领事的权责职能，诚恳提出侨务工作应改进之处。还有一些社员的文章是对中国或是南洋风俗流弊的揭露鞭挞，如蔡藻彬的策问文分析了西人属地为何不禁娼赌的原因，指出南洋"草昧初开，田园未拓，商旅未经滚至，货物未尽流

---

[1]《会贤社冬月课题》，《叻报》，1890年12月12日。
[2]《图南社九月课题》，《星报》，1892年10月21日。
[3]《图南社十一月课题》，《星报》，1892年12月19日。
[4]《图南社二月课题》，《星报》，1894年3月9日。
[5] 颜岳宗：《问：领事官应办之事，诸生各举所知以对》，《星报》，1892年12月12日。

通，不示宽大以广招徕，而斤斤多设刑章法纲，以裹外来之足"，因此为招徕商旅，各埠多不禁娼赌。但由此也带来诸多社会问题，并认识到改易风俗之重重困难，"娼赌之禁，欲其弊绝风清，诚未易言矣"①。

邱菽园作为本土文人，更将关心时事与关怀本土的意识灌注于文社课士中，强调"留心时事者幸勿隐"②。丽泽社转向"经史正课"后，社课题目也常涉及时事问题，如时务题"重工议"、骈体"星洲元夕序"，要求投稿的征文"文内用时事须详注"③，引导士子关注社会现实问题。邱公所制社课也有不少是经史题目，如"鲁肃周瑜优劣论""始皇汉高论""高渐离，樊於期"④，但采用咏史制题看似追慕先贤，实则以古喻今，从对历史的思考中寻求改革时弊的救世方案。如社员南游子的《始皇汉高论》，开篇便言及治国应安内，"盖未有不齐其家，而可治于天下也。古今治乱之由多从此致，而人往往图于外，反不谋诸内，甚可悯也"⑤，从历史兴亡中反思当下国家的治理。

在丽泽社之外，邱菽园又另立乐群文社，专重实学，"季出一课，每年四课，专课时务及论说、杂著，不出时文、帖括"⑥，有意规避科举文题，转而训练策论、杂录等，对文学创作趋向实学的方向引导更为明确。乐群文社光绪二十三年冬季社课出有策问三道，包括讨论中国律例如何改进、报业如何实现自身价值、中国仿效西方的道路因何中断等，皆是对时政热点问题的探讨。从社员答课文章来看，他们洞悉时事的能力已

---

① 蔡藻彬:《问泰西诸国均禁娼禁赌，而西人于属地或禁或不禁，又有许娼领牌令商人充赌饷者，其异同得失何如试详陈之》，《星报》，1893年10月25日。
② 《乐群文社冬季题目》，《星报》，1897年12月13日。
③ 《丽泽社正月课题》，《星报》，1898年2月12日。
④ 《丽泽社三月分课题更定》，《叻报》，1898年4月14日。
⑤ 南游子:《始皇汉高论》，《天南新报》，1889年1月20日。
⑥ 《乐群文社冬季题目》，《星报》，1897年12月13日。

第五章 文社促兴南洋华文文学的多重机制 155

有较大提升。如田来三《第一问，照昨日题》的文章，邱菽园批曰："就刑言刑，亦自畅达，非留心实学者何从道其只字。"① 郑景初谈报业发展及其价值的文章，称报馆使"天下之事皆得畅言"，"为国家补教化之不及"，详举中西各报馆的例证，侃侃而谈。文末给出矫正中国报政弊端的对策："矫之之道可一言蔽曰：以实心行实事而已。"② 文章内容充实，具有很强的现实针对性。

由上可见，文社主持者有意识地引导士子关注时事，直陈现实问题，从而推动文学由重虚文向重实学的转变已见成效。但文学脱离科举附庸走向独立的道路并非一帆风顺，受文化惯习的影响，士子研习举业的热情一时难以消弭，故文学演进过程中也曾出现反复与曲折。黄遵宪制课之初不设四书题，"以南岛地方习此无用也，惟教读诸生平日专习举业，多有不达时务不工论说者"③，面对诸生的要求，图南社又补征四书一题，这是文坛领袖对文学脱离科举、趋向现实的有意引导与诸生关心仕途荣进的实用主义发生的第一次碰撞，最后图南社做了一定程度的妥协。邱菽园更不愿南洋士子埋首举业，但千百年来扎根于士人心中对功名的诉求所带来的巨大文化惯性，致使意图打造文学社团的邱菽园也不得不做出妥协。丽泽社开办不久，就有人诘责邱公专于吟诗联对，不务科举正业，邱公为避流言，只得在月课中"兼课制艺、帖括、词章、时务"④等，取了折中之路。而专为士子研磨实学所设的乐群文社，也仅出了一

---

① 田来三著，邱菽园点评：《第一问，照昨日题》，《天南新报》，1898年5月31日。
② 郑景初：《问报纸之设自欧西始，执笔者位置既高，采访者声气尤广，其君若民，亦无不日于一，编下情以达上意为宣，内而政府口喉是通，外而邻封耳目是寄，何其盛也。中国踵行数十年，继起遍商埠，求能自命不凡，与欧西作者媲美竟寥寥而罕见，即有一二可观，窃窥在上之意，固不以为重，在下亦未尽履行，果何故欤？今欲为之矫其失而取其效，其道果何在欤？试明辨之》，《天南新报》，1898年6月3日。
③ 《图南社腊月课题》，《星报》，1893年1月19日。
④ 《五百石洞天挥麈》卷11，第23页。

季社课便取消，社员所论时务，"无所凭借，无所师承，议论庞肆，弊将有视帖括空言而更甚，亦吾人之羞，而斯道之不灵也。因是而暂辍其役，以并力于经史正课，虽取迳之较迂，毋速成以不达耳"①。从中可见，确立文学独立地位的过程中，不同利益群体之间彼此激烈博弈、退让与调适。

但以上种种曲折并没有中断或改变文学的发展道路，文社在由呼应科举需要转向偏重文学创作时，文学逐渐摆脱科举附庸，确立独立地位。其中，文社课士题目类型的多样化，促进了文体的多元化，为此后文学走向众体繁荣奠定了基础。文社社课由重虚文到重实学的转变，也使南洋士子由专攻举业的儒生转化为挽救时局的精英，指明了晚清南洋华文文学贴近现实社会的发展方向，确立了南洋华文文学的现实主义传统。

二、校评课艺，促进文学创作观念的形成

文社社长无论是制定社课，还是评审课艺，皆尽心尽力，认真对待。左秉隆主持文社期间，既为会贤社评定课务，又兼为会吟社评改社员联句，并借机从中对诸生加以引导。有时不觉技痒，自创诗文，供诸生分享交流，"凡诗文月课，每有拟作足为楷式"②，如为"深·思"魁斗格一课拟联五比，作有"深心洞达劳深想，细目条分费细思"③等。另外，左秉隆评改社课时，对一些原作直接改定，"诸联多经都转改定"④。读者所见那些刊载于报刊的联作，乃是左氏改定之后的作品，这对提高诸生抽

---

① 《五百石洞天挥麈》卷2，第28页。
② 卫铸生：《录请诸吟坛政附后刊·呈左子兴都转四律》，《叻报》，1889年9月24日。
③ 《联榜照登》，《叻报》，1889年9月26日。
④ 《联榜照登》，《叻报》，1889年12月7日。

黄对白的技艺，无疑能发挥较好的借鉴作用。

黄遵宪为图南社及仰光诗社评阅课卷，常于佳作后添诸评点，为诸生创作提供理论引导。"犹忆前任领事官左子兴都转，每当吟课批发，多有就题拟示数联，为多士矜式，士林至今颂之。今读黄观察批评元卷，示人以规矩准绳，更觉精切不易，其循循善诱之心可想见矣。"① 比之拟作、改定的社评方式，评点内含的文学思想更为深刻，所指引的文学发展方向也更为明确。

至邱菽园执掌文社时，对社课文卷同样是"悉心披阅，逐句丹黄"②，每期诗课对榜列文墨除文内批校外，还有个人总评。他批阅课卷，一方面从细微处着眼，常常对个别字句加以强调或改定，如评改"吸花晨际露化浓"一句"浓字欠熨帖，易作清字便雅切不浮"③；另一方面，又将宗向随园的诗学思想灌注其中，以宏观的诗歌理论统摄诸生的吟课创作，可谓是谆谆教导。

文社社长通过社课评点，既激励了士人的创作热情，也规范和引导诸生的文学创作。"此中攸系原属甚巨，岂徒如塾师训蒙，仅以文字之工拙为奖赏之厚薄，而毫无轻重者哉。"④ 这种理论指导无疑有利于坚定文学培植的方向，促使南洋华文文坛的审美观念得以建构并传承发展。

1. 为文章创作提供规矩准绳

历任文社社长都十分注重对士子作文能力的训练，常于佳作后添诸评语，为文章的写作提供规绳绳墨。他们对文章创作技巧及方向的引导，主要有以下几点。

---

① 《会吟课榜》，《星报》，1892年12月26日。
② 《丽泽社布启》，《星报》，1897年2月13日。
③ 《再续邱菽园孝廉评定丽泽社第二期诗课》，《星报》，1896年11月3日。
④ 《读总领事黄大人〈图南序〉系之以说》，《星报》，1892年1月6日。

一是行文风格上，推崇气势纵横、"笔具炉锤"之文。黄公赞何蘩溪《重商论》一文"纵横排宕，议论风生，一再披读，当以铁如意击碎唾壶矣"[1]；又评徐季钧的游记文运"风驰雨骤之笔"，有"雷轰电掣之势"[2]。邱菽园十分欣赏潘芍田的《始皇汉高论》，称该文"评论始皇处思议别有一天，笔力直破余地"[3]，落笔处掷地有声。社长对文章气势的强调，规避了纤弱文风的形成，引导南洋文坛趋向豪放雄健的审美倾向。

二是行文语言方面，要求语调平和、笔锋流畅。黄公认为说理论事之文应平实客观，"凡论事之文，不可诡随，亦不可矫激"，应"以委蛇曲折之笔，写和平温厚之意"[4]，做到词达理明、语气和平、论述中肯。他称赞林馥邨《法暹交涉拟请派战船保护华人论》一文"事理明达，词气和平，无握拳透爪、剑拔弩张之态。论事之文，斯为上乘"[5]，行文自然流畅，直切主题，"无浮夸之习，无游移之谈"[6]。黄公评阅图南社光绪十八年十二月课卷，称闽南籍颜岳宗的论说文"笔墨条畅曲达，如与晓事人对语，令人胸次开朗，尤觉可喜"[7]，拔取超等第一名。对语调平和、直指事理的行文要求，促使士子们能纵笔极思，直击社会时弊，由此奠定了晚清南洋华文散文语意切直、不谈空言的基调。

2. 为诗歌创作辅以精切指导

主持南洋文坛期间，左秉隆常常通过对诗联的评点来指导士子创作诗歌。黄遵宪则进一步完善了自己的诗学体系，并将诗歌革新的思想灌

---

[1] 何蘩溪著，黄遵宪点评：《重商论》，《星报》，1894年2月10日。
[2] 徐亮铨著，黄遵宪点评：《丁军门统率战舰南巡记》，《星报》，1894年4月12日。
[3] 潘芍田著，邱菽园点评：《始皇汉高论》，《天南新报》，1889年1月21日。
[4] 黄启让著，黄遵宪点评：《论南洋生长华人宜如何教养以期利益》，《星报》，1894年5月11日。
[5] 林馥邨著，黄遵宪点评：《法暹交涉拟请派战船保护华人论》，《星报》，1893年8月22日。
[6] 何蘩溪著，黄遵宪点评：《法暹交涉拟请派战船保护华人论》，《星报》，1893年8月24日。
[7] 颜岳宗著，黄遵宪点评：《重商论》，《星报》，1893年2月9日。

注于社课评点活动中。他曾在评阅士子诗联时指出：

> 前在羊城见联社课卷，取列前茅者，皆力避恒蹊，务求新颖。盖语只七字，而收卷数千，稍涉常语，便虑雷同，故不能不尔。然支离穿凿，甚至费解者，亦复滥厕。余今所取，但求有书有笔，能以己意融化故实者，虽务去陈言，仍以不失自然者为贵，未必有合诸生之意，而此中得失，亦愿共参之。①

这段话可视为此阶段黄公诗歌评点的总纲，也是对南洋士子诗歌创作的基本要求。至邱菽园接领文坛时，又以宗向随园的诗学观念作为诗联评点的指导思想，并与黄遵宪的诗歌革新思想有诸多相通之处。总体言，左、黄、邱三代文坛领袖，在指导南洋文士的诗歌创作上，其理念大体是一脉相承的，其大致表现为三个方面。

其一，创作构思上主张自出心裁，信笔挥写。黄遵宪主张诗文不掉弄书袋，不刻意模拟，而是"自从胸臆中"出。他称赞李润堂的联句"随手拈来，俱成妙谛"②，评点赖大章的诗作"鱼腹陈深迷战士，羊肠路曲蹇行人"为"驱遣故实，能自出心裁，故是好手"③，对信笔而成、独出心裁的诗歌颇为赞赏。邱菽园也将性灵派的诗学思想熔铸在诗社评点中，提倡诗作挥写自在性情，如赞赏季舫的诗联"身外影随千里路，怀中侬隔万重山"，称其"不着一字，尽得风流"④；还称淡道人的联句"绕庭树色自来禽"是"挥洒自如，毫无沾滞"⑤。上述这些强调遣抒性情、随意挥

---

① 《会吟课榜》，《星报》，1892年12月26日。
② 《会吟课榜》，《星报》，1893年11月10日。
③ 《会吟课榜》，《星报》，1893年1月20日。
④ 《丽泽社丙申十一月分诗榜》，《星报》，1897年3月30日。
⑤ 《四续丽泽社诗榜》，《星报》，1896年12月3日。

写的创作主张,其实正切合了晚清南洋文人基于现实的文学选择:对于文化积淀薄弱的士人群体而言,难以在雕琢语词、叠累典故中争胜斗巧,因而大多趋向于自然随性的表达。而这种自抒胸臆、随手拈来的创作往往是诗人真情实意的流露,反而易于形成诗人独特的个性风格。

其二,语言表达上力求务去陈言,语调生新。左秉隆强调"诗须字字新"[1],评会贤社光绪十五年正月联课时,曾称赞王会仪的联句"虑周藻密,戛戛生新"[2]。黄遵宪作为诗歌革新的先觉者,更是要求诗作弃陈求新。他褒赞投稿者陈成晖的联句"新法竟能通鸟语,雄才共仰嚇蛮书"为"自异陈陈相因语"[3],评珩山樵者(王会仪)的联句"鱼书试写鹅毛笔,蛮语难听缺舌人"为"新颖绝伦,断非剿袭所能",又评其联句"鱼尾衔□欣□妾,虾腰曲乙笑伊人"为"语颇尖新,而自出新调,固非随手掇拾"[4],评邱衡远的联句"新坡歌曲参蛮调,故国家山递雁书"为"眼前语,却极新妙,固知不切者是为陈言"[5]。其他如"句调极新"[6]"绝不拾人牙慧"[7]等,更是常见评语。邱菽园同样主张诗歌创作应"陈言务去,戛戛生新"[8],对丽泽社所收诗卷的"雷同之句"与"俗套泛语"[9]等进行了批驳,特意发布赘言以示批驳。

"务去陈言""着意求新"的创作要求,无疑有利于引导士子革去陈词滥调,跳脱古人的吟咏范畴,转向关注眼前之事。而被社长赞为"人

---

[1] 《会贤社十月课题》,《叻报》,1890 年 11 月 13 日。
[2] 《会贤社十月课题》,《叻报》,1890 年 11 月 13 日。
[3] 《会吟课榜》,《星报》,1893 年 8 月 1 日。
[4] 《会吟课榜》,《星报》,1893 年 1 月 20 日。
[5] 《会吟课榜》,《星报》,1893 年 8 月 1 日。
[6] 《会吟课榜》,《星报》,1892 年 12 月 26 日。
[7] 《联榜录登》,《星报》,1893 年 12 月 23 日。
[8] 《四续丽泽社诗榜》,《星报》,1896 年 12 月 3 日。
[9] 《丽泽社赘言》,《星报》,1896 年 11 月 27 日。

人笔下所无"①的新颖表达,又多具南洋色彩,构筑出独特的南岛意境,某种意义上推进了文学本土化因子的萌蘖。

其三,艺术风格上追求自然恬淡,质朴清新。左秉隆诗学白居易,主张文从字顺,其《题谈苑白乐天事后》有云:"宁笑我无文,不用艰深字。欲令老妪解,遑恤大雅弃。"②他也将这种思想渗透在联课评点中,如评社员刘云楼的联句"自然合拍,熟极而流"③。黄遵宪引导士子追求诗歌意境的"自然浑雅"④,点评谢荔香的联句"潮落静看鸥出没,春深喜报燕归来"为"意思安闲,有水流心不竞,云在意俱迟之妙"⑤;评似村居士"再问桃源津迹妙,但闻云碓水声多"一联,赞曰"意亦犹人而作流水对,便觉开合动宕,飘然不群";称扬"闲无一事栽花去,时有谋生问字来"一联,曰"俯拾即是,妙造自然"⑥。邱菽园在丽泽社光绪二十三年八月社课总评中,对联作提出了"虚中藏实""叫应自然"⑦的创作要求。他在联课评点中也常用"俯拾即是""自然清新"一类评语称赞社员联作,如评老头陀的"女奴我欲寻如愿,官烛谁归送谪仙"为"如愿二字,妙在自然凑合,不事外求"⑧,又称其"百读熏香班马赋,两篇说梦列庄文"一联,为"落落大方,自然合拍";称赞"迎猫春社鼓声喧"一句曰"无穷出清新"⑨。对于"半儒半贾"的南洋士子而言,比之艰深晦涩、咬文嚼字之作,清新自然的艺术风格更易学易得。一定意义而言,那些如流水

---

① 《仰光对课》,《星报》,1893年10月10日。
② 《勤勉堂诗钞》卷1,第22页。
③ 《联榜照登》,《叻报》,1889年2月25日。
④ 《会吟社榜》,《星报》,1893年1月20日。
⑤ 《吟榜照登》,《星报》,1892年11月29日。
⑥ 《联榜录登》,《星报》,1893年12月21日。
⑦ 《丽泽社第一期谢教续录》,《星报》,1896年10月24日。
⑧ 《再续丽泽社丙申十一月分诗榜》,《星报》,1897年4月1日。
⑨ 《丽泽社第二课谢教录》,《星报》,1896年10月31日。

对般的诗作又恰恰为诗歌跳脱束缚、确立独立个性开辟新径。

文学审美观念经过几任社长之间的传承发展，逐渐成为南洋士子创作的典范与法则。这些适合在地文人的审美导向，有利于促进士人个性风格的形成，也为文学独立品格的确立奠定了基础。在南洋华文文学发生初期，蕴含文学思想的社长评点作为文学理论的雏形，客观上推动了南洋华文文学走向自觉。特别是到了丽泽社时期，社长与社员之间已形成共同的文学主张，这也预示着文学自觉时代即将到来。

第三节　制度建立与文学发生条件的成熟

风雅君子创设文社，订立社规，借助报刊增进交流，并由社内同人或固定货行代理社务，逐渐形成了以文社为主导，以报刊机构、代理机构为依托的制度化文学生产链条。其中，写作机制、激励机制、传播机制的初步建立意义最为重大，直接推动了南洋华文文学由个体性的自发创作趋向群体性的自觉创作，为其后文学自觉意识的确立奠定了重要基础。

一、写作制度构建激发创作的长效机制

文社按月拟出题目征文求稿，文体形式、卷面规制等皆有明确规定，并限日投卷截收，然后评比发榜，初步建立了相对规范的写作制度。而写作制度的稳定性便于长期指导士子的文学活动，以此建立激发创作的长效机制。

文社的诗文月课以制度形式建立了规范化写作，对士子的文学创作有约束作用，使其由自发性的作文赋诗转向有组织、有导向的创作训练。

在南洋华社文风浇薄的大环境下，比之自发写作，制度体系下的规范写作在促兴文学上无疑更见成效。

其一，文社每期社课皆有明确的题目或主题，并规定文体形式，为士子提供了创作方向。对于半通文理的士子而言，比之自由发挥，命题诗文或许更易于研磨，有助于其诗文技艺的迅速提升。

其二，文社的写作制度规定投卷者的诗文作品应署实名，促使文人的创作心理由自娱消遣转向示之于众，并建立起文学创作秩序。实名投卷制度的设立最初是为防止冒名领奖，图南社、丽泽社多次强调"卷面须报真名"[1]，"敬告诸生，应课卷面务祈填报真实名字，本社章程取列前茅者，如查询籍贯、住址与姓字不符，例不给奖"[2]，还规定应课者凭收条或浮票领卷，不得冒领。投卷填报真实姓名的规定客观上改变了文人的创作心态，使其对自己的诗文作品建立责任与版权意识。一方面促使应课者对投卷作品再三斟酌，提升了诗文质量；另一方面也使文卷与作者建立唯一关系，其后报刊征稿也有类似声明"来稿务须写明真实姓名、爵、里，而后敢登"[3]，无疑为版权机制的建立奠定了基础。

其三，写作制度的稳定性使社课活动得以长期开展，比之士人的自发写作，更能长久地刺激其产生创作冲动。寓居南洋的在地文人也不乏宴聚交游、诗酒唱和等文学活动，但士人群体的分散性与流动性使上述活动多具有偶发性。如本土绅商章明云曾在东陵寿全园内"联集气味相投者"曲水流觞，林衡南也曾参与，为之取名养怡轩，但活动开展数月后便"沉匿"了[4]。另有卫铸生、张汝梅等过境文人的南来带动了文人唱

---

[1]《丽泽社三月课题》，《星报》，1898 年 4 月 5 日。
[2]《图南社八月课题》，《星报》，1893 年 9 月 12 日。
[3]《本报更始告白》，《日新报》，1899 年 10 月 5 日。
[4] 陆慈普:《养怡轩宴会记》，《星报》，1892 年 5 月 3 日。

和兴起一时，但他们一回国，唱和便复消歇。半通文理的士子流散各处、汇集不易，文墨稍优的南来文士"才经聚首，便欲离群"①，因此，他们偶然兴起的创作热情往往难以持久。而文社与之相反，制度规约下开展的文学活动具有持久性，可以长久地激发文人的创作热情。文社大多例行每月一课或每月两课，少有间断，会贤社开办十年不曾中断，图南社开办三年仅黄公回籍守制时停办数月，丽泽社也在创办期间一直开课。应课者由最初的二三十人发展至后期丽泽社的逾千人，创作热情始终不减，为南洋文坛贡献了大量的诗文作品。

文社建章立制，将即兴的吟诗作文、唱酬联对等文事以诗文社课的方式固定为长期性的有章可循的文学活动，以此建立起促兴文学创作的长效机制。其写作制度的建立也促使文学创作趋向自觉，这对南洋华文文学的发展繁荣意义重大。

二、奖励制度推动文学生产方式的变革

文社收卷后，由主持风雅者评列等第，择优奖赏，初步建立起文学创作的激励机制。会贤社首创月课奖赏，由社长左秉隆每月捐廉十元，分等奖赏，其间或有绅商资助。图南社继之，获奖奖金逐渐增加到二十元至四十元。会吟社及仰光诗社也逐渐增设了奖酬制度，由社员缴纳社资再择优嘉奖。其后邱菽园创立丽泽社，奖金"至优极沃，诚开南洋各岛以来前所未曾也"②，且分等奖励的人数有数十名至百余名不等。随后丽泽社与乐群文社订立了完卷即奖的社规，"社中诸君如全卷来交者，每

---

① 张汝梅：《绝句诗》，《叻报》，1887年12月19日。
② 《丽泽社继兴题目》，《星报》，1896年11月5日。

卷拟各贴卷资银五角"①，"以上诸题全作之卷如无取录，拟贴笔金一大元正"②。由此，文社分等次奖酬以及全卷投交即奖两种制度互为补充，构建了较为完善的奖励机制。

文社设置奖酬制度是缘于南洋文学氛围不足，难以产生自觉的文学创作；且"叻地为贸易之场"③，活动此间的"半儒半贾之辈"重实利大于虚名，著文多为稻粱谋，故执掌文社者"振兴文教，全凭诱掖奖劝之诚"④。文社特以丰厚奖赏来吸引士子投卷，"文翁治蜀，刀布数赍；文正待贤，米钱常给"⑤，以此激发诸生的创作热情。左秉隆主持会贤社时，"自捐鹤俸栽培士类。尔时则有陈、佘二君，助加膏火，以振文风"，"故奖赏较丰，人乐于应考"⑥，在文风未开之时，应课者仍源源不断。邱菽园创建丽泽社，社课奖赏颇为丰厚，应课者骤增至千余人，对比同时期奖赏微薄的会吟社应答课卷仅有九十四卷，可以说奖酬制度成为激发士子创作热情的重要动因之一。

当然，奖酬制度的建立还兼有体恤寒畯之意，为流寓文人谋生南洋的艰难生活提供些许补贴。"每有稍通文墨之人南来作客，而屠龙有技不入时趋，鹪鹩之枝未易谋得，将穷途落魄，何以自存？幸得该社奖赏之资，借图膏火，虽所得无几，仍有所依托，并此无之，则庚癸之呼不知谁应矣。"⑦会贤社、图南社、会吟社等皆是分等奖励，奖金数额不定，四元至五角不等；丽泽社分等奖励中冠军奖金已达十二大元，另有完卷即

---

① 《丽泽社十一月课题》，《星报》，1897年11月9日。
② 《乐群文社冬季题目》，《星报》，1897年12月13日。
③ 《文体源流考》，《叻报》，1892年3月28日。
④ 《助兴文教》，《星报》，1892年10月25日。
⑤ 《助兴文教》，《星报》，1892年10月25日。
⑥ 《读总领事黄大人〈图南序〉系之以说》，《星报》，1892年1月6日。
⑦ 《读总领事黄大人〈图南序〉系之以说》，《星报》，1892年1月6日。

贴笔金一元或五角。据南洋彼时物价来看,叻中"居民食米,来自安南、暹罗、缅甸,每百斤约洋三元"[①]。按此,十二元的奖励已是甚为丰厚,而四元至五角的膏奖也足可供士子度些时日。由此看来,这些奖赏对谋生南洋的落魄文人,其意义不可小觑。

应课领奖制度的另一意义是,确立了作文受谢的规范性及合理性,从而有效雅化文人对稿金的心理感受,有利于后期文人职业化观念的建立。晚清时期,南渡而来的文人为谋生计常需卖字鬻画,收取润笔之资,这是文人较早的取酬方式,但毕竟属于个体行为。并且文人常常羞谈稿金,询请报馆主笔代拟润例。而文社的月课奖赏使文人作文取酬由个体润例向制度化方向发展,确立了作文受谢的规范性及合理性。于是,稿金在文人心理逐渐被雅化,士子为求膏奖而为文的创作动机也渐趋普遍。尤其是文社后期膏奖丰厚,甚至完卷投交即可领取贴笔费用,作文取酬的创作心理便更趋常态化,这为后期文人职业化观念的建立奠定了基础。与此同时,文社通过报刊平台将奖励办法及课榜名单刊布于众,客观上为报刊建立稿酬制度提供借鉴。报刊为求佳作以充实文学版面,可以仿照文社奖励制度采取付酬征稿的方式,以此刺激诸生撰文投稿。报刊登载文学作品由免费刊登到来稿付酬的转化,必然催生一批以撰稿索酬为主要生计来源的职业化作家,从而推动文学大生产时代的到来。

因此,文社的奖酬制度不仅成为吸引文士创作的筹码,同时也推动了文学生产方式的变革,为南洋华文文学进入报刊文学时代,接轨商业化的文学生产提供助益。

---

① 《新嘉坡风土记》,第14页。

三、传播机制营造文学交流的外部环境

文社月课的课榜、佳作等常会发布于报刊以供众览,由此初步建立起了文学传播机制。在报刊新媒介强大的传播效应下,作文联对的个人热情转化为群体性的切磋研磨,可以有效触兴彼此的创作冲动和灵感,成为提升文士创作自觉意识的一个重要推手。

一是报刊媒介的公开性强化了士人创作的竞争意识。文社每课课榜刊列于报,榜单将士子姓名分等刊出,公之众览,以此营造竞争场域。士子们受一较高下的争胜心理所鼓舞,连续投稿文社,并且为求榜上有名,字斟句酌研磨诗文,由此带来诸多上乘之作。另外,报馆为还常为外埠文社刊登课榜,带动两地文人的创作互动。如缅甸仰光的诗社偶尔会将课卷寄往叻中报馆,请其代为刊登。《星报》为表明"鼓舞人才之意",又见"仰光文士之多",特照稿附录报中,刺激了叻地文士的创作冲动。"一时坡中之逸士雅人,见猎心喜,技痒顿萌"[1],使本来陷入沉寂的会吟社又复兴社课。可见"机非触则不动,情有感而逐通"[2],新媒介带动下的刺激效应显而易见。文社借助报刊媒介之力,无疑促进了文人之间的交流和创作热情的高涨,促使文学创作的自觉意识逐渐形成。

二是报刊流播的广泛性有力推动了文社名气的播传,促使南洋文风蔚然兴起。报刊对文社振兴文教一事极为支持,"凡有课作,悉录报章,借以表扬声教四讫之盛治,俾远近各埠闻风兴起也"[3]。在报刊媒介的助力下,各地文社闻风而兴,新加坡先后成立会贤社、会吟社、图南社、吟

---

[1] 《吟社继兴》,《星报》,1893年4月21日。
[2] 《吟社继兴》,《星报》,1893年4月21日。
[3] 《仰光联课》,《星报》,1893年4月19日。

梅社、丽泽社等，缅甸仰光有闲来阁、映碧轩两诗社，槟城有槟城南社、宜兰社、雪窗社等，印尼巨港有崇文社等。晚清南洋数十家文社的成立多得益于报刊的助推之功，报刊媒介为风雅君子提供以文会友的平台，对推动南洋华文文学的发生与发展起了重要作用。报刊常登载位列榜首的士子佳作，在形成示范效应的同时，也满足了士人渴望佳作流布于世的心理需求，文学也由藏之于书箧转而面向大众，以此带来创作动机的多元化。同时，南洋文社的课卷还会择优选登于国内报刊，如图南社"每课收卷至百余本，其拔取前茅者，粤之《中西报》、上海之《沪报》，辗转钞刻，互相传诵"[①]，使祖籍国与南洋的风雅君子得以相互赏鉴切磋。荣登课榜的优秀文士也随报刊传播而名扬海外，如吴士达、王攀桂、谢荔香、潘百禄等人，借报刊媒介的流播，由原来默默无闻的书塾先生或医馆医士渐渐成为当地的知名人物。

总之，文社的写作机制、激励机制和传播机制的初步建立，使晚清南洋华文文学发展脉络不因文坛领袖的更迭而中断，保持了发展的稳定性和持久性。在这一制度体系中，一定意义上文社成为文学生产的组织者，应课文士成为文学生产者，报刊平台则成为文学传播者。三者的良性联动共同提升了文士们的创作自觉意识，有效推动了晚清南洋华文文学的发生，并为文学进入自觉时代做好了准备。

---

① 《宪札照登》，《星报》，1893年3月31日。

第六章　南洋华文文学的发生与独立品格的萌显

南洋与中国的交往史上可追溯至汉代，唐宋以来两地贸易频繁，出洋经商者多居停于此，移民群体逐渐壮大，较早形成了稳定且繁荣的华人社区。但从文学史角度看，南洋华社长期处于文风犷獉、椎鲁无文之境。直至明清以降，过境流寓文人渐多，其中或有创作，但仅可视为中国文学之延伸。14世纪初，马欢、费信等文士以使臣身份涉足南洋，所撰写的笔记中有对南洋风光的吟咏。费信的《星槎胜览》中即有《满剌加国》《九洲山》等几篇书写南洋的诗文，如《满剌加国》诗曰"满剌村寥落，山孤草木幽。青禾田少种，白锡地多收"[①]，是对当地风土人文的描绘。至19世纪中后期，大量清廷官员出使或游玩途中取道新加坡、槟榔屿等地，作短暂停留之时也有诗文作品留世，如李钟珏《新嘉坡风土记》。特别是随着晚清国内时局动荡，流寓南洋之文士日增，他们在短暂流落期间不废吟咏，如李灼著有《秩轩诗草》、吴春程著有《骈文钞》等，其中有大量流寓文人的诗文集因刊刻不易已散佚不存。这些描写南洋风物的诗文作品，虽出现较早且历史悠久，但它们尚未具备成为本土文学的条件，也很难在后期发展中转化成本土文学。因此，仅凭借过境文人的自发创作，本土文学实难发生，其需要更多因素的推动。

---

① 〔明〕费信著，冯承钧校注：《星槎胜览校注》，中华书局，1954年，第20页。

直到晚清领事入驻之后，为振兴文教创建文社，以文会友，聚拢贤才，前后不足二十年，南洋华文文学界的面貌已是焕然一新。至此，移植文学才有了向本土文学转化的可能。在文社构筑的外部环境与内部体系的促生下，本土文人群体逐渐形成，文学作品大量产生，为南洋华文文学的发生准备了必要条件。文社构建的机制也激发了文学创作的自觉意识，促使作品中的本土化因子萌蘖而生，文学逐渐确立了自身的独立品格。

第一节　关于南洋华文文学发生问题的探讨

必须明确的是，所谓海外华文文学的发生实际是指本土华文文学的发生。本土文学由中国文学移植而来，在当地落地生根并与在地文化融合，呈现出从文学书写到审美意识都异于母国文学的特征。其发生不能以个别文学作品的出现为起点，而应基于创作者在迁移地长久居停中所确立的身份认同与文化认同，生成于异质文化语境中并传播于在地的文学作品，开始显现出区别于祖籍国文学的本土元素，才可称之为文学发生。

一、南洋华文文学发生时间的论争

学界关于南洋华文文学发生问题的探讨从未停止。以方修、苗秀为代表的"新文学派"将南洋华文文学的发生等同于新文学的发生，认为"五四"文学思潮影响下的新文学才始是"一个具有独特个性的文学单位"[①]。但述及文学发生的标志性事件则意见多歧，或以1919年《新国民

[①] 方修著：《新马文学史论集》，香港：三联书店，1986年，第40页。

日报》及其副刊《新国民杂志》的创刊为界，或将 1925 年文艺刊物《南风》《星光》的出现视为马华文学的正式创始。① 但上述观点皆不脱新文学范畴，在此不作赘述。

另有一些观点虽提出了旧文学的滥觞或发生时间，但否认了旧文学的独立性。如方修将 1815 年《察世俗每月统记传》的创刊视作马华旧文学的始端，认为刊内的"新闻纪事、科学小品或历史散文"，"促使了马华文学的滥觞"，后至 19 世纪 80 年代，大批华文日报和文化会社的出现又带动马华文学的迅速繁荣。② 但其以此期尚未出现本土作家为由，否定了旧文学的独立价值。对于此类观点也不再列出，以下仅选取以本土文学发生为讨论对象的观点，对文学发生的时间问题做出研讨。

学界关于南洋华文旧文学发生时间的论争，大体可分为两类观点。一类学者将描写南洋的文学作品的出现视为南洋华文文学发生的起点。郑子瑜提出要将马华文学的起源追溯至 14 世纪初年，认为马欢、费信等过客文人收录于诗文集中的描写南洋地方风物的作品，可以被视作"早期的马华文艺作品"。其认为这些诗文"虽说是以过客身份所写的作品，但都有有关马来亚地方风物的描写"，"说它们是早期的马华文艺作品，也未尝不可以"③，主张不以作者身份判定文学归属。郑子瑜有意放宽马华文学的标准和尺度，意在对新文学一味强调本土性的刻板切分做出调适，"我们不应把过去带着'侨民意识'的文学摒弃于'马华文学'的门墙

---

① 苗秀《马华文学史话》一书将 1919 年《叻报》附张、《新国民日报》副刊《新国民杂志》中对五四新文学的介绍，以及在此影响下新马作家的白话文创作视为马华文学的起点。见《马华文学史话》，新加坡：青年书局，1968 年，第 1 页。关于方修对马华文学起点的四种不同说法，参见赖伯疆编著：《海外华文文学概观》，花城出版社，1991 年，第 20—21 页。
② 《新马文学史论集》，第 38—43 页。
③ 郑子瑜：《马华文学的历史应该远溯上去》，《南洋文摘》，1961 年第 1 期。

外"①。但标准和尺度放得过宽,无疑消泯了本土文学的独特性。对此,李庆年在著述中也提出反驳,认为"这种说法没有考虑'以马来亚地区为主体'这一概念",并不能为学界所认同。②实然,早期过境文人的创作仅可视为中国文学之延伸,尚未进行文学的本土性转化,不能将此认作文学发生的起始。

另有一类学者将华文报刊的创刊时间作为本土文学发生的起点。基于晚清南洋文人的诗文作品付梓刊行颇为困难,华文报刊可以称作承载并流播文学的重要甚或唯一媒介,报纸的创刊无疑为文学作品的在地传播提供了必要条件。因此,一些学者认为"新马华文文学的真正问世,应该是在刊载有华文文学的华文报纸出现之后"③,以此便将南洋地区创办最早且登载文学的华文报纸——《叻报》的创刊视作文学发生的起点。李庆年即认为"马华旧文学的正式开端"是1881年12月《叻报》的创办④,创造性地提出了马华新旧文学具有统一性的观点。其认为马华新旧文学不可分割,赋予旧文学以独立地位。"从文学的整体性来说,马华旧文学与新文学是连贯的,是不能分开的。它们在'以马来亚地区为主体'的一致性使得它们在受到中国文学的明显影响而又突出自己的独立性。"⑤翁亦波同样认为:"新马华文文学的真正问世,应该是在刊载有华文文学的华文报纸出现之后。显然,真正掀开新马华文文学序幕的应该是1881年12月薛有礼创办的《叻报》。"这一观点是借鉴了李庆年的论述,作者亦将李著中的论断摘录于后。但《叻报》前期数年的报纸已不存于世,留存可见的最早日期是1887年8月19日,其又据此将新马华文文学的

---

① 《马华文学的历史应该远溯上去》,《南洋文摘》,1961年第1期。
② 《马来亚华人旧体诗演进史》,第2页。
③ 《近现代潮汕文学海外篇》,第7页。
④ 《马来亚华人旧体诗演进史》,第5页。
⑤ 《马来亚华人旧体诗演进史》,第5页。

开端推定于此日。[①]

需要指出的是，报刊的创刊或留存可以有具体日期，但文学并非遽然而生，其由酝酿到发生是一个长期的动态过程，以此静态的时间节点界定动态的本土文学发生，显然难以服人。并且，根据彼时南洋文学生态状况来看，在文风未开之时，仅以报刊之力，无法构建促生文学的充分条件。彼时各家报纸文艺副刊尚未创立，偶然可见的文学作品仅散落于新闻版面之一隅，并未形成风气。可以说，在文社开办带来的系统化、规模化的文学创作之前，报纸上零星的作品出现并不能认作本土文学的发生。

综合上述可见，以上各家对南洋华文文学发生时间的问题，之所以莫衷一是，难以达成定论，归根结底是在文学发生的标准上没有取得共识。因此，关于南洋本土文学究竟发生于何时这一重要命题，还需待文学发生标准确立之后才能获得有效解答。

二、判定海外华文文学发生的标准

海外华文文学是由移植文学向本土文学转化而来，其发生过程复杂多变，所以确立发生标准并非易事。目力所及的研究成果中，仅有翁亦波在《新马华文文学萌发时间之我见》一文中提出新马华文文学发生的三个条件："第一必须得有形成规模的华人移民群体（即华人社会）及其华人学校；第二必须得有华文文学的创作者及其创作事实，而且这些作品必须得对当地的社会生活有所反映或表现；第三必须得有能让这种文学作品传播的载体，并且通过一定的传播手段传播于世。"并就此得出结

[①]《近现代潮汕文学海外篇》，第7—8页。

论:"根据这三个必要条件,新马华文文学的萌发不应该忽视所谓的旧文学,其萌发时间应该是在1919年之前的旧文学诞生之时。"[①] 翁亦波从文学发生基础的角度,提出文学发生的若干条件,颇具参考价值,但此中条件并不适用于作为判定文学发生的标准。故其得出的结论也非常笼统,仅仅反驳了"新文学派"的观点,并没有明确指出南洋华文文学发生的具体时间范畴。

那么,海外华文文学的发生应如何判定?其标准为何?在解答此论题之前,我们必须明确的是,海外华文文学作为中国文学移植落地之后形成的本土文学,其发生缘起与原生文学不同,无须经历从史前文学到成熟文学数千年的漫长演化,而是成熟文学移植后的在地化转变。因此,判定海外华文文学的发生,我们认为需要注意以下两点:一是不能类同于原生文学,以个别作家及个别文学作品的出现为发生标志,应考虑作家身份及作品性质的问题;二是本土化的进程是伴随华文文学发展始终的,判定文学发生的依据应当是本土化的开始,而非本土化的完成。

据此,判定海外华文文学的发生主要有三个要素:一是本土文人群体得以构建,这一群体既需要有基于身份认同与文化认同基础上的归属感,又要有相互联结的凝聚力;二是本土作家出现且有服务本土的意识,其创作的文学作品实现在地传播;三是文学作品中的本土化色彩开始显现,即开始具备一些区别于祖籍国文学的异质元素。

三、晚清南洋华文文学发生的表征

文学发生的标准既立,按此标准可推知南洋华文文学在多方促动之

[①] 翁亦波:《新马华文文学萌发时间之我见》,《汕头大学学报》,2008年第4期。

下，于19世纪末期萌蘖发生。若是更具体一点，则应当在黄遵宪驻任新加坡总领事并主持南洋文坛期间。其主要依据及表征如下：

其一，本土文人群体已初步构建。黄遵宪主持文坛以来，流寓南洋的文士因长期参与文社活动逐渐向本土文人转化，典型如叶季允、王会仪、徐季钧、王攀桂、谢荔香等。他们南来后长期居留于此，在参与文社活动或文友交游中创作繁殷，逐渐成为南洋文坛的执牛耳者及中坚力量。因其长期创作生涯以及作品主要流播地皆在南洋，已区别于过境文人，而向完全意义上的本土文人转化。另外，土生华裔中的创作群体也在此前文社及华文书塾的培养下成长壮大起来。如陈省堂、李清辉等，都是对华文创作一直较为热衷的侨生华裔。陈省堂自幼诵读儒书，"蒙列位业师，循循善诱"，对著述一事颇有热忱，著有《敏求斋集》，自序"亦本好古敏求之意耳"[1]。李清辉、李清渊两兄弟不仅致力于华文教育，也对华文创作较为擅长。他们与在地文人文墨交流，使文风渐为成熟，形成了一批富有创作力的文人群体。另有章芳源、胡心存一类汲于货利的侨商子弟，也在文社、书塾诗文创作的训练中及文坛领袖循循善诱的指导下，渐谙文理，时常挥洒文墨。尤其是自黄遵宪主持文坛以来，侨商华裔受其教引，逐渐转向文学创作，开始蜕变为真正的文人。至邱菽园创设丽泽社时，初课收卷逾千，"揭晓流寓十之九，土著十之一"[2]，据此测算本土华裔作家已超百人，成为晚清南洋文坛的重要力量。基于身份认同与文化认同的本土文人群体，也在频繁的交流之中增强了归属感与凝聚力。由此，南洋华文文学已然具备萌蘖发生的作家

---

[1] 《文集择艳》，《星报》，1894年2月20日。叶钟铃《陈省堂文集》所列《敏求斋集自序》时间为1894年2月21日（《陈省堂文集》，第126页），实为有误。因《星报》排版，将上一日最后一版刊入下一日第一版右侧，故有此舛误。

[2] 《五百石洞天挥麈》卷2，第18页。

因素。

其二，传播并服务于本土的文学作品大量出现。文社建构的写作机制与奖励机制，促兴文人创作，使本土文学作品渐具规模，报刊的登载也为这些作品流播在地提供了平台。文社创设之后，本土文人群体有了稳定的创作平台，各类文人在此中创作日繁，文学作品也日益丰厚。文社定期开设月课，每课收卷几十，甚或逾千，其中佳品或登载于报纸，或见录于文集以供众览，此中生产及流播的社子作品已有相当规模。文社又带动了文人交往的频繁，宴聚唱和活动中产生的本土作品也逐渐增多。另外，黄遵宪主持图南社时，导引社员创作转向关注本土，促进了文学服务本土意识的建立，这是文学作品转向本土化的一个重要标志。自此，南洋文坛开始出现大量寄寓在地关怀的文学作品，如徐季钧《论生长南洋华人宜如何教养以期利益》、李琪华《南方草木赞》、何蘩溪《新嘉坡风俗优劣论》等。

其三，文学作品中本土化因子开始萌蘖。同样自黄遵宪主持文坛开始，引导社员创作转向关注在地现实；邱菽园接领文坛之后，仍延续文学贴近现实社会、关照本土人文的发展方向。促使文人在创作情感上逐渐趋向在地关怀，也使文学作品从创作取材到审美品格都开始显现出异于母国文学的独特个性。这种独立品格的形塑是判定本土文学已经形成的一个重要因素。

由此来看，晚清之际，南洋华文文学已然具备萌蘖发生的各项条件，其发生时间可以具体到黄遵宪主持文坛时期，而至邱菽园继领文坛后，本土文学开始趋向自觉与繁盛。至于其缘何发生，即推动文学发生发展的条件趋向成熟的具体缘由为何，呈现出怎样的本土化表征，下文将作进一步深入探讨。

第二节　南洋华文文学本土化因子的萌蘖

在文社推动下，南洋华文文学逐渐确立书写本土、关注现实、叙事通俗的发展方向，此中所塑造的文学独立品格，是本土文学身份确立的开始。在文学作品独特个性的彰显中，文学本土化因子开始萌蘖，由此开启南洋华文文学的本土化道路，开始从自发阶段向自觉写作演进，研习课艺附带而来的星星之火逐渐发展成燎原之势，成长为海外华文文学的重要一支。

一、抒写对象的本土化转向

文学树立独立品格的首要表现是抒写对象转向本土。在本土文学发生之前，南洋华社的文学创作仍不脱吟风颂月、伦理教化、感念皇恩等传统文学题材。而自黄遵宪接管文社后，开始引导士子创作偏重取材近事、关注本土。文人久居之后也渐渐将此处视为终老之所，自然而然地生发出对本土物事的关怀之情，并将之体现于文学创作中。士子的文学抒写对象逐渐转向当地人文，以南洋风土人情以及华侨形象生活为创作题材。其集中体现在以下几个方面：

其一，对南洋草木景象及人文景观的描绘。图南社社员李琪华的应课佳作《南方草木赞》即是其中的典型代表，文章对南洋独特的气候、物产有细致刻画。"域在南方，非中之地，风土殊情，人物异类。寒冷不知，雪霜匪至，不害三时，何分四季"，这是对南洋地处热带，长夏无冬的气候描写；而"木有流连，长久云烟，西贵佳果，味极芳鲜。芝龟之树,叶张如松,清珍果品,不类平庸。梦仡之树,叶见圆长,果生如柿,其味珍凉",则是对本土独有的珍奇草木植物的书写。从作者充满好奇的描画中见出南洋之"草木夭乔,果花畅遂",草木葱茏,花果飘香,一派异域景象。① 丽泽社星洲杂录题设有咏铁桥、戏马陂、旌旗山、大书院、博物院等,征得诗卷众多,大都对南洋标志性景观进行了艺术化描绘。如社员远游子的《博物院》:"西人格致本来工,巨细兼收志异同。堪笑茂先夸博物,奇书犹待览天宫。"② 诗歌中不乏赞颂之义,对兼收中外奇书异物的英属博物院充满好奇。

邱菽园的《五百石洞天挥麈》一书中也有不少对新加坡岛屿风貌的典型描画:

> 新嘉坡本巫来由部落,其地浮洲,自成小国,古称柔佛,狉狉獉獉,莫可详已,归英保护,不满百年。欧亚二洲,轮舶往来,华人流寓,商务繁兴,因民之力,遂成巨镇,在南洋各岛中称巨擘焉。内地稍人仍听巫来由土酋自治,故柔佛之号不改,沿海埔头政治一禀英人,英人因称为新嘉坡,新嘉坡犹云泊船口岸也。然余尝登高阜而望,每当夕阳西匿,明月未升,隔岸帆樯,满山楼阁,忽而繁镫遍缀,芒射于波光树影间者,缭曲回环,蜿蜒绵亘,殆不可以数计。及与驰孔道,驾轻车,则又灯火万家,平原十里,与顷者相薄激,明月为之韬彩,牛斗为之敛芒,若是者街鼓纭如东方发白,犹未阑也。乃顾而嘻曰岛人尝称新嘉坡为星嘉坡,向以为译音之偶异耳,今而后知星字之为美其在斯乎。况是坡也一岛潆洄,下临无地,

---

① 李琪华:《南方草木赞》,《星报》,1894年1月31日。
② 远游子:《博物院》,《天南新报》,1898年6月7日。

混然中处，气象万千，既以星嘉是坡，为之表异，何不以洲名是坡，为即纪实耶，乃号之曰星洲，而以星洲寓公自号。[①]

邱公以远眺的角度刻画了新加坡这一港口的繁华景象，还因其位处海洋之中，如洒落天空之星，故为之取名"星洲"。作者此时已从本土文人的视角去勾勒南洋风景，在状写南洋风物时，其抒写心境与过境文人已然不同。外仕出使或短暂流寓的过境文人，并不将此处视为长久的居留之地，过客的心理使他们难有立足本土的情感观照，因而其描摹异域风光的诗文多带有猎奇心态，通常作品整体上不会跳脱出中国文学边塞诗文的大范畴。而已萌生本土文化认同的文人，对在地风物的状摹更多缘于自我体认，如邱菽园这段对新加坡夜景的描写和"星洲"的释名，就显示出了作者深层的主体性情感。

其二，对南洋历史风俗与社会风气的品评。王攀桂的《巫来由文字考》一文考述了世界文字的三个源头以及巫来由文字的传入途径："巫来由散处南洋诸岛，汉时与南洋诸番始通，贡献至今，年远代湮，无有英贤挺生，以当作字之始，使车轨书文，同于天下。而仅与诸番杂处于荒岛之间，寂寂然无所见长，使采风问俗者，空叹固陋无文，非巫来由之不幸，正文字之不幸也。"[②] 王君供职于新加坡萃英书院，对南洋的历史文化有较多考究，投稿图南社的这篇文章拔取超等第四名，"因巫来由文字罕有考而及之者，爰照录之，以供众览"。文章灌注以主人翁的意识，考述巫来由文字的准确由来，痛惜其文字无法通行于世。图南社社员何蘩溪作有《新嘉坡风俗优劣论》一文，叙述了中西之交的新加坡"教化不

[①]《五百石洞天挥麈》卷 1，第 24—25 页。
[②] 王攀桂：《巫来由文字考》，《星报》，1893 年 1 月 16 日。

齐，风俗异致"的现状，对比了夷俗与华人政俗的优劣。文末作者提出正本清源的举措，希望新加坡华人社区能移风易俗，革除弊端，以"正人心，厚风俗"。① 另外，南洋各埠多不禁娼赌，因此带来社会风气的败坏，本土作品中也常见对社会风气的品评。如寓居印尼望加锡的卓应龙创作有《炎洲词》："蛮女声歌夜夜催，一催一唱起徘徊。听君此唱肠车转，起坐为侬一举杯。少年骑马趁春风，脂粉红楼一曲同。见说南洋红楼女，含如携瑟过墙东。"② 这首诗描述了巫来由歌女的生活，对深陷红楼中的女子寄予同情，清晰可见作者所倾注的主体情感。

其三，对华社问题及出路的思考。华人之移民南洋者，远者数百年，近者数十年、十余年不等，随着族群壮大和移民社会的形成，基于华侨族群的身份认同逐渐建立，文学作品开始对华社问题投以更多的关注和解决对策的思考。华民身处外洋时，因清廷国力衰退，对华民的护佑力有不逮，屡遭外人藐视欺辱。因此，如何保护出洋华民的权益和安全，是时下紧迫问题。对此，南洋士子在文章中也有较多思考。如王攀桂《拟请派海军出洋保护华民论》一文叙述了各地侨民遭受的不公待遇，呼吁政府应"简派海军，效洋人之联邦，交通声气，张国威，势为救时之急务"③，指出了外派海军对于扬国威、护侨民的重要性。颜岳宗的《美国限禁华人新例论》谈及美国"不顾公法，不守合约"④，欲限禁华工入境，批评了总理衙门视若无睹。文末点出寓美华人权利的保障需依赖朝廷之声威，也只有国力强盛，才能更好地护佑海外之民，这已成为海外华民的共同认知。

---

① 何蘩溪：《新嘉坡风俗优劣论》，《星报》，1893 年 5 月 9 日。
② 卓应龙：《炎洲词》，《叻报》，1896 年 3 月 27 日。
③ 《拟请派海军出洋保护华民论》，《星报》，1892 年 11 月 11 日。
④ 颜岳宗：《美国限禁华人新例论》，《星报》，1893 年 6 月 16 日。

此外，侨生教育也是海外华民关注的焦点问题，引起热烈讨论。黄启让《论南洋生长华人宜如何教养以期利益》一文提出：

> 况今日生长南洋，身居西人之地，正宜因利乘便，仿照同文馆规制，兼延中西二师以掌之，既娴于中国礼教信义，复习于西国文字语言。以之讲彝伦，而彝伦无不叙；以之课技艺，而技艺无不精。可资国计，可利民生，谓非一举而教养之道，两握其全哉。若此者皆就南洋之切近处言之。①

文章指出，华文书塾既要传播中华文化，也要传授西语，中西兼采，才能更好地培植俊秀，兴振文教。这是国之大计，也是利于民生的重要举措，值得积极探索和实践。另外，也有文章立足于侨民自身视角，讨论如何在海外异域求得自保与进益。如王攀桂《劝华人多阅新闻纸以扩闻见说》一文认为"我华人皆以经传子史、文章诗赋为重，而以新闻纸为轻，此亦坐井观天，以管窥豹，难免有胶柱未化之讥也"②，规劝华民多阅新闻纸，以周知天下事，开阔视界。黄启让《论南洋生长华人宜如何教养以期利益》一文中提出了南洋华人趋利避害的几种措施，教导其应习中邦之礼，尊祖敬宗，避免浸染蛮夷之俗等。

文学作品中也常出现华侨个体的形象，展现小人物的生活，体现出更深刻的主体意识。有叻中文士浏览新闻报纸时，看到一粤东名妓随夫流落南洋，"不善谋生活竟挟旧技而流为乞丐"，感慨其昔日之繁华与今日之落魄，又"念叻埠数千妓，若秋月春风，等闲空度，其不为丐妇继

---

① 黄启让：《论南洋生长华人宜如何教养以期利益》，《星报》，1894年5月11日。
② 王攀桂：《劝华人多阅新闻纸以扩闻见说》，《星报》，1892年11月12日。

者几何矣",感悼之余,为之作《石叻丐妇赋》。词末感叹:"嗟乎,使粤客早欲成人,毋越楚过秦;妇复能自欲为人,则客择相如白头,终吟于文君,何至如此极也。丐妇不暇自哀,而同类哀之;同类哀之而不鉴之,亦使同类而复哀同类也。"[①] 赋体形式虽仿照《阿房宫赋》,但作者寄予的思想感情已全然是对旅处南洋的底层侨民艰难生活的同情与感伤。

新加坡为英国辖属,殖民地政府不禁娼赌烟毒,南来谋生的华工,自控不佳者便深陷红楼场中或成瘾君子,不少诗作即是对此类华侨形象的描摹,如本土华裔陈省堂选录友人柳樵氏的诗稿中,有诗曰:"渔船系罢寻花丛,结队呼群笑语融。要识存身无别物,手持六尺大烟筒。"[②] 这首诗语言生动,一个瘾君子的形象跃然纸上,充满讽刺意味。

总体而言,晚清南洋文士创作中吸纳南洋风物题材,往往源自于士子文化心态的自然反应,而本土题材所开拓的文学书写新领域,也为南洋华文文学的弃旧萌新提供了实施路径。

二、创作风格趋向现实主义

文社制课由虚文向实学的转变促使文学开始脱离科举附庸,转向关注现实;而以报刊为主的文学载体,进一步推动了士子的公众化写作,主动为现实发声。二者相辅相成,共同建构了文学的现实主义创作风格,这也成为晚清南洋华文文学树立独立品格的重要表现。

首先,创作者的创作视角转向现实生活。晚清南洋文士的不少作品以反映现实问题,并寻求解决之策为创作旨归。何纂溪的《南洋各商宜

---

① 岭梅浣花小筑主人率摩:《石叻丐妇赋,仿阿房宫体自序》,《叻报》,1890年1月23日。
② 柳樵氏:《养眼竹枝词四首》,《叻报》,1894年9月10日。

仿西法设立商会议》,文章深入剖析了南洋商界由西人把持的现状,指出中国因轻视商务而致使进出口贸易有利形势发生逆转这一根本事实,最终意在呼吁南洋各埠设立商会,"使一埠之中有总办,一行之内有会办,其一行之中,生理较多者,或分省或分府而设分办焉",唯有如此,才"可以化各帮猜忌之习,可以靖外族凭陵之患,可以使凡有声望之人,联为一气;可以使生长外邦之士,渐被仪文,有儒共御,有利同沾,将来扩而充之,凡西人商会所及之处,亦可以企而及之"①,希望以此保护侨商利益。文章说理明晰透彻、令人信服,是一篇内容充实的时政论文。

晚清时期,海内外时局动荡,南洋华文文学中也有不少反映时事的诗文。如暹罗与法国交战之时,旅暹华人不知如何自处,徐季钧撰文呼吁清政府应出兵保护暹罗:"法若得志于暹罗,则南洋大局必为之一变,而中国滇粤边防亦形吃紧。今既有此机会,正宜同心合力,保护暹罗既有恤小之美名,又有睦邻之厚谊。"②只是清廷国力衰敝,无暇他顾。甲午中日交战之时,也有大量诗歌描述战事、痛陈求和者,如署名"垄川旧客"的文士有《时事有感》一诗称:

总统师干负圣明,前锋故意不添兵。
戎机已失谁之过,和议自愚共不平。
深恨佞臣同谬丑,私通敌国误苍生。
斩奸抗疏安维峻,虽谪军台万古荣。③

诗歌讽刺了愚昧的求和者有失圣明,错失军机,痛批私通敌国的奸

---

① 何蘩溪:《南洋各商宜仿西法设立商会议》,《星报》,1893 年 1 月 10 日。
② 徐季钧:《问中国于暹罗事宜宜如何处置以保华人而收实益》,《星报》,1894 年 3 月 2 日。
③ 垄川旧客:《时事有感》,《星报》,1895 年 4 月 3 日。

佞之臣。印尼巨港的崇文社在得知战事失利之后，也出有社课"忍闻瀛海属倭人得人字"①，得七言律诗十三首，其一曰："路分南北海为津，忽听苍生各避秦。警报关心时拭目，割书入耳总伤神。当年西国仇欧土，此日东侵祸近邻。料得英雄应下泪，盖缘重地属倭人。"②诗歌充满了悲愤之情。

其次，创作者开始运用现实主义的创作方法。一是用纪实笔法展现时代风貌，力求还原真实生活的形貌，不虚夸，不妄诞。何蘩溪的《法暹交涉拟请派战船保护华人论》论述"暹罗户口六百万，华人几三分之一焉"是写实笔法，而论述中国海军现状，也同样立足于事实："中国海军初立，海道未稔。自旅顺以至琼州，海疆延袤，通商之口以十数计，整备海防，日犹未给，而欲以不甚切肤之暹法交涉，遽求遣派战船，其为虚冀，盖可知也"，真实叙述了远跨南北遣派海军的困难，黄遵宪评价其文章"无浮夸之习，无游移之谭"③。

二是客观描写，以冷峻笔法作平实叙述。这也是文社社长评点中推崇的笔法之一。黄遵宪认为论事之文应"事理明达，词气和平"，"不可诡随，亦不可矫激"④。如黄启让《论南洋生长华人宜如何教养以期利益》一文，一方面客观分析了南洋华人勤俭朴诚的可取之处，另一方面痛陈礼仪渐弥、忘其宗祖、失其乡俗、各分畛域的弊端。黄遵宪评价该文曰："以委蛇曲折之笔，写和平温厚之意，一一情形，如指诸掌，足使阅者心服。"⑤又有颜岳宗分析街道设立巡捕的利弊，也同样笔法平实，提出设立

---

① 《巨港崇文社诗课》，《星报》，1896年9月17日。
② 《忍闻瀛海属倭人·其一》，《星报》，1896年9月17日。
③ 何蘩溪著，黄遵宪点评：《法暹交涉拟请派战船保护华人论》，《星报》，1893年8月24日。
④ 林馥邺著，黄遵宪点评：《法暹交涉拟请派战船保护华人论》，《星报》，1893年8月22日。
⑤ 黄启让著，黄遵宪点评：《论南洋生长华人宜如何教养以期利益》，《星报》，1894年5月11日。

巡捕，"不患捕差之难募，而患薪水之难筹"①。可以说，创作视角与创作手法的现实转向促使南洋华文旧文学确立起了现实主义的审美风格，由此所形成的现实主义传统一直延续到新文学时期。

三、语言表达的通俗化倾向

语言风格逐渐倾向于清新自然，明白晓畅。这是多方因素合力而成的结果：南洋初兴的文人群体多是略通文理者，士子有限的文学素养无法支撑极事雕琢、华丽繁缛的文风，更倾向于以达意为目的的通俗文风；文坛领袖通过社课评点也传达了语言"妙造自然"②、通俗流畅的创作要求；加上文学作品又主要以报刊为传播媒介，面对的是大众读者，在表情达意上更需率真直接。由此，便形成了晚清南洋文士平淡自然的文风。

散文方面，多以顺畅达意为主，不刻意雕琢。如署名"星江居士"的《重游越南纪》③，一改近世游记文常用的骈丽文风，采用的是简朴晓畅的笔法，记录坐船至越南的行程感受。这类朴拙文风，无疑促进了文学的通俗化进程，也为白话散文的到来奠定了基础。

相对而言，语言通俗化方面取得较大成就的是诗歌类创作。如萧雅堂"经商海外，不废吟咏"④，流寓南洋多年创作了大量诗歌，多是朗朗上口之作。如其歌行体《汶山热水歌》，有云："炎凉世态热中多，可怜冷淡之处无人过。我本一片冰心清又静，今亦热肠聊作热水歌。"⑤其尤善作

---

① 颜岳宗：《问：各国管理地方，均于街道设立巡捕，而中国独无，今欲增设，其利弊若何？》，《星报》，1893年7月15日。
② 《仰光联课》，《星报》，1893年4月19日。
③ 星江居士：《重游越南纪》，《叻报》，1893年8月25日。
④ 李禧：《萧雅堂遗诗》，李禧著：《紫燕金鱼室笔记》，北京广播学院出版社，1995年，第24页。
⑤ 萧雅堂：《汶山热水歌》，《叻报》，1893年11月13日。

竹枝词，曾创作《新嘉坡竹枝词》十首，其中有：

> 王家山上草青青，竿木升旗日不停。
> 轳辘一丸斜吊起，轮帆报点入沧溟。
> 明明造物夺精英，点点能开不夜城。
> 任是黑云遮皓月，自来暗宝有光明。
> 买春有客上高楼，真个销魂好办头。
> 放下重帘春有主，不风流处也风流。①

语言皆质朴自然，饶有民歌风味。竹枝词这一诗体本就由民歌演变而来，吟咏风土，不避俗语，对诗歌语言趋向通俗化贡献较大。柳樵氏的《养眼竹枝词》"连宵鼓声与金敲，点烛焚香列酒肴。乩示五王将起驾，快装白米数千包"②，也是对南洋风俗的直白描写。还有南洋名士陈省堂，他属于土生华人，生长于叻中，"幼诵儒书，酷耽翰墨，性风雅，好与诸名士游"③。其常与友人切磋诗墨，并将友人佳作录于报刊，且所录诗歌多属平易通俗之作。如其抄录友人的《西妇骑马》，为五古三易韵体诗：

> 西方有美人，一□碍屈伸。乘马虽正骑，顿觉百媚臻。问是谁家子，帝胄家缙绅。后人皆效之，遂成八分身。横斜控五骢，仿佛蟹行同。相访半面识，莫睹全面庞。何如踞鞍坐，□态较尊崇。我曲为之解，似此更圆通。君不见妙画工，美人画半身，何必露全躬。又不见古英雄，行兵有侧出，何必拘个中。人或病其偏，余独爱其

---

① 萧雅堂：《新嘉坡竹枝词十首》，《叻报》，1894年1月25日。
② 柳樵氏：《养眼竹枝词四首》，《叻报》，1894年9月10日。
③ 陈省堂：《越南游记·序》，《叻报》，1888年5月8日。

妍。使出庄以正，那有此婵娟。丝鞭轻一策，翩翩欲神仙。欲怪马蹄疾，一旁惜恒缘。但愿南风竞，吹回向此边。①

诗歌语言平白如话，晓畅如流水。这些诗歌已跳脱古体诗含蓄淳厚的语言风格，趋向于自然流畅的通俗表达，虽还未转型为白话诗歌，但俚语、俗语的融入使诗歌语言已有较大革新，顺应了中国诗歌革新发展的大方向。

方言创作的尝试则是文学语言通俗化的另一大表现。邱菽园致力于推广粤讴，倡导将粤方言融入文学创作，故在丽泽社社课中专设粤讴一项。邱公又在《天南新报》率先录有《粤讴解心》《忧到冇了》两阕粤讴，以此首开粤讴创作的风气。后来，粤讴文体风靡一时，成为南洋华文戏剧的重要类型。方言创作无疑是推动文学迈向本土化的重要因素，并逐渐成为晚清南洋华文文学的一个标志性特征。

第三节　南洋华文文学由自发趋向自觉

随着南洋华文文学的发生与独立品格的萌显，文学创作也逐渐由自发阶段趋向自觉。其主要表现在以下几个方面。

一、创作意识的觉醒

士子创作观念的改变与创作意识的觉醒，促进了本土文学的创作自觉，这是文学趋向自觉的首要标志。

---

① 《西妇骑马》，《叻报》，1894年9月18日。

南洋华社长期以来并不重视华文创作，文学作品大多只是流寓文人偶然兴发的吟咏之作。这一方面缘于南洋之地多商贾，人们多溺于货利而忽视文化教育，"叻地为贸易之场，无读书以博功名者。况商途之上，所重者惟蟹行文字，至华文转晦而不行"①。第一代南渡为商者，主要任务是谋得生存，对文化教育尚无暇多顾，"凡华人之客于是者，绝少文墨之士；其间之生斯长斯者，又多狃于父兄之所尚，不重华文"②，所以华文的传承与延续缺少自觉性与自主性，需要借助外力方可推动。另一方面是南洋各埠多为英、荷所属，西学之风尤盛，"自时世尚西学之后，多有轻视中国文字者，谓章句之末不足以资经济，徒足以耗精神"③，从实用主义角度出发，认为西学更为重要。对研习华文的轻忽，无疑是阻碍华文文学兴起的重要因素。

随着华文书院建立，特别是文社开设之后，由领事或文坛领袖自上而下地推广华文创作，时人对华文的认知才有了改观。左秉隆领事创建会贤社，"为吾民瀹以诗书"；黄遵宪"见夫天地精英之气由北而南，知南洋非无特达之才挺生，其兼创立图南社"④，希冀数年之后能人才蔚起；邱菽园创建丽泽社、乐群文社等，也极力推广传统诗文。在文社领袖的带动之下，一些先觉士子开始起而呼吁华文创作：

> 苟不识字，何以穷其源？将见菽粟不分，蠢然一物。而中国之礼仪制度，更如盲人测月，冥索难明，即使西学湛深，仍恨其才偏用耳。故为中国之人，当识中国之字，讲其义理而融会贯通，握管

---

① 《文体源流考》，《叻报》，1892年3月28日。
② 《读总领事黄大人〈图南序〉系之以说》，《星报》，1892年1月6日。
③ 《读总领事黄大人〈图南序〉系之以说》，《星报》，1892年1月6日。
④ 《助兴文教》，《星报》，1892年10月25日。

作文，畅达条顺。①

士子逐渐认识到研习华文的重要性，扭转了华社汲汲于商贾、重视西学的风气。创作认知的改变激发了士人创作意识的觉醒，这是文学趋向自觉的第一步，并由此带动南洋华文文坛走向兴盛。

二、文学体式的革新

文学形态的多元化推动了文学本体革新的自觉，这是南洋华文文学进一步趋向自觉的重要表现。文坛初立时，文学创作只是研习举业附带而来的星星之火，体式多是四书文、试帖、策论等科举文体。图南社改革，特别是丽泽社创立之后，文社社长对多元文体创作的有意引导，使南洋文坛的文学形态逐渐丰富起来。举凡论说、律赋、骈体、传体、记序、铭赞等文章体式不一而足，特别是杂体文的出现，已显现出文学革新的因子。诗歌体式也更为灵活，已不拘泥于格律诗，杂咏类诗歌突破形式束缚，力求创新。另外，粤讴等民间文学体式的引入，使戏曲文学开始进入南洋文坛，打破了诗文统摄的局面，文学园苑变得更加丰富。由此，文学逐渐摆脱作为科举文体的附庸，其趋向多元化的进程也是文学确立独立价值、树立本体自觉的表征。

三、审美观念的确立

文学趋向自觉最为深入的表现，是文学观念的建构与审美倾向的形

---

① 《读总领事黄大人〈图南序〉系之以说》，《星报》，1892年1月6日。

成，并由此确立了文学的审美自觉。文坛领袖对士子创作的引导内含文学观念的灌注，士子按其教诲进行创作之时也逐渐形成了稳定的文风，推动南洋华文文学迅速走向成熟。尤其在邱菽园时代，文人群体已逐渐形成大致相同的诗学主张，促进了文学审美统一倾向的形成。一方面，在地文人在邱菽园引领之下逐渐确立独抒性灵、随意挥写的诗学思想，徐季钧指出诗歌应"导以性情，副以真识"[①]，叶季允也主张诗歌的真性情。专主性灵的诗文观有利于真实呈现南洋士子内心的朴实情感。同时，诗文写作不刻意追求抽黄对白的技巧性，也切合在地文人的创作水平，在一定程度上有利于推动南洋华文文学的繁荣发展。另一方面，文人群体也树立了务去陈言、力求革新的创作观念，有利于突破经典文学的模式，创作出独具南洋个性的独造之作。正如潘飞声所言"中原之诗殆浩浩其已穷也，外洋之诗方郁郁其独造也"[②]，南洋诗人对诗歌革新的自觉追求，有利于推动文学的本土化进程。

南洋华文文学逐渐确立的创作自觉与本体自觉是文学趋向自觉的初始，而文学审美意识的确立预示着文学的自觉化进程已进入更深层次，预示着南洋华文文学自觉时代的来临。由此也可以看出，海外华文文学作为移植而来并落地生根的文学，并没有漫长的由稚嫩到成熟的酝酿期。与原生文学（如中国文学）需要经过数千年的酝酿、发展、成熟不同，移植文学由发生到自觉、由萌芽到繁盛，都呈现出较为迅速的成长历程。

总之，晚清之际，南洋华文文学已由萌蘖发生逐渐接近文学自觉，作品中的本土化因子渐趋凸显并发展成为文学的独立品格。文社创设在中国由来已久，在中国文学发展史上发挥的作用或许并不突出，但就晚

---

① 徐季钧：《邱菽园孝廉诗钞叙》，《星报》，1896 年 11 月 20 日。
② 《五百石洞天挥麈序》，《五百石洞天挥麈》卷 1，第 3 页。

清南洋华文文学界个案而言,其发挥的作用却十分特殊。文社加速了本土作家自觉意识的萌蘖,成为晚清南洋华文文学发生及确立独立品格的重要推手,并为此后南洋华文文学成为世界华文文学的重要一端奠定了基础。

余　　论

　　晚清时期,南洋驻任领事与本土文人为振兴文教、结缘文友,相继创立诸多文社。以左秉隆创建会贤社为首,随后新加坡文人创立会吟社,独创诗文月课的结社模式,初步建立了文社制度,形成"左时代"文社之初创。黄遵宪领事接篆之后,继立图南社,课艺方向由儒学教化转向关注现实,不断完善文社制度,并带动缅甸仰光、马来西亚槟城等地文社的兴起,形成"黄时代"文社之延拓。邱菽园接任文坛领袖后,引领风雅,促推文社褪去官方色彩,向民间社团转变,又以丽泽社为典型,推动文社向多元化以及准文学流派方向发展,此为"邱时代"文社之转型。三届文坛领袖相继执掌文社,带动文社规模的扩大与体制的成熟,促使其由研习举业的平台逐渐向生产文学的机构演化,成为构建本土文坛的重要一端。

　　晚清南洋的诸多在地文社,既是对中国文人结社传统的移植,又有结合本土的转化,使其具有区别于中国文社的独特性。其中,书院月课的征文竞赛模式、开放型的结社方式与奖酬制度的设立是最典型的三大表征,这也成为聚拢、培植人才,刺激文学生产的卓有成效的机制和方式。也正是如此,在晚清南洋文风未开之时,南洋文社成为中华文化传承发展的中流砥柱,承担起建设文坛、促兴文学的大任。

　　若与祖籍国作对比,不难发现晚清南洋文社之于华文文学发展的特殊作用更加凸显。众所周知,文社创设在中国由来已久,发展到明清之际，不仅数量众多，各家各派群芳争艳，且机制成熟。然而，就其在中国文学发展史上发挥的作用，其实并不突出，甚至往往囿于门户之见或是夹带过于强烈的政治主张（明清两朝对民间社团论政的管控都十分严厉），反而有可能将文学带向歧途甚至死胡同。但就晚清南洋华文文学界这一个案而言，文社在促兴文学萌蘖、发展中所发挥的作用却十分特殊：首先，文社研习课艺的风气带来文学生态的改善；其次，文社聚拢俊杰，培养人才，又有效推进了本土文人群体的构建、壮大，为南洋华文文学的发生、发展奠定了重要基础；其三，由文社推动的写作、奖酬、传播等机制的建立、运作，则促进了本土文学作品的大量产生，并引发了文学生产方式的变革；其四，文社对创作的引导，促使作品中的本土化因子开始萌蘖，并加速文学趋向自觉，这是文社促兴文学的重要着力点。正是在文社的积极推动下，晚清南洋华文文学萌蘖而生，并逐渐树立自身的独立品格，成为海外华文文学的重要一支。

最后，还需提请注意的是，晚清南洋文社创设的另一重要收获，是文坛领袖在组织、参与一系列文学活动中所积累的南洋经验，极可能成为推动中国近代文学革新的重要前导经验。中国近代文学革命旗手黄遵宪，其派驻南洋担任总领事是其外交生涯的最后一站，回国不久即与梁启超等人发动了中国近代著名的"诗界革命"，成为中国文学从古代走向近现代的探路先锋。而黄遵宪在南洋期间，主持图南社社务，指导各埠诗社活动，培植创作群体，利用报刊平台开展活动，扩大文社声气，构建报刊与文学的双向联系……这一系列的文学活动，与其回国后与梁启超等人倡导和推行"诗界革命"过程中所运用的一系列操作手法颇多相似。同时，黄遵宪在主持图南社文学活动中，提出了随口成吟的创作主张，推行吸纳异域题材的创作引导，要求诗文跳脱旧樊篱，开拓新领域新路径……这些文学观念与其后在"诗界革命"中提出的文学改良主张明显一脉相承。那么,黄遵宪这一系列重要的南洋经验,是否成为其后发起的中国诗文革新运动的前导经验?并为其倡导的新诗文主张提供了重要启示?换言之,晚清南洋华文文学的萌蘖发生与中国近代诗文革命的发起,两者之间到底有着怎样千丝万缕的联系?此前或是缘于资料匮乏,或是缘于对海外华文文学的偏见等,该命题一直为国内外学界所忽视,从而也留下了另一个令人无限遐想的学术空间。当然,由于此命题超出了本书讨论的范畴,只能留待后续研究。

参考文献

邱菽园撰:《五百石洞天挥麈》,观天演斋校本,光绪十四年(1888)。
力钧撰:《槟榔屿志略》,双镜庐集字板排印本,光绪十七年(1891)。
邱炜萲撰:《菽园赘谈》,铅印本,光绪二十三年(1897)。
邱炜萲撰:《挥麈拾遗》,铅印本,光绪二十七年(1901)。
邱炜萲撰:《啸虹生诗钞》,排印本,1917年。
李钟珏著:《新嘉坡风土记》,新加坡:南洋书局有限公司,1947年。
邱炜萲著,王盛治、邱鸣权编:《丘菽园居士诗集》,铅印本,1949年。
姚枏、许钰编译:《古代南洋史地丛考》,商务印书馆,1958年。
〔新〕陈育崧著:《南洋第一报人》,新加坡:星洲世界书局,1958年。
左秉隆著:《勤勉堂诗钞》,新加坡:南洋历史研究会,1959年。
郑子瑜编著:《人境庐丛考》,新加坡:商务印书馆,1959年。
〔新〕许云樵著:《南洋史》(上卷),新加坡:星洲世界书局,1961年。
〔英〕维多巴素著,张奕善译注:《近代马来亚华人》,台湾:商务印书馆,1967年。
〔新〕苗秀著:《马华文学史话》,新加坡:星洲青年书局,1968年。
〔清〕黄遵宪著,钱仲联笺注:《人境庐诗草笺注》,上海古籍出版社,1981年。
〔新〕陈育崧著:《椰阴馆文存》,新加坡:南洋学会,1984年。
〔新〕柯木林、林孝胜著:《新华历史与人物研究》,新加坡:南洋学会,

1986年。

方修著:《新马文学史论集》,香港:三联书店,1986年。

〔美〕J. 刘若愚著,赵帆声、周领顺、王周若龄译:《中国诗学》,河南人民出版社,1990年。

赖伯疆编著:《海外华文文学概观》,花城出版社,1991年。

〔澳〕颜清湟著:《海外华人史研究》,新加坡:亚洲研究学会,1992年。

巫乐华著:《南洋华侨史话》,商务印书馆,1997年。

〔新〕叶钟铃编著:《陈省堂文集》,新加坡:亚洲研究学会,1994年。

〔新〕杨松年、王慷鼎主编:《东南亚华人文学与文化》,新加坡:亚洲研究学会,1995年。

〔新〕王慷鼎:《〈槟城新报〉政论编目索引》,新加坡:新加坡国立大学中文系,1996年。

〔新〕李庆年著:《马来亚华人旧体诗演进史》,上海古籍出版社,1998年。

饶芃子主编:《中国文学在东南亚》,暨南大学出版社,1999年。

陈贤茂主编:《海外华文文学史》(第一卷),鹭江出版社,1999年。

陈荣照主编:《新马华族文史论丛》,新加坡:新社,1999年。

王志伟著:《丘菽园咏史诗研究》,新加坡:新社,2000年。

王志伟著:《丘菽园咏史诗编年注释》,新加坡:新社,2000年。

李元瑾著:《东西文化的撞击与新华知识分子的三种回应——邱菽园、林文庆、宋旺相的比较研究》,新加坡:新加坡国立大学中文系,2001年。

〔新〕杨松年著:《战前新马文学本地意识的形成与发展》,新加坡:新加坡国立大学中文系,2001年。

〔清〕丘逢甲著:《丘逢甲集》,岳麓书社,2001年。

曹云华著:《变异与保持:东南亚华人的文化适应》,中国华侨出版社,2001年。

黄孟文、徐栖翔主编:《新加坡华文文学史初稿》,新加坡:新加坡国立大学中文系,2002年。

〔新〕蔡佩蓉著:《清季驻新加坡领事之探讨(1877—1911)》,新加坡:新加坡国立大学中文系,2002年。

〔新〕叶钟玲著:《黄遵宪与南洋文学》,新加坡:亚洲研究学会,2002年。

余定邦、黄重言等编:《中国古籍中有关新加坡马来西亚资料汇编》,中华书局,2002年。

〔澳〕王庚武著,张奕善译:《南洋华人简史》,台北:水牛出版社,2002年。

张锦忠编:《重写马华文学史论文集》,台湾:暨南国际大学东南亚研究中心,2004年。

梁元生著:《新加坡华人社会史论》,新加坡:新加坡国立大学中文系,2005年。

王列耀著:《隔海之望:东南亚华人文学中的"望"与"乡"》,中国社会科学出版社,2005年。

陈铮编:《黄遵宪全集》,中华书局,2005年。

张克宏著:《亡命天南的岁月:康有为在新马》,马来西亚:华社研究中心,2006年。

张清江编:《新马华人史译丛》,新加坡:青年书局,2007年。

〔新〕柯木林著:《石叻史记》,新加坡:青年书局,2007年。

〔印尼〕廖建裕著:《东南亚与华人族群研究》,新加坡:青年书局,2008年。

朱崇科:《考古文学"南洋":新马华华文文学与本土性》,上海三联书店,2008年。

〔新〕陈蒙鹤著,胡兴荣译:《早期新加坡华文报章与华人社会(1881—1912)》,广东科技出版社,2008年。

陈民、任贵祥著:《华侨史话》,社会科学文献出版社,2011年。

〔新〕李庆年:《马来亚粤讴大全》,新加坡:今古书画店,2012年。
〔新〕李庆年:《南洋竹枝词汇编》,新加坡:今古书画店,2012年。
吴盛青、高嘉谦主编:《抒情传统与维新时代:辛亥前后的文人、文学、文化》,上海文艺出版社,2012年。
王兵著:《新加坡华文文学及其教学研究》,南京大学出版社,2015年。
赵颖著:《新加坡华文旧体诗研究》,科学出版社,2015年。
郭惠芬著:《中外文学交流史·中国—东南亚卷》,山东教育出版社,2015年。
林振武等编著:《黄遵宪年谱长编》,中华书局,2019年。
Lee Cher Leng, *Nan yang as a Theme: A study and Translation of Early Malayan Chinese Literary Works*, B. A. Honours Thesis, Department of Chinese Studies, National University of Singapore, 1981.
Song Ong Siang, *One Hundred Year's History of the Chinese in Singapore*, Oxford University Press, 1984.
John C. Y. Wang, *Chinese literary criticism of the Ch'ing period (1644—1911)*, Hong Kong University Press, 1993.

附 录

附录一 会贤社课榜名录表[1]

年份	月份	收卷数量	得奖数量	获奖人员名单
光绪十三年（1887）	六月	37	15	梁亦新、何鸣盛、吴士达、胡鹤年、颜步青（各赏一元），胡桂臣、李一川、李炳贤、霍超、彭小梁、黄图、蒋鸣谦、萧宝森、吴应堦、龚显祖（各赏五角）。
	七月	33	15	蒋鸣谦、李一川、李天鸣、黄图、罗泉英（各赏一元），颜步青、何鸣盛、吴士达、梅之华、陆云峰、张乘时、霍超、何敬文、彭小梁、李凌云（各赏五角）。
	八月	30	14	卢满（赏银二大元），李一川、蒋鸣谦、吴成金（各赏一元），颜步青、吴士达、林思斋、卢钟灵、甘棠、曾瑞元、张图、黄图、黄捷元、邱增荣（各赏五角）。
	九月	31	15	彭晖南、黄图、吴士珍、吴士达、蒋鸣谦（各赏一元），章浩如、李一川、颜步青、刘尚文、杨丹书、章廷让、林绍昌、王敬承、吴子为、苏良（各赏五角）。
	十月	缺	缺	缺

---

[1] 表中所列信息源自《叻报》《星报》。

续表

年份	月份	收卷数量	得奖数量	获奖人员名单
	十二月	38	15	洪南英、吴士达、章廷让、周绍棠、黄图（各赏一元），刘云楼、叶荫、潘祖萨、周建元、颜步青、文焕章、吴应堦、龚晋豪、余香谷、蒋鸣谦（各赏五角）。
光绪十四年（1888）	正月	22	15	陆道亨、林福山、洪南英、陈畴、蒋鸣谦（各赏一元），蔡慰农、黄植、刘楚楠、吴士达、廖莹、□再馨、黄图、潘祖荫、叶荫、余香谷（各赏五角）。
	二月	39	15	王沛霖、吴达文、李梅、陈道亨、洪南英（各赏一元），黄江汉、黄钟俊、黄植、陈畴、颜步青、童庆埔、陈南金、朱受采、谢恩维、吴焱（各赏五角）。
	三月	39	15	黎镇铎、童庆埔、陈南金、黄焕文、龙瑞章（各赏一元），吴炎、黄锦霞、石之英、谢春林、吴达文、王沛霖、吴应植、郑焕章、林方隅、谢功（各赏五角）。
	四月	34	15	胡秩荣、黎镇铎、胡友梅、吴达文、黄辉阁（各赏一元），胡琼珏、胡乃来、胡松年、潘宗岳、童庆埔、吴士达、黄焕文、黄图、金国宝、谢思维（各赏五角）。
	五月	39	15	胡荫荣、胡乃来、黄瑞元、胡绮波、吴达文（各赏一元），胡夏湖、陈南金、王道平、方志学、胡振元、许佳培、谢赓臣、黎镇铎、黄图、刘崧云（各赏五角）。
	六月	36	10	许佳培、张涵、郑志辰、胡春霖、钟赞元（各赏一元），傅日新、谢荣恩、颜志诚、吴达文、周达（各赏五角）。
	七月	31	15	吴达文、杨步青、古腾骧、刘楚楠、胡长荣（各赏一元），郑志辰、黄图、许佳培、谢一元、郑雨如、黄辉阁、谢思维、颜志诚、吴鸿波、刘云楼（各赏五角）。

续表

年份	月份	收卷数量	得奖数量	获奖人员名单
	八月	34	15	刘鸿斌、刘云楼、谢庆元、谢大鹏、胡锡荣（各赏一元），吴士达、李一川、吴世培、陈道亨、文祖、古道明、林秉章、古腾骧、陈若钟、吴达文（各赏五角）。
	九月	34	15	萧灿生、林秉章、吴世培、张志南、胡宝琛（各赏一元），史凤生、古道明、文祖、许登临、吴达文、何后昆、古腾骧、陈以庄、刘鸿斌、胡崇荣（各赏五角）。
	十月	32	15	胡浚荣、萧灿生、吴士达、王道隆、傅日新（各赏一元），胡普荣、萧宫漏、胡锡荣、童梅生、史凤生、刘云楼、李士基、刘鸿斌、谢庆元、罗必达（各赏五角）。
	十一月	36	15	王道宗、谢炳光、刘云楼、李子兰、王道隆（各赏一元），萧宫漏、童梅生、谢思孝、胡浚荣、傅日新、张志南、郑志辰、何自珍、萧灿生、叶秀荣（各赏五角）。
	十二月	缺	缺	缺
光绪十五年（1889）	正月	21	15	祝万年、李梦花、刘云楼、谢祝轩、吴士达（各赏一元），傅日新、王道宗、许登临、谢天恩、许卓南、王云桂、林琼宴、谢圣恩、洪恩湛、郑席珍（各赏五角）。
	二月	33	15	吴士达、谢祝轩、刘鸿斌、谢鸿慈、张德萌（各赏一元），朱启明、王道宗、黄书香、李梦花、谢圣恩、曾国荣、周仁薮、黄辉阁、傅日新、梁士龙（各赏五角）。
	三月	缺	缺	缺
	四月	40	15	郭伯涛、苏宝璇、颜宫耀、谢廷恩、吴士达（各赏一元），范世杰、陈金阶、赵舒翘、林培尧、黄书香、朱启明、万年清、杨作孚、陈化龙、莫如德（各赏五角）。

续表

年份	月份	收卷数量	得奖数量	获奖人员名单
	五月	44	15	胡全壎、颜宫耀、邵荫棠、吴士达、许辉煌（各赏一元），胡福昌、蔡承恩、谢庆元、许森松、黄书香、黄图、黄金波、林康衢、赵翼云、张宗敏（各赏五角）。
	六月	38	15	胡铿、梁昆山、颜宫耀、吴达文、赵舒翘（各赏一元），洪恩湛、许朝凤、黄图、蔡承恩、谢鸿恩、谢庆元、吴士达、林康衢、许森松、谢炎（各赏五角）。
	七月	41	15	许其庄、李坤林、胡铿、吴士达、陈学诗（各赏一元），赵舒翘、梁杏文、许朝凤、林廉衢、许辉煌、林森木、蓝梅翔、谢鸿慈、黄书香、赵翼云（各赏五角）。
	八月	31	15	许其庄、周宗濂、许敬存、文汝器、胡鉴（各赏一元），何湘、罗震南、胡珏、严澄晖、陶唐世、吴达文、祝三多、吴士达、洪陶范、张宗敏（各赏五角）。
	九月	41	15	罗震南、许其庄、胡鉴、周宗濂、赵舒翘（各赏一元），许卓南、王懋德、洪昌涵、林英华、谢庆元、郑成德、郑尚志、王云桂、许朝凤、宋廷椿（各赏五角）。
	十月	27	10	史凤生、吴士达、王攀桂、许朝凤、麦珠吉（各赏一元），吴达文、吴英仁、许其庄、周堂、洪昌涵（各赏五角）。
	十一月	28	15	胡子名、史凤生、周崇源、吴达文、黄月池（各赏一元），麦珠吉、潘渭渔、许朝凤、吴印槐、夏□彝、王攀桂、吴士达、王先甲、许其森、何必然（各赏五角）。

续表

年份	月份	收卷数量	得奖数量	获奖人员名单
光绪十六年（1890）	二月	缺	缺	缺
	闰二月	32	15	王观澜、许金声、孙平、吴士达、谢祝轩（各赏一元），吴达文、童昌文、陈墨农、黄凤图、吴荣仁、李森宝、季春庭、杨书升、郑秉旦、李晋贤（各赏五角）。
	三月	37	15	吴士达、林健初、许金声、章瀚斋、吴达文（各赏一元），潘渭渔、夏之时、吴成金、许鑫、王文光、陈墨麓、杨书升、潘百禄、杜澍培、郑文光（各赏五角）。
	四月	27	15	潘百禄、吴士达、李鼎铨、张振岳、章瀚斋（各赏一元），刘长卿、周仁薮、谢庆元、宪壬、夏之时、罗炳南、黄月池、郑秉旦、许金声、吴成金（各赏五角）。
	五月	31	15	林赞襄、李家伦、章瀚斋、吴士达、夏之时（各赏一元），颜宫耀、吴成金、叶佩兰、许朝凤、潘渭渔、吴焱、郑瑞金、刘长卿、宪壬、余存（各赏五角）。
	六月	47	15	颜参峨、夏之时、王文光、何晋孚、刘馨（各赏一元），金重羽、林飞龙、章瀚斋、叶佩兰、石中玉、林东升、邱景堂、吴士达、潘百禄、吴达文（各赏五角）。
	七月	40	15	金重羽、章瀚斋、老佩廷、邱庆顺、吴成金（各赏一元），潘百禄、刘馨、罗千钟、颜参峨、许朝凤、林飞龙、李一川、金声香、黄月池、吴达文（各赏五角）。
	八月	36	15	金重羽、冼维新、黄玉峰、颜参峨、黄文质（各赏一元），李鼎铨、吴成金、郑文光、吴达文、黄月池、黄文辉、金千里、陈墨农、杨允赞（各赏五角）。

续表

年份	月份	收卷数量	得奖数量	获奖人员名单
	九月	39	15	李家伦、金重羽、许佳培、王观澜、章瀚斋（各赏一元），周梦溪、马庭辉、冼衡士、许金声、丁贝彦、同于周、吴士达、黄文辉、吉元、陈墨农（各赏五角）。
	十月	27	12	金重羽（赏大银二元五角），王观澜、章瀚斋、区铁泉、金生水（各赏一元），李鼎铨、颜参峨、老佩廷、潘百禄、黄文辉、区锡曾、许朝凤（各赏五角）。
	十一月	15	15	金钟声（赏银二元），章瀚斋、冼胪卿（各赏一元），王道南、区铁泉、王云桂、欧鸿、区锡曾、潘百禄、吴文光、黄文辉、周仁薮、老佩廷、金生水、陈光彩（各赏五角）。
光绪十七年（1891）	二月	40	15	梁昆山、胡浚文、区锡曾、颜廷贞、周仁薮（各赏一元），王廷达、区铁泉、杨焕堂、黄继清、蔡兆蓉、陈毓兰、黄扬清、涤源、冼胪卿、林孙秀（名赏五角）。
	三月	36	15	区锡曾、胡志良、陈冠英、吴士达、蔡兆荃（各赏一元），区铁泉、陈冠贤、胡浚文、黄扬清、甘日华、黄锡麒、林昌年、陈毓兰、陈云钺、梁昆山（各赏五角）。
	四月	43	15	梁惠南、区铁泉、冼维新、夏之时、刘孙桐（各赏一元），吴士达、王攀桂、黄锡麟、陈庭森、林昌年、颜尚清、邱有容、庄拔臣、陈冠英、黄榜（各赏五角）。
	五月	36	15	金钟声、区铁泉、赖焕尧、吴士达、林焕文（各赏一元），邱曾枚、颜清高、黄振镒、吕荣杰、区锡曾、杨冠南、梁惠南、黄在中、林文清、林昌年（各赏五角）。

附录二 图南社课榜名录表

年份	月份	得奖数量	获奖榜单
光绪十八年（1892）	九月	31	超等：王攀桂（四元），胡树勋（三元），何崧山（二元），谢祝轩（二元），潘百禄（二元，加奖一元），特等：胡珏、曾子元、胡琼骥、周锡麟、吴士达、胡梦龙（各奖一元），一等二十名：缺（各奖半元）。
	十月	27	颜宗岳（三元），何縈溪（二元），霍松偕、王攀桂、胡珏、何琼璠、胡琼骥（各奖一元），谢竹轩、何崧山、李家凛、周锡麟、黄超、何晋奎、胡子温、胡树勋、颜丕焕、胡宪仁、曾子元、胡麟伯、莫廷彦、颜福安、黄开谟、吴士达、林璨明、潘百禄、王保泰、颜呈祥（各奖五角）。
	十一月	30	超等：何縈溪（二元，又书二部），颜岳宗、黄祖墀、王攀桂（各奖二元、书一部），特等：胡秩元、胡麟伯、吴士达、潘百禄、章翰选、何琼璠（各奖一元、书一部），一等：胡焜、林璨明、李家凛、金钟声、胡珏、胡琼骥、胡宪仁、谢祝轩、黄雨森、林殿勋、胡子温、黄振煌（各奖五毫），又一等：何晋奎、黄景山、周锡麟、潘佐唐、胡仰禹、霍松偕、霍伯荣（各奖三豪），许招来（四毫）。
	十二月	44	超等：颜岳宗、何縈溪、陈星畴、谢世芳、胡秩元（各奖二元、扇一把），特等：张玉阶、何琼璠、郑钟灵、胡琼骥、谢祝轩、王攀桂、胡鎏、胡彬、黄钟英（各奖一元），一等：胡麟伯、陈竹芸、黄超、周仁薮、何晋奎、曾子谦、何崧山、谢荔香、胡子名、黄镜初（各奖五角），元记、郑美进、陈世文、周锡麟、潘百禄、李子程、吴士达、罗烈、谢浣香、霍松偕、章翰选、霍俊南、张彤阶、

续表

年份	月份	得奖数量	获奖榜单
			许招来、吴塘居、胡舜民、李庆麟、黄振煌、陈李川、林福文（各奖三角）。
光绪十九年（1893）	二月	41	超等：颜岳宗（三元），何蘩溪、张玉阶、何琼璠、周仁薮（各奖二元），麦樵溪、何璧星、薛兆熊、何晋奎、薛兆泰、饶海滨（各奖一元五角），特等：周锡麟、颜启瑞、高清华、谢荔香、黄振煌、林耀琨、吴士达、谢祝轩、高毓岱、李浚源（各奖一元），一等：谢世芳、许应聪、孙惕三、洪汝舟、梁简庵、林腾辉、潘百禄、黄念慈、张彤阶、蔡素华（各奖六角），李香荃、谢浣香、李汾功、谢竹轩、陈逢时、陈竹芸、陈赵文、罗炳南、谢家树、罗烈（各奖四角）。
	三月	40	何蘩溪、郑徵兰、梁朝佐、潘百禄、张祥鉴（各奖二元），陈作周、何宗海、李善彦、吴士达、何晋奎、颜岳宗（各奖一元五角），宋寿华、潘渭渔、崔鸿裁、何学瀛、庐江、程文郁、王攀桂、林翰香、吴其昌（各奖一元），何朝宗、林翰香、麦樵溪、林春三、颜启瑞、李运昇、孙显、陈竹芸、黄玉出、梁玉枢（各奖六角），谢祝轩、周锡麟、黄君白、叶荫庭、霍松偕、霍崇阶、胡鑫、梁炬卿、蓝棣棠、黄书香（各奖五角）。
	四月	40	超等：颜岳宗、何蘩溪、谭良材、何琼璠、林苑香、麦樵溪（各奖二元），特等：王攀桂、黄祖墀、何晋奎、何鉴清、薛兆熊、林翰香（各奖一元五角），一等：何跃龙、林振培、程文郁、何朝宗、黄永年、霍明大、周锡麟、梁芷山、霍松偕、林森（各奖一元），谢荔香、霍清、陈文山、卢江、陈竹芸、吴士达、林戴懿、陈超文、孙惕三、黄玉出、潘百禄、颜启瑞、黄振煌、薛兆水、何海、蓝棣棠、黄焕章、黄长顺（各奖五角）。

续表

年份	月份	得奖数量	获奖榜单
	五月	40	颜岳宗、何蘩溪、黄对扬、黄鸿海、何琼攀、王梦梅、薛兆熊、黄祖堙、王攀桂、麦樵溪、何晋奎、潘百禄、霍松偕、蔡素华、林翰香、黄潘章、林载懿、林菀香、金钟声、郑小园、薛兆秦、潘渭渔、孙惕三、颜启瑞、罗炳南、谢荔香、周锡麟、李清吉、霍慕洙、周克笏、黄振煌、苏家齐、谢世芳、吴士达、林绰洲、陈宗文、孙簪显、陈竹芸、谢浣香、陈超文。
	六月	38	林馥郫、何蘩溪、徐彦彬、黄对扬、谢浣香（各奖二元），林卓田、林其翰、郑小园、周锡麟、陈应魁、林翰元、何崧山、林苑香、何琼瑶、颜岳宗（各奖一元半），黄祖堙、霍松偕、王攀桂、何晋奎、林翰香、王梦梅、夏之时、蔡藻彬、孙惕三、潘百禄（各奖一元），吴士达、谢世芳、黄振煌、郑春松、陈左经、谢德颂（各奖五角），林智荣、孙簪显、刘蔚臣、刘铎斋、苏家齐、林绰洲、李智笺（各奖三角）。
	七月	50	何蘩溪（三元），王攀桂、徐亮铨（各奖二元五角），徐彦彬、黄对扬（各奖二元），李智厚、黄祖坤、李智笺、林翰元、何晋奎（各奖一元五角），林殿华、黄祖堙、李家凛、许宗熙、谢敩、潘百禄、林翰香、佘炳汉、叶金、霍松偕（各奖一元），林树棻、陈得元、麦樵溪、林卓田、王梦梅、林其翰、蔡藻彬、霍颂尧、吴士达、周锡麟（各奖六角），潘渭渔、莫廷栋、陈超功、陈超文、黄玉出、蔡家驹、刘子渊、谢浣香、谢琬瑄、刘蔚臣（各奖四角），李振声、谢世棻、林苑香、陈勤、胡昌廷、谢世芳、谢世芬、李琼莹、李琼章、陈鸿仪（各奖二角）。
	八月	40	胡琼骥、蔡藻彬（各二元五角），何崧山、蔡家驹、颜岳宗、何晋奎、徐亮铨（各奖二元），王梦梅、黄对扬、徐彦彬（各奖一元五角），宋寿华、李家凛、黄振煌、霍朝俊、

续表

年份	月份	得奖数量	获奖榜单
			王攀桂、刘蔚臣、霍松偕、梁景南、霍颂尧、潘百禄（各奖一元），黄祖犀、周锡麟、吴士达、夏之时、李智厚、黄存养、李智笺、李琼莹、林树芬、李应春、陈叔常、林修卿、刘铎斋、许泰来（各奖五角），林晁荣、刘子渊、陈超文、陈超功、林道谋、林鹓年（各奖三角）。
	九月	29	李琪华（八元），徐亮铨（四元），胡寿民（二元五角），潘百禄（二元），胡琼骥、林树菜、徐彦彬（各奖一元五角），王攀桂、李振声、霍松偕（各奖一元），蔡藻彬、周锡麟、霍衡、胡麟伯（各奖八角），霍颂尧、潘渭渔、郑媚寿、林思咏、林绰洲、李华国、吴士达、胡丕圣、黄振煌、佘炳汉、张南英、李琼莹、霍伯荣、莫廷栋、夏之时（各奖五角）。
	十月	41	何崧山、徐亮铨、徐彦彬、罗烈、周锡麟（各奖二元），佘炳汉、林树菜、潘百禄、王攀桂、蔡藻彬（各奖一元五角），夏之时、潘渭渔、刘铎斋、黄元吉、黄君白、林思咏、黄对扬、黄升高、吕荣杰、刘树森（各奖一元），蔡家驹、黄金铁、吴士达、林绰洲、刘蔚臣、莫廷栋、蔡藻彬、潘青云、薛兆水、林湘舫（各奖六毫），蓝作周、陈叔常、蕙兰女史（各奖四毫），黄振煌、曾上达、黄炳谟、张思钰、陈鸿仪、王家驹、黄冠南、许宗熙（各奖二毫）。
	十一月	40	徐亮铨（四元），黄对扬、蔡藻彬（各奖三元），蔡家驹、李琼莹、李琪华（各奖二元），夏之时、潘渭渔、吴梅洲、潘百禄、周锡麟、余观澜、黄振煌（各奖一元五角），吴士达、陈叔平（各奖一元），潘青云、龚龙龙、蔡晶衡、吴保元、庄润生、刘蔚臣、莫廷栋、黄道南、黄玉出、黄紫霞、黄金铁、黄锡麟、林森、陈超功、陈梦龙、林绰洲、

续表

年份	月份	得奖数量	获奖榜单
			陈超文、吴达仁（各奖五角），林思咏、苏柏涛、郑春松（各奖三角），孙乾显、周锡荣、刘树森、刘铎斋（各奖二角）。
光绪二十年（1894）	二月	41	徐亮铨、潘百禄、颜岳宗（各奖二元五角），黄启让、蔡家驹、蔡元蔿、蔡藻彬、李峤（各奖二元），夏之时、林思咏（各奖一元五角），黄对扬、吴士奇、张国珍、蔡生和、王攀桂、莫廷栋（说）、蔡品衡、周锡麟、蔡藻彬（记）、霍朝俊（各奖一元），霍颂尧、刘蔚臣、霍松偕、程晓生、吴士达、梁广耀、陈春霖、张梦荣、李琼莹、莫廷栋（记）（各奖五角），方吉甫、陈叔常、吴梅洲、黄中美、李琪华、黄锡钧、刘惟馨、谢毓恩、王台山（各奖四角），陈鸿仪、陈来恭（各奖二角）。
	三月	49	黄启让（三元），颜岳宗、徐亮铨（各奖二元），霍朝俊、王攀桂、黄世作、莫廷栋、潘百禄、郭文豹、周锡麟（各奖一元五角），潘百禄、李琪华、王攀桂、夏之时、吴士达、蔡稚琼、曾广志（各奖一元），胡寿民、黄宝瑞、蔡藻彬、阮其英（各奖八角），郭长安、王大江、霍颂尧、佘炳汉、吴世珍、霍戴恩、张梦荣、蔡家驹、李峤（各奖六角），郭文豹、刘蔚臣、蔡藻彬（各奖五角），李培生、林思咏、张鸿博、蔡元蔿、潘渭渔、吴梅洲、杨成章（各奖四角），黄德求、王骥、黄绍学、陈善、凌星墀、夏朱明、梁英华、黄勤修、冼维新（各奖三角）。
	四月	50	潘百禄（三元），颜宗岳、徐亮铨（各奖二元五角），王攀桂、颜宗岳（各奖二元），龙明、黄启让、黄锡麟、郑用夏、郭文豹（各奖一元），蔡澄秋、王攀桂、郭长安、李琪华、王台山、麦樵溪、陈鸿仪、麦乃登、严子穆、霍瑞歧（各奖八角），谢祝轩、霍颂尧、程晓生、吴士达、黄对扬、霍朝俊、袁骏、梁宗彦、林思咏、黄绍学（各奖六

续表

年份	月份	得奖数量	获奖榜单
			角）、黄勤修、严道尊、霍松偕、张梦荣、霍慕洙、谢子瀛、谢荔香、王骧、杨玉壶、杨达（各奖四角），郭清、陈建麟、薛善士、严寅恭、陈国瑞、陈建安、林本精、沈庆安、严有兴、陈冠英（各奖二角）。
	五月	57	徐亮铨、黄启让、胡寿民、黄对扬、蔡藻彬（各奖二元五角），潘百禄（各奖二元），蔡星南、蔡品衡、霍松偕（各奖一元五角），王攀桂、莫廷栋、谢泽霖、康冠玉、蔡澄秋、梁英华、蔡金麒（各奖一元），郭荟轩、林思咏、黄振派、霍明大、陆芝、郭清、陈鸿仪、吴士达、郭文豹、曾广韬（各奖五角），潘沅兰、夏之时、王台山、霍瑞歧、雪梅女史、黄锡麟、沈庆安、黄应祥、郑用夏、郭翁蔚、李琪华、李琼莹、王台山、黄对扬（各奖三角），龙明、谢子树、黄顺通、严寅恭、林阳、黄绍学、王骧、刘丕烈、刘丕显、梁家骏、庄而光、谢石麟、严子穆、陈商声、林修卿、吕履丰、霍朝俊（各奖二角）。
	六月	60	胡寿民、蔡藻彬（各奖二元五角），黄启让、蔡元蔼、李琼莹、龙明（各奖二元），黄勤修、潘百禄、郭荟轩（各奖一元半），胡濬文、严寅恭、刘丕显、黄振派、胡舜民、庄而光（各奖一元），王攀桂、李琪华、严子穆、林思咏、李清泉（各奖六角），黄顺通、吴汉章、康冠玉、吴家驹、吴汝亨、郑用夏、吴士达、曾广韬、梁英华、吴有才（各奖五角），霍松偕、黄玉出、王国材、曾广韬、黄景星、霍凤翔、王仁寿、夏之时、王台山、黄启汉（各奖四角），梁家骏、陈鸿仪、谭次和、陈主奎、郭学洮、吴志谦、蔡澄秋、吴文标、夏朱明、李琪华（各奖三角），梁国华、黄金铁、王骧、霍明大、霍翘芬、莫廷栋、谢文麟、谢子树、刘雨田、陈超文、陈冠英、谢石麟（各奖二角）。

续表

年份	月份	得奖数量	获奖榜单
	七月	55	王攀桂、胡寿民、潘慈荫、龙明、梁英华（各奖二元），康冠玉、严寅恭、颜岳宗、潘百禄、李峤（各奖一元五角），黄雪樵、李汉槎、黄启让、庄而光、蔡藻彬（各奖一元），陆芝、黄子谦、蔡藻彬、严子穆、黄勤修（各奖八角），林绰洲、李琼莹、李清泉、蔡元蒚、郭文豹、刘丕显、蔡经、曾广韬、曾策六、李琪华（各奖五角），林思咏、黄月池、高源、余观澜、林蕴玉、陈主奎、陈超文、王台山、李琪华、陈冠英（各奖三角），黄启让、谢靖巇、林薪、陈石麟、许善初、张尹甫、夏之时、吴梅洲、郭文豹、夏朱明、林樵、吴志谦、陈魁时、曾云汉、谢泽霖（各奖二角）。
	八月	47	颜岳宗、王攀桂、胡寿民、蔡藻彬、潘百禄（各奖二元），潘慈荫、李峤、徐彦彬、严寅恭、蔡元蒚（各奖一元五角），龙明、蔡家驹、庄奇英、康冠玉、蔡藻彬（各奖一元），严子穆、陆芝、谢荔香、陈秋江、夏文明（各奖八角），庄而光、吴士达、茹玉阶、李达琴、夏之时、李达琴、李琪华、王大江、林绰洲、王凤阁（各奖五角），吴士达、潘青云、廖鸿莱、郑敬修、梁英华、谢泽霖、陈主奎、王台山、张梅轩、曾云汉（各奖三角），谢泽霖、梁燕英、林樵、郑凤翔、王台山、林国梁、黄振耀（各奖二角）。
	九月	44	黄启让、颜岳宗、潘百禄、黄同济、王攀桂、蔡藻彬、康冠玉、谢靖机、庄而光、林思咏、黄世作、陆芝、罗若兰、刘雨田、吴士达、蔡元蒚、黄超、黄蔚煌、吴梦枢、夏文明、李汉槎、黄超、程晓生、文镐、龙明、潘慈荫、夏之时、王台山、李琼莹、蓝小梅、黄对扬、茹玉阶、吴世珍、林樵、郑敬修、王台山、张尹甫、李峤、李琪华、林森、谢泽霖、郑叔徽、杨经邦、陈秋江。

附录三 会吟社联题与联榜

年份	日期	联题	收卷数量	得奖数量	联榜名单
光绪十五年（1889）	五月初二	"鸟·鱼"一唱	10	不设	王道南、徂山氏、张德芳、张来春、郭瑞春、张德明、清溪别墅、星云氏、张克为、许登临
	五月十六	"诗·酒"一唱	12	不设	王攀桂、徂山氏、林一龙、王道南、张克为、郭瑞春、张德萌、张德芳、张来春、张克为、张星云、蓬莱书室
	六月初一	"山·水"一唱	22	不设	张志南、许嘉弼、以文轩、林瑞春、王道南、施启赞、黄温宜、张克为、林复安、黄图、蔡赞文、郭瑞春、林志东、白文龙、黄守麦、蔡发生、黄正、张德芳、黄克章、林绿波、张德明、欧阳珍
	六月十八	"草·花"七唱	20	不设	以文轩、王攀桂、张德芳、木桂芳、黄宣廉、张志南、黄正、林绿波、林青山、张德明、陈植田、林青龙、蔡赞文、施启赞、黄图、张克为、张文婆、张来春、蔡秉文、欧阳珍
	七月初二	"龙·虎"一唱	20	不设	张祯祥、张澄清、王道南、张克为、张德芳、蔡赞文、白文龙、张志南、蔡秉文、林瑞春、林文耀、欧阳珍、黄图、张德明、张宗文、林绿波、郭瑞春、蔡发祥、朱如松
	七月十九	"乞·巧"嵌出句首尾	12	不设	林瑞春、王道南、张志南、张德明、李春风、张祯祥、郭瑞春、陈玉玺、蔡发明、木桂芳、张文婆、许朝风

续表

年份	日期	联题	收卷数量	得奖数量	联榜名单
	八月初四	"中·元"一唱	15	不设	王攀桂、张祯祥、张德芳、张德明、王道南、张克为、许登临、蔡秉文、张文婆、屈武公、张宗文、林绿波、张澄清、蔡赞文、济溪别墅
	八月二十三	"友·朋"七唱	14	不设	王攀桂、张德萌、张克为、邱衡琯、张德芳、星云氏、澄清氏、张文婆、周宗濂、许发临、张宗文、林瑞春、蔡秉文、李道源
	九月初二	"深·思"魁斗格	15	不设	王攀桂、张克为、张志南、缺、邱衡琯、张祯祥、周宗濂、郭承□、许登临、张文婆、蔡秉文、林春泽、林瑞春、蓬莱书室、张宗文
	九月十五	"重·九"一唱	18	不设	周宗濂、王攀桂、超自琴、张祯祥、张克为、邱衡琯、张德芳、文婆、许登临、邱衡琯、蔡秉文、林瑞春、张德明、林春泽、陈日涯、蔡赞文、陈礽清、张兹题
	十月初三	"菊·梅"七唱	17	不设	王攀桂、许佳培、周宗濂、张德芳、钟文瑞、张德明、张祯祥、邱衡琯、许恩培、林碧晋、张克为、许厚培、钟大受、王云桂、张志南、张景恒、蓬莱书室
	缺	"静·闲"一唱	缺	不设	缺
	十一月初三	"落·起"蝉联格	24	不设	严炳模、严炳模、王攀桂、周宗濂、颜景卿、张德明、张志南、邱衡琯、张祯祥、张景恒、林瑞春、陈天穀、郭仰高、张德芳、林俊卿、林碧晋、严炳模、严炳模、文婆、澄清氏、钟青华、炳文、林捷腾、许盛

续表

年份	日期	联题	收卷数量	得奖数量	联榜名单
	十一月十五	"始·终"魁斗格	18	不设	泰庄、浩如、王攀桂、张德明、章芳源、张景恒、林沧海、张祯祥、陈文锦、宪章、邱衡琯、林碧晋、张德芳、林瑞春、文婆、郭仰高、章瀚斋、秋轩居士
	十一月二十八	"右·左"一唱	24	不设	王攀桂、陈文锦、王道宗、张德明、张克为、林静菴、林瑞春、林静菴、张祯祥、张德芳、简孟常、林静菴、泰庄、苏敬堂、章芳源、许献璋、张志南、林腾飞、苏俊、邱衡琯、蒋丽妙、陈荣华、张景恒、章瀚斋
	缺	"分·折"四唱	缺	不设	缺
光绪十九年（1893）	十月十一	"潮·来"魁斗格	170余	40	陈聘三、颜呈祥、苏家斋、赖大章、秀山氏、陈聘三、李和缨、谢荔香、吴笃栽、郭仰高、吴登瀛、王宝兴、吴瑞澜、吴树勋、谢小虹、陈玉麟、陈熙亭、谢荔香、柯光贞、无名氏、颜福安、泰庄、李深望、陈乾龙、甘登云、黄秋光、秀山氏、泰庄、泰庄、颜丕焕、蔡惟淡、陈少云、章锡禄、黄拙斋、赖大章、蒋翰文、泽华号、颜锦川、叶长春、邱衡琯
	十一月初八	"问·多"	253	53	珩山樵者、陈熙亭、珩山樵者、周仙峤、郑清和、似村居士、珩山樵者、李和缨、缺、李润堂、颜呈祥、吴笃栽、赖大章、陈玉麟、岑俊廷、李和缨、周仙峤、黄槐、侣鹤氏、

续表

年份	日期	联题	收卷数量	得奖数量	联榜名单
					龙林轩、李泗泉、叶圣善、谢荔香、严俨、叶圣善、陈城后、颜福安、少兰氏、颜金炉、谢荔香、王祖文、林尔声、珩山樵者、谢荔香、詹子宾、陈喜亭、颜丕焕、珩山樵者、周仙峤、钟岳氏、蒋翰文、林一枝、高丕承、四宜轩、郭泉甫、吴士达、何无聊、吴登瀛、秀山氏、蒋承恩、张克为、和成顺、拙斋
	十二月初四	"鱼·人"魁斗格	362	70	黄雨森、王道南、浩如、谢祝轩、王道南、珩山樵者、珩山樵者、谢荔香、旷闲樵者、谢荔香、谢荔香、叶圣善、黄雨森、谦顺、叶星华、叶圣善、叶圣善、叶圣善、赖大章、谢荔香、邱应县、林尔声、谢荔香、高阳、谢荔香、黄秋光、临漳氏、黄雨森、珩山樵者、旷闲樵者、刘玉山、黄雨森、周仙峤、陈城后、詹子宾、张清华、张沂、桥西氏、林少兰、兰陵居士、珩山樵者、张克为、郭远堂、张沂、浩如、陈玉麟、荣记、谢祝轩、李莹、无名氏、林尔声、林尔声、谦顺、醒甫氏、倪桐庭、非农氏、桃西居子、高丕承、无名氏、刘玉山、珩山樵者、王道南、禹山樵者、陈城后、高阳、林尔声、高阳、和成顺、叶长春、郭景昇

续表

年份	日期	联题	收卷数量	得奖数量	联榜名单
	十二月二十五	七言对句：老木声酣认雨来	241	53	谢荔香、高清华、王道南、谢荔香、李馥邨、钟德明、周仙峤、生翘氏、林馥邨、蔡淇澳、秀山氏、黄槐、叶圣善、林明石、谢荔香、谢荔香、周仙峤、浩如、协隆号、黄秋光、谢荔香、王道南、叶圣善、钟德明、王祖文、谢荔香、李王光、李和缨、梅占魁、一峰邪仙、谢祝轩、西山氏、林馥邨、林馥邨、陈城后、林少兰、林馥邨、张克为、谦顺、王道南、詹子宾、倪桐庭、香圃、探骊轩、钟德明、协隆号、谢荔香、李样、协隆号、协隆号、张克为、旷间樵者、谢祝香
光绪二十年（1894）	三月三十	"南·声"魁斗格	142	30	梁炬卿、王攀桂、邹榕、李振声、林馥邨、陈聘三、张克为、谢荔香、谢荔香、邹榕、梁炬卿、麦朝溪、林馥邨、谢荔香、若渔氏、陈联三、梁炬卿、陈逸臣、黄槐、谢荔香、张克为、梁炬卿、谢祝轩、谢荔香、陈城后、谢荔香、陈鸿仪、蠖屈山人、林少兰、吴侣鹤
	六月二十	"新·书"魁斗格	169	35	冯春生、邹榕、邱衡远、无名氏、颜权宜、谢荔香、林馥邨、李炳如、广福隆均行、谢荔香、陈城后、谢荔香、三山樵者、买笑氏、王攀桂、寄园、陈成晖、王道南、邱衡远、陈成晖、李馥邨、邱衡远、林振声、叶长春、

续表

年份	日期	联题	收卷数量	得奖数量	联榜名单
					万胜发、谢荔香、谢荔香、李炳如、拙轩、奇闲别墅、谢荔香、邱衡远、谈瀛主人、谈瀛主人、李炳如
	八月十八	"书·生"魁斗格	231	48	李泗泉、李天明、谢荔香、谢荔香、谈瀛主人、李文炳、李炳如、林馥邨、润堂、蔡淇澳、林少兰、蔡星五、林少兰、谢荔香、润堂、石高灼、李泗泉、霍松偕、陈成晖、蓬山氏、陈成晖、谢荔香、江湖散人、邱恒春、东湍氏、谢荔香、颜权宜、李文炳、冯春生、李炳如、谢荔香、陈城后、吴士达、林少兰、邹榕、霍松偕、张清华、李炳如、邱恒春、郑学潭、张德芳、张德明、叶长春、林秋水、黄振亮、倪桐庭、李炳如、郭满堂
	十月初三	"秋·声"魁斗格	130	20	王道南、蔡淇澳、林馥邨、炎洲市隐、弦生寄托、浩如、陈城后、听泉旧友、半禅、蔡星五、饶子香、浩如、李润堂、林少兰、半禅、林馥邨、林绰洲、蔡奎光、蔡声五、林自在
	十一月十四	"闲·来"魁斗格	缺	11	只录诗联，无姓名
	十一月十六	"寿·龙"魁斗格	缺	11	只录诗联，无姓名

续表

年份	日期	联题	收卷数量	得奖数量	联榜名单
光绪二十二年（1896）	九月二十一	"会·吟"魁斗格	94	30	太憨生、卢桂舫、王攀桂、浮槎仙客、王攀桂、王台中、浮槎仙客、震才氏、林少兰、林少兰，以上各赏钱笔墨；王台中、王道南、砥江逸臣氏、禾农氏、古瀛狂客、谦谷、未了客、□□□、□禾农、黄槐，以上各赏笔墨各二；黄槐、王道南、砥江逸臣氏、固陋轩、□禾农、固陋轩、王道南、固陋轩、茂苑轩、章清馥，以上各赏文笔；殿军痴情子，赏笺笔墨，加赏英洋二元五角。

附录四　晚清南洋文社与文学活动编年[①]

一、《叻报》

光绪十三年丁亥（1887）

七月

初二日（8月20日）　载《课榜照登》，未署作者名。

又载《会贤社七月课题》，未署作者名。文云："人皆可以为尧舜论。赋得静中有真趣，得真字五言六韵。"

又载《人而无恒不可以作巫医论》，作者署"会贤社六月课卷第一名梁亦新"。

八月

初一日（9月17日）　载《课榜照登》，未署作者名。

又载《会贤社七（八）月课题》，未署作者名。文云："政贵与民同好恶论。赋得中秋月，得明字五言六韵。"

九月

初一日（10月17日）　载《会贤社九月课题》，未署作者名。文云："臣事君以忠。赋得鞠有黄华，得黄字五言六韵。"

[①] 本编年选编的是部分代表性报刊《叻报》《星报》《槟城新报》《天南新报》所载资料。本编年以保持文献原貌为原则，例如文献中的"新嘉坡"不改为现代通用的"新加坡"；本编年按报刊所载时间先后为序，每种报刊独立编排。

又载《课榜照登》，未署作者名。

又载《贵与民同好恶论》，作者署"会贤社第一名卢满"。

十月

初一日（11月15日） 载《会贤社十月课题》，未署作者名。文云："货悖而入者亦悖而出。诗题：咏铁甲船，不拘体，不限韵。"

又载《课榜照登》，未署作者名。

初二日（11月16日） 载《臣事君以忠》，作者署"会贤社第一名彭晖南"。

又载《赋得鞠有黄华，得黄字五言六韵》，作者署"会贤社课卷第三名吴士珍"。

十一月

初二日（12月16日） 载七律二首，作者署"笑春张汝梅拜稿"。

又载七律二首，作者署"愚弟李灼字飑轩和于百花吟馆"。

十七日（12月31日） 载《刘生玉洁赘婚昆甸，临行持扇乞题，率成一章以示》，作者署"珩山樵者王道宗甫草"。

十二月

二十二日（2月3日） 载会贤社腊月《课榜摘录》，未署作者名。

光绪十四年戊子（1888）

二月

初一日（3月13日） 载《课榜照登》，未署作者名。

又载《会贤社二月课题》，未署作者名。文云："君子学道则爱人，小人学道则易使也。赋得春水满四泽，得春字五言六韵。"

十七日（3月29日） 载《福州南台竹枝词八首》，作者署"微闲堂诗集林会同初稿"。

三月

初一日（4月11日） 载《君子学道则爱人，小人学道则易使也》，作者署"会贤社二月课卷第一名王沛霖"。

又载《赋得春水满四泽，得春字五言六韵》，未署作者名。

初二日（4月12日） 载《译西报游五台山记》，未署作者名。

又载《课榜照登》，未署作者名。

又载《会贤社三月课题》，未署作者名。文云："子以四教：文。赋得鱼戏莲叶东，得东字五言六韵。"

二十八日（5月8日） 开始连载《越南游记》，至四月初八日毕，作者为陈省堂。

四月

初一日（5月11日） 载《课榜照登》，未署作者名。

又载《会贤社四月课题》，未署作者名。文云："用之者舒，则财恒足矣。赋得鱼戏新荷动，得新字五言六韵。"

初二日（5月12日） 载《子以四教：文》，作者署"会贤社三月课卷第一名黎镇铎"。

初八日（5月18日） 连载《越南游记》毕，作者署"陈省堂再草"。

五月

初三日（6月12日） 载《课榜录登》，未署作者名。

又载《会贤社五月课题》，未署作者名。文云："人人亲其亲、长其长，而天下平。赋得夏云多奇峰，得奇字五言六韵。"

又载《用之者舒，则财恒足矣》，作者署"会贤社四月课卷第一名胡秩荣"。

又载《赋得鱼戏新荷动，得新字五言六韵》，未署作者名。

六月

初二日（7月10日） 载《课榜录登》，未署作者名。

又载《会贤社六月课题》，未署作者名。文云："言忠信，行笃敬。赋得诗从半睡成，得成字五言六韵。"

又载《人人亲其亲、长其长，而天下平》，作者署"会贤社四（五）月课卷第一名胡荫荣"。

又载《赋得夏云多奇峰，得奇字五言六韵》，作者署"第十八名胡琼琚"。

七月

初一日（8月8日） 载《赋得诗从半睡成，得成字五言八韵》，作者署"第二名张涵"。

初二日（8月9日） 载《课榜录登》，未署作者名。

又载《会贤社七月课题》，未署作者名。文云："言不忠信，行不笃敬。赋得鱼戏莲叶西，得西字五言六韵。"

又载《言忠信，行笃敬》，作者署"会贤社六月课卷第一名许佳培"。

八月

初一日（9月6日） 载《言不忠信，行不笃敬》，作者署"会贤社七月课卷第一名吴达文"。

又载《赋得鱼戏莲叶西,得西字五言六韵》,作者署"第五名胡长荣"。

初二日(9月7日) 载《课榜录登》,未署作者名。

又载《会贤社八月课题》,未署作者名。文云:"惠迪吉、从逆凶论。赋得秋月扬明辉,得扬字。"

九月

初二日(10月6日) 载《课榜录登》,未署作者名。

又载《会贤社九月课题》,未署作者名。文云:"满招损、谦受益论。赋得得句将成功,得成字五言六韵。"

十月

初三日(11月6日) 载《会贤社十月课题》,未署作者名。文云:"致知在格物论。赋得鱼戏莲叶北,得鱼字五言六韵。"

又载《课榜录登》,未署作者名。

十一月

初三日(12月5日) 载《课榜录登》,未署作者名。

又载《会贤社十一月课题》,未署作者名。文云:"人之行莫大于孝论。赋得冬岭秀孤松,得孤字五言六韵。"

十二月

初二日(1月3日) 载《会贤社腊月课题》,未署作者名。文云:"学而不思则罔。不拘作论或作制艺。赋得有如赴壑蛇,得蛇字。(东坡守岁诗:'欲知垂尽岁,有如赴壑蛇。')"

初三日（1月4日） 载《课榜录登》，未署作者名。

光绪十五年己丑（1889）

正月

初十日（2月9日） 载《会贤社正月课题》，未署作者名。文云："进思尽忠、退思补过论。赋得天上龙飞万国春，得春字五言六韵。恭拟庆贺皇上大婚兼亲政联语，不拘长短。准二十日截卷。"

二十六日（2月25日） 载《联榜照登》，作者署"会贤社来稿"。

二月

初一日（3月2日） 载《课卷照登》，内有《恭拟皇上大婚兼亲政贺表》，作者署"会贤社正月课卷第一名祝万年"。

又载《课榜照登》，未署作者名。

又载《会贤社二月课题》，未署作者名。文云："'贫以无求为德，富以能施为德'论。赋得淡云微雨养花天，得天字五言六韵。限初十交卷。"

三月

初四日（4月3日） 载《课榜照登》，未署作者名。

又载《会贤社三月课题》，未署作者名。文云："故理义之悦我心，犹刍豢之悦我口。赋得睡余书味在胸中，得书字五言六韵。"

五月

初二日（5月31日） 载《课榜录登》，未署作者名。

又载《五月课题》，未署作者名。文云："夫子之道，忠恕而已矣。

赋得槐夏午阴清,得清字五言六韵。"

又载《联榜照登》,未署作者名。

十六日(6月14日) 载《联榜照录》,未署作者名。

六月

初一日(6月28日) 载《联榜录登》,未署作者名。

初二日(6月29日) 载《课榜录登》,未署作者名。

又载《六月课题》,未署作者名。文云:"兴于诗。赋得小池残暑退,得残字五言六韵。"

十八日(7月15日) 《叻报》载《联榜录登》,作者署"会吟社呈稿"。

又载《次韵奉和仓山旧主》,作者署"炎州冷宦甫稿"。

又载《课榜照登》,未署作者名。

又载《会贤社七月课题》,未署作者名。文云:"立于礼。赋得高树早凉归,得高字五言六韵。"

七月

初二日(7月29日) 载《联榜照登》,作者署"会吟社呈稿"。

初四日(7月31日) 载《更正误字》,未署作者名。文云:"前录炎州冷宦诗内'虚'字,误排作'亏'字,亟合更正。"

十九日(8月15日) 载《联榜照登》,作者署"会吟社众呈稿"。

八月

初一日(8月26日) 载《课榜照登》,未署作者名。

初二日(8月27日) 载《会贤社八月课题》,未署作者名。文云:"成于乐。赋得秋气平分月正明,得明字五言八韵。"

初四日（8月29日） 载《联榜照登》，作者署"会吟社来稿"。

初六日（8月31日） 载《拟会吟社凑七字句、二十四比》，作者署"旅寓星坡闲散人宋剑锋氏初脱稿"。

九月

初一日（9月25日） 载《会贤社九月课题》，未署作者名。文云："志于道。赋得满城风雨近重阳，得城字五言六韵。"

初二日（9月26日） 载《课榜照登》，未署作者名。

又载《联榜照登》，作者署"会吟社来稿"。

十五日（10月9日） 载《联榜照登》，作者署"会吟社来稿"。

又载《叠韵奉和铸生先生》，作者署"子兴氏未定稿"。

二十八日（10月22日） 载《再叠前韵，奉酬铸老》，作者署"炎州冷宦紫馨氏甫稿"。

十月

初一日（10月24日） 载《课榜照登》，未署作者名。

又载《会贤社十月课题》，未署作者名。文云："五福以攸好德为根本。赋得十月先开岭上梅，得先字五言六韵。"

初三日（10月26日） 载《联榜照登》，作者署"会吟社来稿"。

十六日（11月8日） 载《四叠前韵奉和铸生诗伯》，作者署"炎州冷宦初稿"。

二十二日（11月14日） 载《闻庚佺总领旧金山事，作诗二首寄之》，作者署"炎州冷宦初稿"。

十一月

初一日（11月23日） 载《课榜照登》，未署作者名。

又载《会贤社十一月课题》，未署作者名。文云："五福不言贵论。梅兰竹菊，七绝诗各一首。"

初三日（11月25日） 载《联榜照登》，作者署"会吟社来稿"。

十五日（12月7日） 载《联榜照登》，作者署"会吟社来稿"。

二十二日（12月14日） 载《十一月十五日夜宴新嘉坡胡氏园，醉题一首》，作者署"子兴左秉隆未定稿"。

又载《又题胡氏园二首》，作者署"炎州冷宦待删草"。

二十六日（12月18日） 载《胡氏园奉和左子兴太守元韵》，未署作者名。

二十八日（12月20日） 载《联榜照登》，作者署"会吟社来稿"。

十二月

初二日（12月23日） 载《课榜照登》，未署作者名。

光绪十六年庚寅（1890）

二月

初二日（2月20日） 载《会贤社二月课题》，未署作者名。文云："疾止复故论。赋得桃始华，得华字五言六韵。卷限初十日截止。"

闰二月

初二日（3月22日） 载《会贤社闰二月课题》，未署作者名。文云："则以学文。赋得桐叶知闰，得知字五言六韵。卷限初十日截止。"

又载《赠普陀山白华寺慧堂上人》，作者署"炎州冷宦甫稿"。

初五日（3月25日） 载《蒙左子兴都转见赠律诗四首》，作者署

"方外人慧堂未定稿"。

又载《奉赠慧堂大和尚》,作者署"隐居逸史未是草"。

三月

初一日(4月19日) 载《课榜照登》,未署作者名。

又载《会贤社三月课题》,未署作者名。文云:"有文事者必有武备论。观中国战舰有作,不拘体,不限韵。"

四月

初一日(5月19日) 载《会贤社三月课卷》,未署作者名。

又载《会贤社四月课题》,未署作者名。文云:"武侯论。咏气球,不限体韵。"

五月

初一日(6月17日) 载《课题照登》,未署作者名。

又载《会贤社五月课题》,未署作者名。文云:"留侯论。赋得五月江深草阁寒,得深字五言六韵。"

六月

初一日(7月17日) 载《课题照登》,未署作者名。

又载《会贤社六月课题》,未署作者名。文云:"禁烟论。拟恭祝今上二旬大庆联语。"

七月

初一日(8月16日) 载《课题照登》,未署作者名。

又载《会贤社七月课题》，未署作者名。文云："多钱善贾论。赋得高树早凉归，得高字五言六韵。"

八月

初二日（9月15日） 载《课榜照登》，未署作者名。

又载《会贤社八月课题》，未署作者名。文云："君子周急不继富。赋得一千里月正圆夜，得圆字五言六韵。"

九月

初二日（10月15日） 载《课榜照登》，未署作者名。

又载《会贤社九月课题》，未署作者名。文云："不远游。赋得每逢佳节倍思亲，得思字五言六韵。"

十月

初二日（11月13日） 载《课榜照登》，未署作者名。

又载《会贤社十月课题》，未署作者名。文云："无以妾为妻。作论或制艺均可。赋得诗须字字新，得新字五言六韵。（潘阆诗：'发任苤苤白，诗须字字新。'）"

十一月

初一日（12月12日） 载《课榜照登》，未署作者名。

又载《会贤社冬月课题》，未署作者名。文云："问：圣门之学，修己而不徇人，务实而不务名者也。故曰'人不知而不愠'，又曰'遁世不见知而不悔'。乃又曰'君子疾没世而名不称焉'。其异同之故安在？赋得工夫在诗外，得诗字五言六韵。（陆游《示子遹》诗：'汝果欲学诗，工夫在诗外。'）"

十二月

初三日（1月12日） 载《课榜照登》，未署作者名。

光绪十七年辛卯（1891）

二月

初二日（3月11日） 载《会贤社二月课题》，未署作者名。文云："必得其寿。赋得一院有花春昼永，得春字。限初十日截收各卷。"

三月

初一日（4月9日） 载《课榜照登》，未署作者名。

又载《会贤社三月课题》，未署作者名。文云："财散则民聚。赋得居人思客客思家，得家字五言六韵。"

四月

初一日（5月8日） 载《课榜照登》，未署作者名。

又载《会贤社四月课题》，未署作者名。文云："君子居之。赋得夏浅却胜春，得春字五言六韵。[庾信侍（诗）]。"

五月

初二日（6月8日） 载《课榜照登》，未署作者名。

又载《会贤社五月课题》，未署作者名。文云："则爱人，小人学道。赋得松阴五月凉，得凉字五言六韵。（潘纯诗：'竹色长年绿，松阴五月凉。'）"

六月

初一日（7月6日） 载《课榜照登》，未署作者名。

十月

初八日（11月9日） 载《别新嘉坡七律二首》，作者署"左秉隆子兴未定稿"。

十二月

初二日（1892年1月1日） 载《图南社序》，作者署"黄遵宪叙"。
又载《图南社学规》，未署作者名。
又载《图南社腊月课题》，未署作者名。

光绪十八年壬辰（1892）

二月

初二日（2月29日） 载《图南社二月课题》，未署作者名。

三月

初一日（3月28日） 载《文体源流考》，未署作者名。

九月

初一日（10月21日） 载《学规重申》，未署作者名。
又载《图南社九月课题》，未署作者名。
二十一日（11月10日） 载图南社《课榜登录》，未署作者名。此则见于《星报》同日所载。

十月

初三日（11月21日） 载《图南社十月课题》，作者署"总领事启"。

十一日（11月29日） 载《来稿照登》，作者署"省堂陈希曾稿"。

二十一日（12月9日） 载图南社十月《课榜照登》，未署作者名。此则见于《星报》同日所载。

十一月

初一日（12月19日） 载《图南社十一月课题》，未署作者名。

初八日（12月26日） 载《论酬神宜禁淫戏》，未署作者名。

二十二日（1893年1月9日） 载图南社十一月《课榜录登》，未署作者名。此则见于《星报》同日所载。

十二月

初二日（1月19日） 载《图南社腊月课题》，未署作者名。

二十二日（2月8日） 载十二月《图南社榜》，未署作者名。此则见于《星报》同日所载。

光绪十九年癸巳（1893）

二月

初一日（3月18日） 载《图南社二月课题》，未署作者名。

十四日（3月31日） 载《来稿照登》，作者署"总领事署谨启"。

二十一日（4月7日） 载图南社二月《课榜照登》，未署作者名。

此则见于《星报》同日所载。

三月

初二日（4月17日）　载《图南社三月课题》，未署作者名。
二十三日（5月8日）　载《图南社三月份课榜照登》，未署作者名。此则见于《星报》同日所载。

四月

初二日（5月17日）　载《图南社四月课题》，未署作者名。

五月

初二日（6月15日）　载《图南社四月课榜》，未署作者名。此则见于《星报》同日所载。
又载《图南社五月课题》，未署作者名。
二十一日（7月4日）　载《诗会求教》，作者署"槟城南社同人谨启"。

六月

初一日（7月13日）　载《来函照登》，作者署"总领事署启"。
又载《图南社五月课榜》，未署作者名。此则见于《星报》同日所载。
又载《图南社六月课题》，未署作者名。

七月

初一日（8月12日）　载《图南社七月课题》，未署作者名。
初十日（8月21日）　载《图南社六月课榜》，未署作者名。此则见于《星报》同日所载。

八月

初三日（9月12日） 载《图南社七月课榜》，未署作者名。此则见于《星报》同日所载。

又载《图南社八月课题》，未署作者名。

九月

初三日（10月12日） 载《图南社九月课题》，作者署"社长白"。

十一日（10月20日） 载八月《图南社课》课榜，未署作者名。此则见于《星报》同日所载。

十月

初八日（11月15日） 载九月《图南社课榜》，作者署"本社告白"。此则见于《星报》同日所载。

十一月

初二日（12月9日） 载《图南社课题》，未署作者名。

初九日（12月16日） 载十月《图南社课榜》，未署作者名。此则见于《星报》1893年12月18日所载。

十二月

十九日（1894年1月25日） 载《新嘉坡竹枝词十首》，作者署"萧雅堂未定草"。

二十五日（1月31日） 载《图南社十一月课榜》，未署作者名。此则见于《星报》同日所载。

光绪二十年甲午（1894）

二月

初二日（3月8日） 载《图南社二月课题》，未署作者名。

三月

初二日（4月7日） 载《图南社二月课榜》，未署作者名。此则见于《星报》1894年4月9日所载。

又载《图南社三月课题》，作者署"总领事黄遵宪启"。

十四日（4月19日） 载《写怀》，作者署"汾阳后人稿"。

四月

初三日（5月7日） 载《图南社三月课榜》，未署作者名。此则见于《星报》同日所载。

又载《图南社四月课题》，作者署"总领事署谨启"。

五月

初二日（6月5日） 载《图南社五月课题》，未署作者名。

初三日（6月6日） 载《图南社四月课榜》，作者署"总领事启"。此则见于《星报》同日所载。

六月

初二日（7月4日） 载《图南社五月课榜》，未署作者名。此则见于《星报》同日所载。

又载《图南社六月课题》，未署作者名。

七月

初三日（8月3日） 载《图南社七月课题》，未署作者名。

初四日（8月4日） 载《图南社六月课榜》，未署作者名。此则见于《星报》同日所载。

八月

初四日（9月3日） 载《图南社八月课题》，未署作者名。

初五日（9月4日） 载《图南社七月课榜》，未署作者名。此则见于《星报》同日所载。

九月

初三日（10月1日） 载《图南社九月课题》，未署作者名。

初四日（10月2日） 载《图南社八月课榜》，未署作者名。此则见于《星报》同日所载。

十月

十五日（11月12日） 载《图南社九月课榜》，作者署"总领事谨启"。此则见于《星报》同日所载。

光绪二十一年乙未（1895）

二月

十三日（3月9日） 载《论读书不必专攻八股》，未署作者名。

光绪二十二年丙申（1896）

九月

初七日（10月13日） 载《酸道人拟联求教》，作者署"丽泽社启"。

十七日（10月23日） 开始连载《丽泽社第一期谢教录》，至九月二十日毕，作者署"丽泽社同人公启"。此则见于《星报》同日所载。

二十日（10月26日） 连载《丽泽社第一期谢教录》毕，作者署"丽泽社同人公启"。此则见于《星报》同日所载。

二十二日（10月28日） 载《丽泽社谢教芳名遗漏补正》，作者署"丽泽社公启"。

二十五日（10月31日） 开始连载《丽泽社第二课谢教录》，至九月二十九日毕，作者署"丽泽社同人公启"。此则见于《星报》同日所载。

二十九日（11月4日） 连载《邱菽园孝廉评定丽泽社第二期诗课》毕，未署作者名。此则见于《星报》同日所载。

十月

初一日（11月5日） 载《丽泽社继兴题目》，作者署"丽泽社诸同人公启"。

初三日（11月7日） 载《诗稿照登》，作者署"弟李季琛待定草"。

十六日（11月20日） 载《邱菽园孝廉诗钞叙》，作者署"古闽徐亮铨季钧甫拜稿"。

二十三日（11月27日） 载《丽泽社赘言》，未署作者名。此则见于《星报》同日所载。

二十四日（11月28日） 开始连载第三期《丽泽社诗课》课榜，至十月三十日毕，未署作者名。此则见于《星报》同日所载。

又载《丽泽社十一月诗题》，作者署"丽泽社公启"。

三十日（12月4日） 连载第三期《丽泽社诗榜》毕，作者署"丽泽社公启"。此则见于《星报》同日所载。

十一月

十五日（12月19日） 载《丽泽社十二月分诗题》，作者署"丽泽社公启"。

光绪二十三年丁酉（1897）

七月

二十八日（8月25日） 载《菽园赘谈题词》，作者署"香孙黎经末是草"。

二十九日（8月26日） 载《菽园赘谈跋后》，作者署"古梅钝根生季钧徐亮铨稿"。

八月

初八日（9月4日） 载《论外洋华人子弟不可不读华文》，未署作者名。

十七日（9月13日） 载《乐群敬业》，作者署"海澄邱炜菱菽园甫具"。

二十日（9月16日） 载《拙作奉赠永翁词丈》，作者署"南海愚弟谭彪丙伯未定稿"。

二十一日（9月17日） 载《诗章附录》，作者署"星洲寓公未竟稿"。

二十四日（9月20日） 载《纪遇诗续录》，作者署"镜月屏花阁主人星洲寓公未竟稿"。

二十五日（9月21日） 载《丽泽社启》，作者署"同人公启"。

又载《夜遇菽道人絮谈竟夕有感而作》，作者署"百六十山人问樵氏未定稿"。

又载《寄慨》，作者署"惜余生偶成稿"。

二十六日（9月22日） 载《奉酬七郎纪遇元韵》，作者署"镜月屏花阁侍者雁铃试吟未竟稿"。

又载《万春园即事因柬七郎并希和教》，作者署"雁铃求正草"。

二十八日（9月24日） 载《赘谈赘录》，作者署"酸道人待剃草"。

二十九日（9月25日） 载《镜湖晚眺》，作者署"炎洲遁世客秋严氏求是草"。

九月

初三日（9月28日） 载《纪遇诗三录》，作者署"镜月屏花阁主人星洲寓公未竟稿"。

又载《赠联汇志》，作者署"星洲寓公老菽未定稿"。

初四日（9月29日） 载《菽樊联语》，作者署"星洲寓公阿菽襟存稿"。

初七日（10月2日） 载《赠谭丙轩先生》，作者署"古歙叶茂斌永翁待删草"。

初十日（10月5日） 载《覆函照录》，作者署"星洲寓公阿菽拜手"。

十二日（10月7日） 载七律二首，作者署"丹诏渔樵子未定稿"。

又载《庚寅偶存序》，作者署"光绪丁酉五月番禺潘飞声兰史谨题"。

二十一日（10月16日） 载《诗钟摘萃》，未署作者名。

二十三日（10月18日） 载《再录诗钟摘萃》，未署作者名。

二十四日（10月19日） 载《闻悻噩生将咏小星赋此预贺》，作者署"愚弟南海谭彪未定草"。

十月

初一日（10月26日） 载《南皮先生赐寿记》，作者署"新会梁启超撰"。

二十一日（11月15日） 开始连载《丽泽社四月分诗榜》，至十月二十二日毕，作者署"丽泽社公启"。此则见于《星报》同日所载。

二十二日（11月16日） 连载《丽泽社四月分诗榜》毕，作者署"丽泽社公启"。此则见于《星报》同日所载。

十二月

初六日（12月29日） 载《西南洋咏事》，作者署"古梅黄伯痴未定草"。

光绪二十四年戊戌（1898）

正月

二十二日（2月12日） 载《探芳联社》，作者署"丽泽社主星洲寓公代布"。

二十六日（2月16日） 载《索缠头文　仿宴桃李园序》，作者署"凤溪外史戏稿"。

二月

二十四日（3月16日） 载《时事感怀》，作者署"汾江霍济川甫稿"。

二十九日（3与21日） 载《海门》《大业》等诗，作者署"星洲寓公阿菽未是稿"。

三月

十七日（4月7日） 载《丽泽社三月课题照登》，作者署"代理处福同安启"。

二十四日（4月14日） 载《丽泽社三月分课题更定》，作者署"代理人福同安照报"。

二十六日（4月16日） 载《五百石洞天挥麈一则》，作者署"星洲寓公邱菽樊撰稿"。

十月

十九日（12月2日） 载《题菽园先生风月琴樽图》，作者署"惺噩生迟删草"。

十一月

初二日（12月14日） 载《奉题菽园先生风月琴樽图》，作者署"霍朝俊凤翘倚声"。

初五日（12月17日） 载《题邱君菽园风月琴樽图》，作者署"伯鸣弟梁应实未定稿"。

二十五日（1899年1月6日） 载《菽园孝廉风月琴樽图题咏》，作者署"香山钟药如未定稿"。

二、《星报》

光绪十六年庚寅（1890）

二月

初九日（2月27日） 载《桬木行赠韩少常参戎》，作者署"浯江棣香榭主人初稿"。

二十九日（3月19日） 载《诗稿附登》七律二首兼序，作者署"叶善普未定稿"。

三月

十九日（5月7日） 载《鹭江纪游》七绝十二首，作者署"浯江痴客甫稿"。

二十一日（5月9日） 载《诗章附录》七绝两首，作者署"炎州冷宦子兴氏稿"。

十月

初一日（11月12日） 载会贤社九月《课榜录登》，未署作者名。

又载会贤社《拾月课题》，未署作者名。此两则见于《叻报》1890年11月13日所载。

十一月

初三日（12月12日） 载《会贤课榜》，未署作者名。

又载会贤社《冬月题》，未署作者名。此两则见于《叻报》同日所载。

十二月

初四日（1月13日） 载《会贤课榜》，未署作者名。此则见于《叻报》1891年1月12日所载。

光绪十七年辛卯（1891）

二月

初一日（3月10日） 载《会贤社二月课题》，未署作者名。此则见于《叻报》1891年3月11日所载。

三月

初一日（4月9日） 载《会贤社三月课题》，未署作者名。

又载会贤社二月《课榜摘录》，未署作者名。此两则见于《叻报》同日所载。

四月

初一日（5月8日） 载会贤社三月《课榜照登》，未署作者名。

又载会贤社《四月课题》，未署作者名。此两则见于《叻报》同日所载。

五月

初二日（6月8日） 载会贤社四月《课榜照登》，未署作者名。

又载会贤社《五月课题》，未署作者名。此两则见于《叻报》同日所载。

六月

初一日（7月6日） 载会贤社五月《课榜照登》，未署作者名。此则见于《叻报》同日所载。

七月

二十五日（8月29日） 载《诗稿附录》七绝二首，作者署"古瀛笑道人未是稿"。

十月

初八日（11月9日） 载《别新嘉坡七律二首》，作者署"左秉隆子兴未定稿"。此则见于《叻报》同日所载。

初九日（11月10日） 载《录会贤、会吟两社诸生上前任领事官左子兴方伯颂文》，作者署"福建会贤、会吟社治生"。

十二月

初七日（1892年1月6日） 载《读总领事黄大人〈图南序〉系之以说》，未署作者名。

初十日（1月9日） 载《观黄公度观察奖励学童事喜而有说》，未署作者名。

光绪十八年壬辰（1892）

二月

初二日（2月29日） 载《图南社二月课题》，未署作者名。

九月

初一日（10月21日） 载《图南社九月课题》，未署作者名。

初五日（10月25日） 载《助兴文教》，作者署"道南氏拜稿"。

二十一日（11月10日） 载图南社《会课榜示》，未署作者名。

二十二日（11月11日） 载《会吟社课题》，未署作者名。

又载图南社征稿所得《拟请派海军出洋保护华民论》课题一文，作者署"图南社会课超等第一名王攀桂"。

二十三日（11月12日） 载图南社征稿所得《劝华人多阅新闻纸以扩闻见说》课题一文，作者署"图南社会课次艺第一名王攀桂"。

十月

初三日（11月21日）　载《图南社十月课题》，作者署"总领事启"。

初四日（11月22日）　载《吟社定章》，未署作者名。

十一日（11月29日）　载会吟社《吟榜照登》，未署作者名。

二十一日（12月9日）　载图南社《会课榜示》，未署作者名。

二十四日（12月12日）　载《问：领事官应办之事，诸生各举所知以对》，作者署"图南社会课第一名颜岳宗"。

二十六日（12月14日）　载《吟社定赏》，未署作者名。

十一月

初一日（12月19日）　载《图南社十一月课题》，未署作者名。

初八日（12月26日）　载《会吟课榜》，未署作者名。

二十二日（1893年1月9日）　载图南社《会课榜示》，未署作者名。

二十三日（1月10日）　载《吟社新章》，未署作者名。

又载《南洋各商宜仿西法设立商会议》，作者署"图南社会课超等第一名何繁溪"。

二十四日（1月11日）　载《南洋各商宜仿西法设立商会议》，作者署"图南社会课超等第二名颜岳宗"。

二十五日（1月12日）　载《南洋各商宜仿西法设立商会议》，作者署"图南社会课超等第三名黄祖墀"。

二十六日（1月13日）　载《南洋各商宜仿西法设立商会议》，作者署"图南社会课超等第四名王攀桂"。

十二月

初三日（1月19日）　载《图南社腊月课题》，未署作者名。

初四日（1月20日） 载《会吟社榜》，未署作者名。

初十日（1月27日） 载《海外征诗》，文末署"□□主人子厚氏订寓粤垣□贤街东头尾棚外徐公馆"。

十五日（2月1日） 载《吟社定奖》，未署作者名。

二十二日（2月8日） 载《图南社榜》，未署作者名。

二十五日（2月11日） 载《会吟社榜》，未署作者名。

光绪十九年癸巳（1893）

二月

初一日（3月18日） 载《图南社二月课题》，未署作者名。

二十一日（4月7日） 载《课榜照登》，未署作者名。

三月

初三日（4月18日） 载《图南社三月课题》，作者署"总领事启"。

初四日（4月19日） 载《仰光联课》，未署作者名。
继兴课题：南○○○○○○，○○○○○○声。

初六日（4月21日） 载《吟社继兴》，未署作者名。

二十一日（5月6日） 载《吟社定赏》，未署作者名。

二十三日（5月8日） 载《图南社三月份课榜》，未署作者名。

三十日（5月15日） 载《吟社课榜》，未署作者名。

四月

初二日（5月17日） 载《图南社四月课题》，未署作者名。

五月

初二日（6月15日） 载《图南社四月课榜》，未署作者名。

又载《图南社五月课题》，未署作者名。

初九日（6月22日） 载《会吟课题》，未署作者名。

初十日（6月23日） 载《出洋华民日多，有倡议禁止出口者，试详论其利弊》，作者署"右为图南社四月会课次艺超等第二名何蘩溪稿"。

十七日（6月30日） 载《闲来阁联榜》，未署作者名。

二十日（7月3日） 载《映碧轩联榜》，未署作者名。

六月

初一日（7月13日） 载《图南社五月课榜》，未署作者名。

又载《图南社六月课题》，作者署"总领事署启"。

初三日（7月15日） 载《问：各国管理地方，均于街道设立巡捕，而中国独无，今欲增设，其利弊若何？》，作者署"右稿图南社五月会课首艺第一名颜岳宗"。

又载《联课核奖》，未署作者名。

初五日（7月17日） 载《拟华人公立施密总督德政碑记》，作者署"右稿图南社五月会课次艺第一名颜岳宗"。

二十日（8月1日） 载《会吟课榜》，未署作者名。

七月

初一日（8月12日） 载《图南社七月课题》，作者署"总领事署启"。

初四日（8月15日） 载《吟社核奖》，未署作者名。

初十日（8月21日） 载《图南社六月课榜》，未署作者名。

十一日（8月22日） 载《法暹交涉拟请派战船保护华人论》，作者署"图南社六月会课第一名林馥邺"。

十三日（8月24日） 载《法暹交涉拟请派战船保护华人论》，作者署"图南社六月会课第二名何蘩溪"。

八月

初三日（9月12日） 载《荃兰集序》，作者署"云房香史素仙氏于拣红别院缦华花架下扫石书序"。

又载《图南社七月课榜》，作者署"总领事黄遵宪谨启"。

又载《图南社八月课题》，作者署"图南社社长谨白"。

十八日（9月27日） 载《会吟社课》，未署作者名。

九月

初一日（10月10日） 载《仰光对课》，未署作者名。

初三日（10月12日） 载《图南社九月课题》，未署作者名。

初八日（10月17日） 载《对课奖赏》，作者署"会吟社同人谨启"。

十一日（10月20日） 载《图南社课》八月课榜，作者署"总领事署谨启"。

十六日（10月25日） 载《问：泰西诸国均禁娼禁赌》[1]，作者署"图南社课艺第二名蔡藻彬"。

十月

初二日（11月9日） 载《图南社十月课题》，未署作者名。

---

[1] 题目较长，前文已录，此处只取部分文字。此类情况，后文同此处理。

初三日（11月10日） 载《会吟社榜》，未署作者名。

初八日（11月15日） 载九月《图南社课榜》，作者署"本社告白"。

初九日（11月16日） 载《仰光映碧轩联榜》，未署作者名。

十一月

初三日（12月9日） 载《图南社十一月课题》，作者署"社长白"。

十一日（12月18日） 载十月《图南社课榜》，未署作者名。

十四日（12月21日） 载会吟社《联榜录登》，未署作者名。

十六日（12月23日） 载会吟社《联榜照登》，未署作者名。

十二月

二十五日（1894年1月31日） 载《图南社十一月课榜》，未署作者名。

光绪二十年甲午（1894）

正月

二十五日（3月2日） 载《问：中国于暹罗事宜宜如何处置以保华人而收实益》，作者署"图南社课首名徐亮铨"。

二月

初三日（3月9日） 载《图南社二月课题》，未署作者名。

初六日（3月12日） 载《问：中国于暹罗事宜宜何如处置以保华人而收实益》，作者署"图南社课第四名蔡家驹"。

三月

初四日（4月9日） 载《图南社二月课榜》，未署作者名。

又载《图南社三月课题》，未署作者名。

四月

初三日（5月7日） 载《图南社三月课榜》，未署作者名。

又载《图南社四月课题》，作者署"总领事署谨启"。

初七日（5月11日） 载《论南洋生长华人宜如何教养以期利益》，作者署"图南社三月课第一名黄启让"。

初十日（5月14日） 载《外国之富在讲求技艺日新月异》，未署作者名。

十二日（5月16日） 载《论生长南洋华人宜如何教养以期利益》，作者署"图南社三月课第三名徐亮铨"。

五月

初二日（6月5日） 载《图南社五月课题》，未署作者名。

初三日（6月6日） 载《图南社四月课榜》，作者署"总领事启"。

十二日（6月15日） 载《问：南洋妇女流品淆杂》，作者署"图南社四月课第二名颜岳宗"。

十五日（6月18日） 载《问：南洋妇女流品淆杂》，作者署"图南社四月课第三名徐亮铨"。

十八日（6月21日） 载《问：南洋妇女流品淆杂》，作者署"图南社四月课第五名颜岳宗"。

二十日（6月23日）　载《问：南洋妇女流品淆杂》，作者署"图南社四月课第四名王攀桂"。

六月

初二日（7月4日）　载《图南社五月课榜》，未署作者名。

又载《图南社六月课题》，未署作者名。

初七日（7月9日）　载《问：世俗通行风水、卦卜、八字、相面、择日》，作者署"图南社五月课第一名徐亮铨作"。

二十三日（7月25日）　载《问：世俗通行风水、卦卜、八字、相面、择日》，作者署"右系图南社五月课第二名黄启让"。

七月

初三日（8月3日）　载《图南社七月课题》。

初四日（8月4日）　载《图南社六月课榜》，未署作者名。

八月

初四日（9月3日）　载《图南社八月课题》，未署作者名。

初五日（9月4日）　载《图南社七月课榜》，作者署"总领事启"。

初八日（9月7日）　载《亚细亚洲当力战以图强论》，作者署"右系图南社七月课王君扳桂之作"。

二十日（9月19日）　开始连载槟城南社《诗章照登》，至八月二十五日毕，未署作者名。

二十五日（9月24日）　连载槟城南社《诗章续登》毕，未署作者名。

九月

初三日（10月1日） 载《图南社九月课题》，未署作者名。

初四日（10月2日） 载《图南社八月课榜》，未署作者名。

二十一日（10月19日） 载《恭读慈禧皇太后懿旨奖给牙山战士银二万两书后》，作者署"八月图南社第二名王扳桂"。

十月

十五日（11月12日） 载《图南社九月课榜》，未署作者名。

十一月

初一日（11月27日） 载《恭颂黄公度观察大人德政文》，作者署"林癸荣、林福绳、王扳桂、谢荔香、林馥邨、徐亮铨同敬志"。

十一日（12月7日） 载《送黄观察公度夫子返国》，作者署"门生潘百禄未定稿"。

光绪二十一年乙未（1895）

正月

十三日（2月7日） 载《咏古佳什》，未署作者名。

三月

初八日（4月2日） 载《拟祭丁禹庭文》，作者署"垄川旧客来稿"。

初九日（4月3日） 载《诗章照录》，作者署"垄川旧客来稿"。

十五日（4月9日） 载《录湘绮楼游仙诗》，未署作者名。

四月

初三日（4月27日） 载《澎湖竹枝词》，文末署"乙未元春红豆词人吟稿"。

二十日（5月14日） 载《诗章附录》，作者署"番禺严璞石卿初稿"。

七月

初八日（8月27日） 载《七日学堂祭圣祝文》，作者署"陇川旧客来稿"。

九月

初一日（10月18日） 载《巨港崇文社课榜》，未署作者名。

十月

十九日（12月5日） 载《四时感恨骈文》，未署作者名。

二十日（12月6日） 载《香港竹枝词》，作者署"红棉山馆吟客寄稿"。

十二月

初六日（1896年1月20日） 载《以诗留别》，未署作者名。

光绪二十二年丙申（1896）

二月

初三日（3月16日） 载《游戏笔墨》，未署作者名。

三月

二十六日（5月8日） 载《步芸香居士妓院竹枝词原韵六首》，作者署"画西桂东楼主人代删稿"。

二十七日（5月9日） 载《步芸香戒烟七言律原韵三首》，作者署"画西桂东楼主人代删稿"。

六月

十二日（7月22日） 载《拟联求教》，作者署"石叻吟梅主人谨启"。

七月

初九日（8月17日） 载《七夕》，作者署"星洲寓公俶员甫稿"。

初十日（8月18日） 载《戏用六言体题聊斋志异后》，作者署"星洲寓公俶员甫未是草"。

十一日（8月19日） 载《自嘲》《题画杂诗》，作者署"星洲寓公俶员甫稿"。

十四日（8月22日） 载《小仓山房集山斋九咏□赓其数》，作者署"星洲寓公俶员氏待删草"。

十六日（8月24日） 载《黠鼠》《题友人独立小照》，作者署"节酸道人稿"。

十七日（8月25日） 载《□茗》《论诗》，作者署"星洲寓公俶员甫稿"。

十八日（8月26日） 载《梦》《流水》《即景》《偶成》，作者署"星洲寓公淑源甫稿"。

十九日（8月27日） 载《戏题红楼梦十二钗》，作者署"酸道人待

附　录　255

删草"。

二十日（8月28日）　载《红楼梦集诗》，作者署"酸道人稿"。

二十一日（8月29日）　载《续红楼梦杂咏》，作者署"酸道人录旧作并注于星洲寓次"。

二十三日（8月31日）　载《再续红楼梦杂咏》，作者署"闽海酸道人稿"。

二十五日（9月2日）　载《咏□季说书人柳敬亭》，作者署"闽海酸道人俶员甫稿"。

二十六日（9月3日）　开始连载《酸道人红楼梦诗》，至八月初四日毕，作者署"闽海酸道人录旧作于星洲"。

八月

初四日（9月10日）　连载《酸道人红楼梦诗》毕，作者署"酸道人作于星洲寓次"。

初五日（9月11日）　载《菽园旧稿》，作者署"星洲寓公菽园氏待政草"。

初六日（9月12日）　载《菽园旧稿》，作者署"星洲寓公菽园氏待政草"。

初八日（9月15日）　载《巨港崇文社课》，未署作者名。

初九日（9月16日）　载《问桃诗》，作者署"星洲寓公菽园甫稿"。

初十日（9月17日）　载《巨港崇文社诗课》，未署作者名。

十一日（9月18日）　开始连载《菽园氏诗》，至八月二十九日毕，作者署"闽海酸道人菽园氏录于星洲寓楼"。

十五日（9月21日）　载《巨港崇文社诗课》，未署作者名。

十八日（9月24日）　载《酸道人寄和巨港崇文社诗》，作者署"星洲寓公蓣园氏求是草"。

十九日（9月25日） 载《巨港崇文社诗课》，作者署"崇文社同人榜贴"。

二十九日（10月5日） 连载《蓣园氏诗》毕，作者署"星洲逋客录"。

三十日（10月6日） 载《佳作照登》，作者署"何玉田甫稿""刘允初求是草"。

九月

初一日（10月7日） 载《诗榜照登》，作者署"石叻吟梅主人谨启"。

初四日（10月10日） 载《吟社复初》，至10月13日毕，作者署"新嘉坡会吟社公启"。文云："启者，本社自前任领事左都转、黄观察解任后，而主持风雅者未得其人，是以灰心冷淡，无有再为提倡者。兹诸同人议复旧规所拟吟题，照登如左：会○○○○○○○，○○○○○○○吟。"

初七日（10月13日） 载《酸道人拟联求教》，作者署"丽泽社启"。文云："一帘菊影当明月，睡鸭香残红袖冷，一曲琵琶千点泪，悄拍香肩呼姊姊，以上四联各成对句合为一卷，限本月十三日截收。残月晓风杨柳岸，盘马秋原霜气肃，峭帆冲断江中影，红袖青衫皆白首，以上四联亦各成对句合成一卷，限本月二十日截收。"

初八日（10月14日） 载《诗稿照登》，作者署"吉隆坡徐绍孙未定稿""陈瑞轩未定稿"。

初九日（10月15日） 载《诗稿续登》，作者署"吉隆王竹君未定稿""李金培未定稿"。

初十日（10月16日） 载《诗稿再续》，作者署"吉隆杜南未是草"。

十五日（10月21日） 载《诗稿照登》，作者署"峨眉道者芝麻仙待删稿"。

附　录　257

十七日（10月23日）　载《丽泽社第一期谢教录》，作者署"丽泽社同人公启"。文云："是期共收六百余卷，计列入格者一百五十卷，同人公拟将前三十名佳句摘选刊刻，分目登报，余一百二十名则仅录芳名以免繁重。"

十八日（10月24日）　载《丽泽社第一期谢教续录》，作者署"丽泽社同人公启"。文云："邱菽园孝廉品定：第六名青洲渔人：一帘菊影当明月，两岸春光映夕阳。悄拍香肩呼姊姊，轻移莲屧送心心。一曲琵琶千点泪，几回惆怅两牵情。批：好语如珠，牟尼一串，惆怅虽对，不过琵琶语虚实相生，叫应自然，诚合拍也。"

二十日（10月26日）　载《丽泽社第一期谢教三录》，作者署"丽泽社同人公启"。

二十一日（10月27日）　载《会吟社诗榜照登》，作者署"会吟社公启"。文云："会吟社诗课是期共收九十四卷，卷资四拾七角六仙，经蒙邱孝廉菽园老师评定甲乙，并蒙择尤加赏。诸君之清词丽句□孝廉之鼓励人才，均堪传诵矣。兹将选列入格者三十卷，择前茅五卷及殿军佳句评语悉刊报章。"

二十五日（10月31日）　载《丽泽社第二课谢教录》，作者署"丽泽社同人公启"。文云："是期所收之卷较初期骤增至五百余卷之多，阅者卷卷皆亲自丹黄，每至夜漏将残，东方欲曙，犹复披览吟哦，尚未少息，苦不知煞费几许苦心矣，揭晓延缓职是之故。"

二十七日（11月2日）　载《续录邱菽园孝廉评定丽泽社第二期诗课》，未署作者名。

二十八日（11月3日）　载《奉和酸道人寄和巨港崇文社诗原韵》，作者署"西蜀菊如澹人待正稿"。

又载《再续邱菽园孝廉评定丽泽社第二期诗课》，未署作者名。

二十九日（11月4日）　载《三续邱菽园孝廉评定丽泽社第二期诗课》，未署作者名。

十月

初一日（11月5日）　开始连载《丽泽社继兴题目》，至十月初六日毕，作者署"新嘉坡丽泽社诸同人公启"。文云："启者：本社于首次两期所拟求教联句，经蒙风雅诸君源源惠赐，首期通收六百余卷，至次期则收至千百余卷之多，足见雕龙妙手、吐凤奇才者日一盛日，洵海外之美谈也。复荷邱菽园孝廉逐句评阅，悉加点窜，其循循善诱之心跃然纸上，且复择尤嘉奖，至优极沃，诚开南洋各岛以来前所未曾也。……兹将本期所拟联题列左：爱熏花气帘常卷，入梦诗魂应伴月，淡到无言人似菊，十里楼台凉浸月。以上各成对句，合写一卷。"

初二日（11月6日）　载《冬日自遣十六首》，作者署"星海酸道人菽园甫未是稿"。

初三日（11月7日）　载《诗章附录》，作者署"右题酸道人红楼杂咏各诗什，请会吟社长诸臣先生均定，弟李季琛待定草"。

初八日（11月13日）　载《天南豪觞诗》，作者署"寄寄子卢观澜桂舫氏待薙草"。

十二日（11月16日）　载《续录天南豪觞诗》，作者署"古梅钝根生徐亮铨季钧甫就正草""三山侣影道人李季琛就正草"。

十三日（11月17日）　载《三续天南豪觞诗》，作者署"竹生允承弟刘建平呈"。

十四日（11月18日）　载《四续天南豪觞诗》，作者署"汝衍弟李季琛未定稿"。

十五日（11月19日）　载《诗章附录》，作者署"古禅发柄渔鼓削余草"。

十六日（11月20日） 载《邱菽园孝廉诗钞叙》，作者署"古闽徐亮铨季钧甫拜稿"。

二十三日（11月27日） 载《丽泽社赘言》，未署作者名。文云："韩子有言，惟古词必已出一则，曰语羞雷同，再则曰惟陈言之务去。文体綦严，由来尚矣。本社恪遵此例，凡有语涉雷同者，无论全句零句，虽有佳作，均不录取。如第一期之半榻茶烟扬细风，第二期淡云微雨杏花天，天香国色牡丹亭之句是也外。此雷同之句尚多，事过辄忘，难于臆述，耿耿寸心，知我罪我，亦所不计，惟是敝社同人以雷同之句，其中俗套泛语固多，然精心独运，卓然可传者亦复不少。倘以不入取录之故，遂听其散失，未免可惜。用此特定新章，遇有雷同者，择其尤雅之句，抄录付刊，借存此句之真，为日后刻集附入之地，其名氏则不载登，以省繁冗。……更有多多不下三四百卷，不及备载，或全句雷同，或参用浮泛之字，可以互用者究不能免陈言之目耳。总之，在昔作家亦有与古人暗合者，本朝王渔洋山人为一代作手，全集俱在，可按也。熟极而流，无心之失，诚所不免，原不足为诸君子诗名之累。特呈敝社，从公平起见，不得不为限制，致济济多才，孙山见落，殊觉歉然。今拟后期改出别样题目，嵌字句中七言，遁嬗如此，则各人有各人浑用之长，遣词之雅，习见陈言庶几其免夫。"

二十四日（11月28日） 载《丽泽社诗榜》，未署作者名。文云："本社第三课之诗计共收有一千四百余卷，现经邱菽园孝廉评定甲乙，共取二百四十名，分为五等，一等十五名，二等十五名，三等三十名，四等七十名，五等一百零九名，殿军一名。"

又载《丽泽社十一月诗题》，作者署"丽泽社公启"。文云："本社续拟求教诗题录列如左：琴〇〇〇〇〇〇，心〇〇〇〇〇〇；〇烛

○○○○○，奴○○○○○；○○侬○○○○，○○影○○○○；○○○香○○○，○○○梦○○○。以上四题各成七言对句，合为一卷，惟每联题字不拘出句对句，均可互用。如头题琴字题位在出句，头字以心字作对。是谓冠头体格，或欲将心字换在出句，欲以琴字换作对句，均听其便，余题仿此。"

二十六日（11月30日） 载《寄怀呈菽园主人七律二章》，作者署"邵乃斌未定草"。

又载《续丽泽社诗榜》，未署作者名。

二十七日（12月1日） 载《再续丽泽社诗榜》，未署作者名。

二十八日（12月2日） 载《三续丽泽社诗榜》，未署作者名。

二十九日（12月3日） 载《四续丽泽社诗榜》，未署作者名。

三十日（12月4日） 载《五续丽泽社诗榜》，作者署"丽泽社公启"。

十一月

初一日（12月5日） 载《谒菽园吟长奉赠二律即希教我》，作者署"桃溪渔唱社愚弟潘士瀛□仙拜稿"。

初三日（12月7日） 载《丙申冬日将有缅甸之行，临别奉呈菽园主人七绝五章》，作者署"李竹痴来稿"。

初四日（12月8日） 载《奉读菽园词兄乡大人咏金陵十二钗大著，谨呈四裁以当题词》，作者署"丙申冬日呲舍即国留发头陀允伯弟许南英献草"。

又载《侣影道人诗》，作者署"侣影道人李季琛汝衍甫稿"。

初五日（12月9日） 载《寄怀邱菽园孝廉师七律一首，录呈海外诸大吟长教之》，作者署"古瀛狂客来稿"。"注：师近日主持风雅，阐发正宗，一时士论翕然归之。"

初六日（12月10日） 载《邱封翁灵輀发引盛仪》，未署作者名。

又载《□录旧作呈菽园孝廉有道吟坛并序》，作者署"三山侣影道人社愚弟李季琛待定草"。

初七日（12月11日） 载《奉题正弟老伯六十九岁玉照》，作者署"闽县铁砚生通家世愚侄曾宗彦旧稿"。

初八日（12月12日） 载《无题十首》，文末署"星洲寓公绣原甫作此诗于迷楼，时葭冬三日也"。

初十日（12月14日） 载《第一楼雅集诗》，作者署"小弟何渔鼓呈草""丙申仲冬朔日江南弟陈还士梅氏待政草"。文中序云："丽泽主人者，明月前身，清风可友，甫谋一面，若契三生，近以东渡有期，平昔吟俦轮流祖饯，十月晦日，主人因为留别之酌，并致谢忱礼也。适陈司马来自秣陵，许南宫来自鹭岛，他如同社诸君子皆集于天南第一楼，一时花气氤氲，蔚为香雾，歌声嘹亮，响压行云，珠履金钗，颇极音容之盛。乐停，主人索诗命以雅集，天南第一楼诗人八字分韵，渔逢盛会何敢藏拙，爰得雅字，即席成章，篇因急就，字欠推敲，录请菽园吟长并诸吟友商政。""余索不工吟咏，且天涯奔走，笔砚久荒，兹以道出星洲，待舟之缅，因竹痴李君得以缔交于丽泽主人，并贵同社诸君子一见均如旧识，有迟晤之慨矣。幽赏本已承邀，同过天南第一楼看花饮酒，极客中之乐事，复又分题作诗，即景纪游，洵嘉会也。余适拈集字勉成一什，布鼓雷门贻大方家之笑所弗免矣，尚新吟坛斧削幸甚。"

又载《诗榜照登》，作者署"石叻吟梅主人启"。

十一日（12月15日） 载《送菽园主人回里诗》，作者为徐季钧、李季琛、许南英等。

十二日（12月16日） 载《续录第一楼雅集诗》，作者为王会仪、刘建平、李季琛、许南英等。

十三日（12月17日） 载《三录第一楼雅集诗》，作者为李鸣凤、徐亮铨等。

十四日（12月18日） 载《续录送菽园主人回里诗》，作者为李鸣凤、刘允承、王会仪、陈十梅等。

十五日（12月19日） 载《丽泽社十二月分诗题》，至十一月二十八日毕，作者署"丽泽社公启"。文云："兹将十二月分所拟题目列左：〇〇〇〇〇〇楚，〇〇〇〇〇〇丝；〇〇〇〇〇今〇，〇〇〇〇〇瘦〇；〇〇〇〇蛾〇〇，〇〇〇〇子〇〇；〇〇〇玉〇〇〇，〇〇〇钩〇〇〇。以上四题各成对句合为一卷，每联题字或嵌在出句，或嵌在对句，均听其便。"

二十日（12月24日） 载《诗章照录》，作者署"抱□游子待正稿"。又载《再覆同混子来函》，未署作者名。

光绪二十三年丁酉（1897）

正月

初十日（2月11日） 载《诗章附录》，作者署"丙嘉平既望愚弟吴茂若拜稿"。

十一日（2月12日） 载《酸道人归舟纪言》，文末署"菽园居士未定稿，时丙申十一月廿三日舟泊香港"。

十二日（2月13日） 载《丽泽社布启》，作者署"丽泽社代理人徐季钧、王会仪同启"。

十四日（2月15日） 载《邱苹孙诗》，作者署"苹孙邱炳萱寓杭城作"。

十五日（2月16日） 载《诗章附录》，文末署"渔鼓先生大词伯即请斧政，愚弟萧雅堂顿首拜稿"。

开始连载《菽园赘谈》，至七月十五日毕，未署作者名。文前云："漳州邱菽园孝廉性豪爽，耽吟咏，其为文则信手拈来，头头是道，所著《菽园赘谈》数百条，考据详明，具征典雅。因限于篇幅，不能全录，爰照编次，分日刊登以供欣赏。"

二十四日（2月25日） 载《集刊时务诸书》，未署作者名。

二十八日（3月1日） 载《赠慕环眉史七绝四章并序》，作者署"古禅发衲甫稿"。

二月

初七日（3月9日） 载《诏安征诗录暨丽泽社赘言》，作者署"丁酉人日酸道人附笔，时客诏安城东草堂"。

又载《丽泽社附启》，作者署"丽泽社代理人徐季钧、王会仪公启"。

二十八日（3月30日） 载《丽泽社丙申十一月分诗榜》，作者署"丽泽社代理人徐季钧、王会仪同启"。文云："丽泽社主人邱菽园孝廉昨由泉山轮船邮到丙申十一月分诗卷七百余本，计取五等。第一等十五名，二等二十名，三等二十五名，四等八十名，五等八十五名，殿军一名，共取二百二十六名，共谢教银一百八十元。"

二十九日（3月31日） 载《续丽泽社丙申十一月分诗榜》，作者署"丽泽社代理人徐季钧、王会仪同启"。

三十日（4月1日） 载《再续丽泽社丙申十一月分诗榜》，作者署"丽泽社代理人徐季钧、王会仪同启"。

三月

初一日（4月2日） 载《三续丽泽社丙申十一月分诗榜》，作者署

"丽泽社代理人徐季钧、王会仪同启"。

初二日（4月3日） 载《四续丽泽社丙申十一月分诗榜》，作者署"丽泽社代理人徐季钧、王会仪同启"。

又载《丽泽社三月分诗题》，作者署"丽泽社代理人徐季钧、王会仪公启"。文云："邱菽园孝廉由海澄珂里邮到三月分诗题，照录如左：○目○○○○○，○耕○○○○○；○○洞○○○○，○○庭○○○○；○○○红○○○○，○○○树○○○；○○○○杯○○，○○○○渡○○。以上四联合为一卷。"

初六日（4月7日） 载《诏安征诗录》，未署作者名。

十四日（4月15日） 载《恨词二十四首》，作者署"听雨楼主人稿"。

二十三日（4月24日） 载《丽泽社丙申十二月分诗榜》，作者署"丽泽社代理人徐季钧、王会仪同启"。

二十五日（4月26日） 载《续丽泽社丙申十二月分诗榜》，作者署"丽泽社代理人徐季钧、王会仪同启"。

二十六日（4月27日） 载《再续丽泽社丙申十二月分诗榜》，作者署"丽泽社代理人徐季钧、王会仪同启"。

三十日（5月1日） 载《丽泽社四月分诗题》，作者署"丽泽社代理人徐季钧、王会仪公启"。文云："启者：本社所拟四月分诗题照录如左：曹孟德，花柳疮，注：此分咏格禁用题字，只将题意作诗二句，一句贴曹孟德身分，一句贴花柳疮情景，上下互易皆可，成七言对句一比。青面红须，注：此嵌字格不拘题意与题位也，只将题目四字嵌入句中，任凭颠倒错乱，分嵌两句，每句各嵌两字，或青红一句，面须一句，或青须一句，红面一句皆可。总须二字分开，不得相连，亦成七言对句一比。"

四月

二十三日（5月24日） 载《爱余社诗榜》，作者署"爱余社公启"。

六月

十四日（7月13日） 载《丽泽社三月分诗榜》，作者署"丽泽社代理人徐季钧、王会仪同启"。文云："邱菽园孝廉昨由丰盛轮船寄到三月分诗卷，计取一等十名，二等五名，三等十六名，四等三十名，五等三十六名，殿军一名。"

十五日（7月14日） 载《续丽泽社三月分诗榜》，作者署"丽泽社代理人徐季钧、王会仪同启"。

十六日（7月15日） 载《再续丽泽社三月分诗榜》，作者署"丽泽社代理人徐季钧、王会仪同启"。

七月

初七日（8月4日） 载《廖凤舒词》，作者署"闽海菽园居士草于香港寓楼"。

十二日（8月9日） 载《菽园楹帖偶存》，未署作者名。

十五日（8月12日） 连载《菽园赘谈》毕，未署作者名。

又载《菽园居士诗章》，文末署"丁酉六月中浣□南邱炜菱菽园草"。

二十一日（8月18日） 载《录南海女史梁佩琼诗》，作者署"三山侣影道人李季琛跋"。

二十四日（8月21日） 载《菽园楹帖续存》，未署作者名。

二十七日（8月24日） 开始连载《诗章就正》，至八月初一日毕，未署作者名。

三十日（8月27日） 载《菽园赘谈题词》，作者署"香孙弟黎经拜题于古柔佛国"。

八月

初一日（8月28日） 连载《诗章就正》毕，未署作者名。

初三日（8月30日） 载《丽泽社八月题目》，作者署"丽泽社公启"。文云："客子影单愁对月，以上七字对句作为一卷。"

初四日（8月31日） 载《菽园赘谈跋》，作者署"郢外世愚弟谢鸿钧宾门甫□撰"。

十一日（9月7日） 载《读菽园赘谈书后，集四字句》，作者署"珩山会仪氏社小弟王道宗书于星洲□□"。

又载《吴寿珍广文寿日招饮赋诗鸣谢》，未署作者名。

十四日（9月10日） 载《中秋客感五绝二章》，作者署"癯和尚草"。

二十日（9月16日） 载《七丑吟》，作者署"雀环吟馆主麓夫氏待政稿"。

二十四日（9月20日） 载《夜过菽道人絮谈竟夕有感而作》，未署作者名。

九月

初七日（10月2日） 载《十七字诗四首》，作者署"新洲过去来客戏稿"。

二十四日（10月19日） 载《菽园赘谈跋后》，作者署"丁酉重阳节年愚弟汪宗海秉乾氏拜撰于星嘉坡客次"。

二十八日（10月23日） 载《菽园赘谈序》，作者署"番禺石樵弟李启祥□撰于香江客次"。

十月

初三日（10月28日） 载《丽泽社八月分诗榜》，作者署"丽泽社公启"。文云："邱菽园老师品定一等三名，二等八名，三等十三名，四等三十名，五等三十三名，殿军一名。"

又载《丽泽社十月课题》，作者署"丽泽社代理人寓源顺街福同安号启"。

初四日（10月29日） 载《续丽泽社八月分诗榜》，作者署"丽泽社公启"。

十五日（11月9日） 载《诗榜发钞》，作者署"丽泽社公启"。文云："启者：本社四月分诗课曹孟德花柳疮咏题所收诗卷，函经邱菽园老夫子品定甲乙，发钞前来，计开上取九名并殿军一名在内。次上取九名，中取九名，次取二十五名。"

又载《丽泽社十一月课题》，作者署"新嘉坡丽泽社代理人寓源顺街福同安号谨启"。

十八日（11月12日） 载《诗榜展期》，作者署"丽泽社公启"。

二十一日（11月15日） 载《丽泽社四月分诗榜》，作者署"丽泽社公启"。

二十二日（11月16日） 载《续丽泽社四月分诗榜》，作者署"丽泽社公启"。

十一月

初四日（11月27日） 载《客云庐诗录发凡》，作者署"星洲乐群文社谨启"。

初十日（12月3日） 载《丽泽社十月榜》，作者署"丽泽社公启"。

十一日（12月4日） 载《续丽泽社十月榜》，作者署"丽泽社公启"。

十三日（12月6日） 载《再续丽泽社十月榜》，作者署"丽泽社公启"。

又载《丽泽社十二月课题》，作者署"本社代理处福同安谨启"。

十四日（12月7日） 载《三续丽泽社十月榜》，作者署"丽泽社公启"。

十五日（12月8日） 载《子曰岁寒然后知松柏之后凋也，子曰知者不惑仁者不忧勇者不惧》，作者署"丽泽社十月课榜第一名天宝堂"。

十六日（12月9日） 载《十月先开岭上梅赋，以题为韵》，作者署"丽泽社十月课第二名绿华楼居士"。

十七日（12月10日） 载《诗三百篇非夫子所删说》，作者署"丽泽社十月课第三名方玉斯"。

十八日（12月11日） 载《续诗三百篇非夫子所删说》，作者署"丽泽社十月课第三名方玉"。

二十日（12月13日） 载《陈登论》，作者署"丽泽社第四名松畦书屋"。

又载《乐群文社冬季题目》，作者署"星洲乐群文社谨启"。文云："本社之设意与丽泽一社，相辅而行，仍由邱菽园老师掌执社务，所有规条悉遵同例。惟季出一课，每年四课，专课时务及论说、杂著，不出时文、帖括，为稍异耳。兹就本季为第一期办起，合将题目备录左方，以供大雅之鉴。问今中国之律例原非三代圣人之旧，悉属秦汉以后法耳。况历代以选例有加增，流弊滋甚，一遇交涉，辄难通诸外国，比者国家闲暇，如钞法、矿务、邮驿、铁路、军制，无不次第维新，冀可自强，独至律例为政刑从出，因常习故卒无言及者，抑又何欤？现下民智大开，非复旧时固陋，倘若救正其弊，则西律固可师欤？抑取两律而斟酌损益之欤？其各条举以对。第二题：问报纸之设自欧西始，执笔者位置既高，采访者声气尤广，其君若民，亦无不日手一，编下情已达上意以宣，内而政府口喉是通，外而邻封耳目是寄，何其盛也。中国踵行数十年，继起遍商埠，求能自命不凡与欧西作者相媲美，竟寥寥而罕睹，即有一二可观，窃窥在上之意，固不以为重，在下亦未尽风化，果何救欤？今欲为之矫其失，而收其效，其道果何在欤？试明辨之。第三题：问中兴将相功业彪炳，声施烂然，固以前无古人矣，然当日亲见泰西强盛之效，亦既竭力步趋行之以至今日竟无实验，岂继之者未得其人欤？抑当日设施未得其要领欤？抑其故别有在欤？留心时事者幸勿隐。策文凡三道誊写时须默全题，以便校阅可也。星洲杂录题目附后：铁桥，水景，打球场，戏马陂，旌旗山，珍珠山，大书院，博物院，自来水汇，公家花园。杂录凡十题，无论散文、骈体、诗词、图说，如意挥洒均听其便，欲觇志趣自可不拘耳。"

二十一日（12月14日） 载《新乐府四首》，作者署"丽泽社十月课第五名仲文氏"。

二十二日（12月15日） 载《课卷发领》，作者署"丽泽社同人公启"。

二十三日（12月16日） 载《子曰岁寒然后知松柏之后凋也，子曰知者不惑仁者不忧勇者不惧》，作者署"丽泽社十月课榜殿军陈寿南"。

十二月

十九日（1898年1月11日） 载《锡山某富翁寿序仿滕王阁序体》，作者署"淮海后人来稿"。

光绪二十四年戊戌（1898）

正月

十二日（2月2日） 载《西窗随笔一则》，作者为何渔鼓。

十四日（2月4日） 载《西窗随笔一则》，作者为何渔鼓。又载《梨园两美诗》，未署作者名。

十七日（2月7日） 载《报馆赋》（仿杜牧《阿房宫赋》），未署作者名。

十八日（2月8日） 载《西窗随笔两则》，作者为何渔鼓。

二十一日（2月11日） 载《劝嫖客还家序（仿李白〈春夜宴桃李园序〉）》，未署作者名。

二十二日（2月12日） 载《丽泽社正月题课》，作者署"代理处福同安号谨启"。

二十七日（2月17日） 载《送朝鲜尹君溪石序》，作者署"南溪赘叟沈寿康稿"。

二十九日（2月19日） 载《西窗随笔一则》，作者为何渔鼓。

二月

初二日（2月22日） 载《狂吟感事诗》，未署作者名。

又载《西窗随笔一则》，作者为何渔鼓。

初三日（2月23日） 载《丽泽社丁酉年十一月分课榜》，作者署"丽泽社启"。

初四日（2月24日） 载《续十一月分课榜》，未署作者名。

初五日（2月25日） 载《西窗随笔一则》，作者为何渔鼓。

初九日（3月1日） 载《诗草附录》，作者署"腴古稿"。

初十日（3月2日） 载《马达加司加风土记》，未署作者名。

十六日（3月8日） 载《子曰道不行乘桴浮于海从我者其由与子路闻之喜》，作者署"丽泽社丁酉葭月课第一名梁实衡即谭锡澧"。

又载《西窗随笔一则》，作者为何渔鼓。

二十日（3月12日） 载《诗章附录》，作者署"海天过客香孙子初脱稿"。

二十四日（3月16日） 载《红楼梦考异》，未署作者名。

二十六日（3月18日） 载《诗章续录》，未署作者名。文前云："本报前有无名氏感事诗数首,兹又得六章,亟刊于左。"

三月

初七日(3月28日) 载丽泽社《丁酉腊月课榜列》,作者署"本社同人谨拜"。文云:"一是期共收三十七卷,取列者有二十四卷之多,分为三等,合行榜揭如左。"

初八日(3月29日) 载《续丁酉腊月课榜》,作者署"丽泽社诸同人公启"。

十一日(4月1日) 载《丽泽社书事》,作者署"丽泽社公启"。文云:"敬启者:此期自一等一名咏梅仙馆起,至二等第五,□何式□□,殿军寄疏慵馆,此计共十一卷。"

十五日(4月5日) 载《丽泽社三月课题》,作者署"代理人福同安谨启"。

十六日(4月6日) 载《潘兰史天外蘋洲杂记二则》,未署作者名。

二十四日(4月14日) 载《丽泽社三月课题更定》,作者署"代理人福同安照报"。

二十五日(4月15日)《星报》载《录潘兰史天外蘋洲集记》,未署作者名。

三、《槟城新报》

光绪二十二年丙申(1896)

正月

二十九日(3月12日) 载《诗章附录》,作者署"禅山半禅何渔古稿"。

二月

十一日（3月24日） 载《诗章附录》，作者署"渔古甫稿"。

十八日（3月31日） 载《诗联求教》，作者署"宜兰主人谨白"。文云："诗题：只恐夜深花睡去，得深字，七言律。诗联句：芸○○○○○○，圃○○○○○○。"

二十七日（4月9日） 载《题涉趣轩》，作者署"半禅渔古甫稿"。

四月

十四日（5月26日） 载《诗章附录》，作者署"渔稿"。

二十八日（6月9日） 载《诗题照录》，作者署"雪窗主人谨白"。文云："诗题：日长似岁闲方觉，得长字七言律。"

五月

二十四日（7月4日） 载《步和李茂才子德登极乐寺诗元韵》，作者署"渔古和草"。

二十九日（7月9日） 载《诗章附录》，作者署"渔古何应源就正草"。

六月

初八日（7月18日） 载《诗章附录》，作者署"愚弟林和甫求是稿"。

十三日（7月23日） 载《诗章附录》，作者署"小弟李维崧未是草"。

七月

初六日（8月14日） 载《仰光诗课》诗榜，未署作者名。文云："听雨七绝,限庚韵。冠军:岂为幽人诉不平,无端离恨一时鸣。雨窗点滴心头血,流入重洋作浪声。殿军:旅馆宵深梦不成,寒□凄对短长檠。寻常一样窗前雨,听到离人倍有情。二名:似密还疏若有情,龛灯明灭欲三更。钟鱼音寂经坛歇,一枕僧寮听雨声。三名:已歇仍喧过又鸣,几番未隔枕边声。夜深率性廉织雨,莫管愁人梦不成。四名:锁窗尽日百愁生,怕听潇潇暮雨声。况值闲门吟又晚,便无离恨亦关情。五名:纷纷丝雨洒清明,侧耳楼头淅沥声。夜半催诗人刻烛,诗成却奈梦难成。"

光绪二十三年丁酉（1897）

四月

初九日（5月10日） 载《崇文社对比》,未署作者名。文云:"该社本期收卷四百六十一本,包封寄送粤省孔继煊孝廉评阅,共取五十一名,原题七言一句,系:古驿柳偏撩别思。兹先将所取对比自第一名起至二十名止,录载报端以供众览。"

初十日（5月11日） 载《续崇文社对比》,未署作者名。

四、《天南新报》

光绪二十四年戊戌（1898）

四月

初八日（5月27日） 载《丽泽社三月课题》,作者署"代理人福同安照报"。

初九日（5月28日） 载《学校报纸议院三大纲说》,作者署"邱七郎菽园撰稿"。

十一日（5月30日）　载《问今中国之律例原非三代圣人之旧》，作者署"第一名远游子"。文末云："乐群文社社长邱菽园老师原评云：子舆氏言政刑及时，自是千古第一良规，恰为今日铁板注脚，此卷能将刑与政所以相关之处切实发挥，可谓陈言去而气盛宜矣，中段插入洋商传教二事，怵目警心，不可终日，不知内地当道亦曾筹及之否。"

十二日（5月31日）　载《第一问，照昨日题》，未署作者名。文末云："邱菽园老师加批，就刑言刑，亦自畅达，非留心实学者何从道其只字，惟中国刑律不变，不但无以治民，而且难以立国，此意亟当发挥。"

十三日（6月1日）　载《乐群社课》，作者署"殿军霍济川"。

十五日（6月3日）　载《问报纸之设自欧西始》，作者署"第二名郑景初稿"。文末云："乐群文社邱菽园老师评云：细叙详明，又评报馆一职，其关系于人家国，殊非浅鲜，寓公于本馆论说谈及报务，恒三致焉，亦以职其职者，未求收效，须求矫失，矫之之道可一言蔽曰，以实心行实事而已。"

十六日（6月4日）　载《红楼梦绝句题词》，作者署"《天南新报》执笔人徐亮铨、王道宗、刘廷俊谨启"。

又载《新书告成》，作者署"李鸣凤、范今谨启"。文云："闽漳邱孝廉菽园先生名满海内，著述甚多，已经印就者，诗稿则有《庚寅偶存》《壬辰冬兴》合刻本，笔记则有《菽园赘谈》，全书洋洋洒洒约两千万言，标题点句大字精版，较省目力，装订工致，舟车巾箱便于携带。其中详叙天文、地利、政治、学术、金石、书画、诗歌、词曲、楹联、灯谜、尺牍、奏议、经解、化学，无不源流详贯，简约易知。不但祛睡销愁，且可馈贫益智，以上三种现皆寄到叻地发售。"

十八日（6月6日）　载《问中兴将相功业彪炳》，作者署"第三名周仁薮稿"。文末云:"星洲乐群文社邱菽园老师元评:提要钩元都无深响,末段戛然而止,似欠极力推阐,岂有所忌惮而不言耶?"

又载《博物院·星洲杂咏十首之一》,作者署"第一名远游子"。

又载《水景·星洲杂咏十首存二》,作者署"殿军霍济川"。

五月

二十五日（7月13日） 载《赘跋菽园孝廉红楼梦截句诗册后》,作者署"时光绪戊戌端午日曾宗藻墨农甫谨拜,跋于乡江二十八桥东畔南浦亭前之藕花水榭凉阴深处"。

二十七日（7月15日） 载《少游草》,作者署"星洲寓公海澄邱炜萲自录旧作于天南新报馆之更上一层楼"。

二十八日（7月16日） 载《红楼梦绝句题辞续刊》,作者署"闽海菽园居士编辑星洲天南新报校刊"。

七月

二十四日（9月9日） 载《仰光诗课揭晓》,作者署"乐群堂同人谨启"。文云:"聊□居诸大雅鉴之原作落花七律,限六麻韵,共七十一首,如命标列二十一首入格,兹将首尾二作刊登报上,以供欣赏可也。冠军:□人风雨乱交加,粉褪香销景色差。绿满梁园铃罢护,红飞唐苑鼓停挝。飘茵贵显无多辈,扫径儿童有几家。愿祝东皇长作主,常留四照表芳华。殿军:春回大地泄英华,万卉争妍艳若霞。忽道青阳归似箭,顿教红雨乱如麻。纷飞门巷余香歇,点缀郊原碎锦赊。对此茫茫增百感,可怜零落是残花。"

又载《濠堂落成》《寓京作》等诗,作者署"南海萧敬常伯瑶未定草"。

八月

初二日（9月17日） 载《红楼梦绝句题辞三刊》，作者署"闽中邱炜萲菽园谨识"。

二十八日（10月8日） 载《乐群堂杂记》，作者署"星洲寓公拜识"。

十月

十一日（11月24日） 载《诗世界诗》，作者为黎炳常、梁实衡等。

十九日（12月2日） 载《客云庐诗征》，作者为李东沅、梁育才等。

十一月

十六日（12月28日） 载《俚语四章恭颂菽园老师》，作者署"陈兆兰拜稿"。

十九日（12月31日） 载《星洲竹枝词》《有怀》，作者署"萧雅堂原稿"。

又载《邱菽园贤书风月琴樽图题咏》，作者署"南海谭彪丙轩甫稿"。

二十五日（1899年1月6日） 载《敬告词坛》，作者署"弟邱炜萲顿启"。

十二月

初五日（1月16日） 载《言志对仿文选七体有序》，作者署"丽泽社杂体卷第一名郑景初作"。

又载《咏史二首》，作者署"郑景初"。

初七日（1月18日） 载《丽泽社杂体卷揭晓》，未署作者名。

又载《红楼梦绝句题辞四刊》，作者为谭彪丙轩、霍朝俊凤翘氏等。

初八日（1月19日） 载《星洲丽泽社时务史论课卷揭晓》，未署作者名。

又载《重工议》，作者署"丽泽社时务史论第一名南游子"。文末云："评：侃侃而谈，小儒咋舌，入后□证处，尤切当不易。"

初九日（1月20日） 载《始皇汉高论》，作者署"丽泽社时务史论卷南游子"。文末："评：独特所见，痛快淋漓，论始皇尤言言正当，不徒持辩为高也。"

初十日（1月21日） 载《始皇汉高论》，作者署"丽泽社时务史论卷第二名潘芍田"。文末："评：论始皇处思议别有一天，笔力直破余地，论汉高处亦回□得不渗不漏，马迁固是良史，吾于君亦云。"

十四日（1月25日） 载《始皇汉高论》，作者署"丽泽社时务史论卷第三名霍济川"。

十八日（1月29日） 载《始皇汉高论》，作者署"丽泽社时务史论卷第四名黄树勋"。文末："评：卓识名言，颠扑不破，其一种浩然之气，望而知为邦彦。"

二十日（1月31日） 载《重工议》，作者署"丽泽社时务史论卷第五名黄仰山"。

二十一日（2月1日） 载《素患难行乎患难》，作者署"丽泽社时文杂诗卷第一名陈照埔"。文末："熟于纵擒，吞吐之法，故拈笔在手，无不如志，文坛宿将殆其□□。"

又载《素患难行乎患难》，作者署"丽泽社时文杂卷第一名温国华"。文末："前半笔端藏锋，深入无浅语，以下掉臂游行自觉，绰有余地矣，至后二声光并茂，为之爱不释卷者，久之诗平妥。"

二十二日（2月2日） 载《素患难行乎患难》，作者署"丽泽社时文杂诗卷第二名李文蔚"。文末："评：独脱畦封，善谭名理。"

又载《老将七律》，作者署"丽泽社时文杂诗卷第二名黄树勋"。文末："评：四首老将，字字沉著，胎息气韵，纯乎名家。老马四首一律匀健，且对句警于出句，此才正非易易。"

二十三日（2月3日） 载《丽泽社时文杂诗课卷揭晓》，作者署"同人谨启"。

光绪二十五年己亥（1899）

三月

二十六日（5月5日） 载《无题一首录请菽园吟长削政》，作者署"谢兆珊静希未定草"。

二十九日（5月8日） 载《感秋吟仿长吉体呈邱菽园社长教之》，作者署"丽泽社子谢兆珊未是草"。

八月

十八日（9月22日） 载《好学会简明章程》，作者署"总理者林文庆谨启，记者闽中邱七郎述"。

九月

十九日（10月21日） 载《奉题菽园先生红楼梦诗册后》，作者署"王肇嵩翰山甫自江苏差次寄稿"。

十月

初二日（11月4日）《第六期题名录》，作者署"星洲好学学会诸同人谨启"。

二十日（11月22日） 载《嘉应叶璧华大史来函照录》，作者署"叶璧华漫草"。

二十三日（11月25日）《第八期学友题名录》，作者署"星洲好学学会诸同人谨记"。

二十五日（11月27日） 载《海国儒宗》，作者署"芸香子未是草"。文云："菽园老师现于叻地倡建诗社，不惜润笔之资，使一时文学聿兴，诚宏奖风流之至意也。自愧谫陋无文，未能趋承雅教，共执吟鞭，怅何如也。爰不揣固陋，漫锡四字曰'海国儒宗'，并楹联云：会设星洲果能敬业乐群仁见海滨成邹鲁，社开丽泽从兹熏陶鼓舞还期岛屿萃人文。"

后　　记

由于研究对象所处地域主要落在东南亚诸国，我曾制订了宏大的研究计划，拟要深入走访东盟诸国，收集史料，深度采风访谈……但由于种种原因，原定计划搁浅，也或多或少延缓了我们的写作进度。

好在关注东盟文化艺术领域已十年有余，特别是 2011—2013 年赴东南亚工作期间，我已经有意识地收集了一大批稀见文献，随后整理了近百万字的南洋华文文学编年，这些都成为我们赖以研究的重要基础。另外，也委托东南亚驻地友人多方搜罗，终于补足了必要的研究资料。刘慧博士在硕士阶段就参与了本人主持的国家社科基金项目组，在本书撰写过程中也承担了大量科研工作，为本书的完成付出了艰辛的劳动。

同时，书稿的完成也得了众友人及多届学生的帮助。例如，参与资料收集、整理或是提供帮助的 Chitphong Sothikul 博士、覃慧敏、庞娟、陈婵娟、陈曦、陈宇瀚、陈昌志、梁罕等。同时，还要感谢商务印书馆李艳华老师的热心帮助，对书稿提供了很多专业性意见，让我们的成果得以进一步修缮。

随着国家综合实力提升和"一带一路"建设推进，中华文化的海外传播成为一大研究热点。在此大背景下，越来越多学界同仁关注到早期海外华文文学领域。这无疑是可喜的现象，我们也为能厕身其间感到荣幸。当然，学术研究无止境，无数险峰待攀登，自知本书定然存在不足，权当抛砖引玉，敬请大方之家不吝指教。

图书在版编目(CIP)数据

南有弦歌:晚清南洋文社与华文文学的发生/谢仁敏,刘慧著.—北京:商务印书馆,2023
ISBN 978-7-100-22159-7

Ⅰ.①南… Ⅱ.①谢…②刘… Ⅲ.①中国文学—古典文学研究—清后期 ②华文文学—文学研究—世界—近代 Ⅳ.①I206.2②I106

中国国家版本馆 CIP 数据核字(2023)第 068149 号

权利保留,侵权必究。

南有弦歌:晚清南洋文社与华文文学的发生
谢仁敏 刘慧 著

商 务 印 书 馆 出 版
(北京王府井大街36号 邮政编码100710)
商 务 印 书 馆 发 行
北京市白帆印务有限公司印刷
ISBN 978-7-100-22159-7

2023年6月第1版 开本 880×1240 1/32
2023年6月北京第1次印刷 印张 9¼
定价:58.00元